銀河叢書

文藝的な自伝的な

舟橋聖一

幻戯書房

目次

I　文藝的な自伝的な　7

装幀　緒方修一

文藝的な自伝的な

本書は、舟橋聖一による既刊単著未収録の文章の中から、表題作に加え随筆・評論作品を精選し収録したものです。

各作品の表記は基本的に発表時のままとし、漢字や送り仮名などの統一は行なっていません。ただし、一部の作品は著作権者と協議の上、旧仮名遣いを新仮名遣いに改めました。また、あきらかな誤記や脱字と思われるものの訂正、ルビの整理、補足説明の追加などの処理を施した箇所があります。

本文中、今日では不適切と思われる表現がありますが、原文が書かれた時代背景や、著者が故人であるという事情に鑑み、そのままとしました。

Ⅰ　文藝的な自伝的な

文藝的な自伝的な

一の一

わたしの人生は縮緬《ちりめん》の肌ざわりからはじまった。

五ツ六ツの頃から、祖母近藤ひろ子のお供で、芝居を見に行き、お化けが出るのが怖ろしく、同行の女客の膝に顔をうつ伏せた時、一越《ひとこし》縮緬や紋縮緬の感触が、子供心にも、得も言われぬ魅惑だった。

わたしは普通の男の子のするような蜻蛉つりもしなかった。メンコ遊びもやらなかった。竹馬にも乗らなかった。まして戦ごっこや木馬跳びなどは、大きらいだった。男の子らしい元気で無鉄砲なところがまったくない。

はっきり記憶に残っているのは、明治四十四年四月の市村座からだが、その前にも、芝居へはよく行ったようだ。お化けの出る芝居はこわかったが、その狂言の記憶は、古い「演藝畫報」を何度ひっくり返してみてもわからない。下座でドロドロが鳴ったり、寝鳥《ねとり》(下座音楽の一つで、能管をさびしく吹いて表現する。幽霊、人魂《ひとだま》、ものの化《け》の出現に、大太鼓のドロドロに冠《かぶ》せて吹く笛で、素《す》の鳴物のほか、二上《にあが》り寝鳥合方の三味線に打合わせることが多い）が聞えたりすると、

「ソラ、お化けだ」

とて目をつぶり、両耳をふさいでしまう。

近藤ひろ子は古河合名会社一等支配人で、足尾銅山所長の近藤陸三郎の妻女だったところから、同行の女客というのは、足尾銅山坑部課長の狐崎富教氏の夫人とか、足尾銅山坑内係長の佐木熊四郎氏の令嬢とか、同じく製煉課長心得の飯島純介氏の夫人とかが常連であった。

時には社長虎之助氏の夫人不二子さんが一緒のこともある。みな美しい人ばかりだったが、なかでも不二子さんは目鼻立ちの調った水のたれそうな美人だった。彼女は西郷隆盛の実弟で、海軍大将から、元帥府に列した西郷従道《つぎみち》侯爵の次女であった。明治四十一年に十八才で古河家に嫁入りしたのだが、その経緯および父従道については、またあとで書く。

従って不二子さんは、近藤ひろ子の主人というわけだが、齢のひらきが大分あるので、祖母に対して一目も二目もおく風であった。それとは知らぬわたしは、同じ鶉《うずら》（元文四年の「江戸市村座場内之図」にすでに見ることが出来るが、その形が鶉籠に似ていることから起った客席の名称。一説にまだ奈落下の道がないため、その席の裏を楽屋から花道揚幕に通う俳優を、客が見かえるさまが鶉の動作に似ているためともいう。以後指定席の名称として、昭和十年代まで残った）の女客のなかで、不二子さんの膝をいちばん好んで、わたしは顔を伏せた。ドロドロの鳴っている

間は、五分でも十分でも、首をあげなかった。祖母が見るに見かねて、わたしの無作法をブツクサ言っているらしいが、両耳に栓をしているから、わたしに聞えないのが好都合というものであった。

不二子さんの衣裳は、あとから思うと、最高の品だったろう。一トロに縮緬といっても、いろいろある。匁でいうと一越縮緬、二越縮緬、五越縮緬。産地でいえば、小浜縮緬、丹後縮緬、長浜縮緬、明石縮緬などがあり、そのほか金剛縮緬、霞絽縮緬、うずら縮緬、絽縮緬、綸子《りんず》縮緬、御召縮緬等々を数えるが、その時分のわたしには、そんな区別がわかろう筈はない。

不二子さんがいない時は、飯島の奥さんや佐木さんのお嬢さんの膝を借りた。この人たちの衣裳も、不二子さんのそれに較べて、特に劣っているとは思わなかったが、気のせいか、私には不二子さんの衣裳のほうが、より上等ではないかという気がした。

こういうことは、わたしが東京生れだというためもあるが、同じ東京育ちの少年にしても、一越縮緬や紋縮緬に魅せられる子供がそんなにいるわけはない。夏になれば、大川に水泳場が出来、赤や白の犢鼻褌《ふんどし》一つで、勢いよく川へ飛び込む少年もあれば、蟬とりに熱中する子供もある。いや、そのほうが絶対多数で、芝居小屋の鶉で、女の膝に顔を伏せ、縮緬衣裳の肌ざわりにうっとりしたりする子供は、まず百人が百人、ないといってよかろう。

四十四年四月の市村座となると、わたしの記憶はややはっきりする。

数え年八才で、十二月二十五日生れのわたしは、この年の春、神奈川県鎌倉郡津村の腰越小学校にあがった。これは父がドイツ・プロイセンの鉱山大学へ留学したせいだが、その事情もあとで書く。当時腰越の家は、電気がなく、ランプだったので、わたしは東京の電燈やガス燈の照り輝く生活がなつかしく、何やかやにかこつけて、本所区番場町の祖父母の家へ行くと、お尻が重くなり、腰越へ帰る気になれなかった。

番場町の家は、吾妻橋と厩橋のほぼ中間にあった。

東京の乗物は円太郎馬車に代って、市内電車が走り出した頃であった。まだ自動車はほとんどなく、馬車と人力車が用いられていた。番場町の家には、門を入るとすぐ右側に請願巡査の家があり、自家用の人力車もあった。急ぐ時は網曳きが引張ったり、あと押しというのが背《うし》ろから押したりして、二人がかりで走ることもあれば、相乗りといって、二人で乗るのもあった。関取なども図体が大きいから、二人乗りを使っていた。その人力車が、鉄輪からゴム輪に代る頃であった。

市村座に行くのに、祖母の膝に乗るわたしは、

「ゴム輪は素敵だ」

と思ったものだ。

「若さんもお芝居がお好きだそうでやんすな」

とその抱えの俥夫が言うので、わたしは祖母に、

「若さんて誰れのこと？」

と聞いてみた。

「聖ちゃんのことだよ」

祖母がそう答えるので、わたしは子供心にもくすぐったい気がした。

下谷区二長町の市村座は、比較的距離が近かった。番場町を出ると、すぐ隅田川の見える片側《かたかわ》町を走り、外手《そとで》町で右折れして、厩橋を渡る。俗に「おんまえ橋」と言っていた。歌舞伎座や新富座へ行く時は、厩橋を渡ってすぐ左へ曲り、蔵前を通って浅草橋から小伝馬町、本石《ほんごく》町十軒店《だな》から室町の電車道へ入るが、市村座へ行く時はまっすぐに竹町、西町と楽山堂病院の前を通って、御徒町まで行って、そこで左へ折れると、あとは五分とかからない。

その頃の人力は紺の匂う股引いいなせの若い挽子《ひきこ》が、実に勢いよく駆けたものだ。東京の道路は決して自慢できる代物ではなかったのだが、にもかかわらずスピードが出た。人力車がノロノロ運転になったのは、いつごろからのことだったのだろうか。

市村座には万金、魚十、三州屋、つた屋等の芝居茶屋があった。私を乗せた俥は万金の入口へ梶棒を下ろす。（余談だが、往時、美声でならした呼出し故小鉄が、相撲協会を縮尻《しくじ》って、しばらく三州屋で出方をしていたことがあったと、男寅《おとら》の故左團次から聞いたことがあった）役者の名を書いた幟《のぼり》が幾本も幾本も春風にはためき、茶屋の二階の軒端に吊した紅《べに》提燈まで、微かに揺れている。今日の定連はここで落ち合うことになっていた。

不二子さんは決して遅れるようなことはなかった。一番初めか、おそくとも二番目には顔を出した。

近藤ひろ子は鬢のつまった丸髷《まげ》に結っていたが、不二子さんは主に廂髪《ひさし》で、それがよく似合ったと見え、祖母は必ず不二子さんの髪かたちを褒めていた。

茶屋の女中が絵本筋書を持ってきた。歌舞伎座も帝国劇場も筋書は一部に決まっていたが、市村座だけは二部になっていた。その一つは色刷の表紙で、狂言の梗概が主であり、活字による印刷だが、もう一トロのは、表紙に丸に橘の紋を刷り、内容は墨の芝居絵で、下欄の配役もすべて書き文字であった。それを見て不二子さんは、

「一番目の〈おつま八郎兵衛〉には、六代目が出ていませんのねえ」

と言った。

「音羽屋は歌舞伎座で勧進帳の義経を演《や》ってから、ここへ駆けつけるので、二番目の〈赤垣源蔵〉から出ることになっているんです」

とわたしは答えた。まだ子供だから、何んにも知らないで、近藤ひろ子の腰巾着でついて来るだけと思っていたのに、役者のかけもちの事情まで知っているのに、不二子さんは少し呆れたような表情になった。

しかしわたしはその頃から、来月の芝居の狂言並びや、出演俳優の連名などに、異常な関心と興味を持っていた。よく役者の子供などで、来月どころか、そのまた先の月の出し物を聞きこん

で、今度の忠臣蔵では、寺島の小父さんが判官と勘平を演るとか、波野の小父さんが七段目の平右衛門に決まったとか、そういうことにヤケに詳しい子がいるものだが、わたしにもそれと似たところがあったらしい。

あとになって考えると、不二子さんはわたしのことを、

（子供のくせに、今からこんなに芝居が好きでは、末恐ろしい……）

とでも思ったのではないか。が、その時のわたしは、ただ得意になって、大人の知らないことまで自分が知っているのに、好い心持だったのだろう。

やがて定連が揃ったので、幸吉という出方に案内されて、わたし達は東の鶉におさまった。平土間の客は七分通り入っていて、幕の中で柝《き》が鳴っていた。

今では贔屓《ひいき》客が役者に幕を贈るという習慣はなくなったが、その頃は幟同様、盛んに引幕が贈られ、役者同士の競争にもなっていた。その幕の出し物役者の引幕が、最も多いのは当然であった。音羽屋の引幕が播磨屋のそれより、何本多いの少いのと言って、わたしはうち興じた。

平土間がいっぱいになる頃、三階の大入場も空席がなくなり、さらにその上の立見席の鉄格子の間にも、客の顔がズラリと並んだ。

定刻通り、幕が開くことのほうが珍しかった時代だ。中心俳優に来客があったりすると、つい話しこんだりして、そのために開幕が遅れる。先々代片岡仁左衛門なども、そういうことには至って平気だったらしい。むろん幕間時間も掲示されなかった。都会生活で時間励行が取上げられ

るようになったのは、いつ頃からであったろうか。

それによって、市民生活は秩序を得たと共に、のんびりムードを失った。開幕が定刻通りにいかない位だから、打出し時刻もまちまちで、甚だしい時は、一時間近くも遅れることがあったが、それに対して客がいちいち、向ッ腹を立てることはなかった。時間励行が社会の常識とされたので、少し狂うと、大衆が怒り出すという世情にもなったのか。

その日はたいして遅れず、やがて下座の水音に、端歌《はうた》の合方が聞えて間もなく、「おつま八郎兵衛」の幕が開いた。

一の二

わたしの生れる少し前に、足尾銅山の鉱毒事件が、世間を震撼させる社会的話題になったことは誰れ知らぬ者もなかった。しかも事件に直接関係のある足尾銅山の所長が、わたしの祖父近藤陸三郎だと言うのだから、それをわたしがどんな風に考えたか、または考えさせられていたのか。これはわたしの一生に重い翳となった。

なにしろまだ八ツそこその子供では、事件に関する罪の意識がある筈もない。それどころか、わたしにとって古河や近藤は、味方の陣営であり、田中正造や、渡良瀬川沿岸の罹災者達は、むしろ敵側として教えこまれていた。

たとえば、近藤陸三郎が日本橋瀬戸物町の古河の本店から、辻俥に乗って帰って来ると、俥夫に化けた農民側の壮士の一人が、陸三郎を刺そうとして、警備していた警視庁の刑事につかまったという一ト幕もあった。壮士の腹掛には、刃渡り何寸という匕首《あいくち》が隠されていたとやらの話も聞いた。

近藤の家の門内に請願巡査が置かれたのも、おそらくそんな事件の反動的措置であったろうと思われる。要するに日本の社会で、労使の対立が筋道らしい筋道として、世間の耳目に触れるようになったのは、足尾銅山鉱毒事件がそもそもの濫觴《らんしょう》と言っては誤りであろうか。

言い換えると、近頃大きく取り上げられている公害問題の元祖ともいうべきものが、足尾の鉱毒だったのであるが、そんな社会意識のあるべき筈もないわたしには、遥か彼方の遠雷をきくほどの恐ろしさも知らなかったのである。

不二子さんが明治維新の大立者西郷吉之助隆盛の弟従道の次女であることは、誰れからともなく聞いて、わたしも知っていた。が、隆盛は明治政府の賊として、城山に自滅したのだから、その弟が長く台閣に列して、帝国陸海軍の中枢を握っていたとは、いささか信じ難いものがあったのだが、それにもましてこの美しい人の伯父さんが西郷さんだという連想が結びつかず、不二子さんの顔を見る度に、不思議に思われてならなかった。

西郷さんが勝安房守と会談して、江戸城総攻めを中止したことで、江戸八百八町を戦火から救ったという話は、山出しの子守のおせいからさえ聞かされたのに、その西郷さんが征韓論に破れて薩摩へ引き上げ、叛逆の旗を挙げたというプロットが、子供のわたしにはよくのみ込めなかった。

いくら考えても、西郷さんはいい人なのか悪い人なのかはっきりしない。その上不二子さんが隆盛の姪だというのだから、よけい迷ってしまう。

西南の役では、官軍も賊軍も、夥しく出血している。薩長が徳川家を打倒して、維新の大業を成功させたのに、十年そこそこで仲間割れして、西郷さんは殺されてしまったのである。どうやら子供の戦ごっこに似ているフシがないでもない。

手元に「古河従純君伝」という本があるので引用すると、次のごとくである。

古河従純は不二子さんの実兄従徳さんの次男である。

「西郷従道（祖父）またの名隆興は、天保十四年鹿児島加治屋町居住の勘定方小頭西郷吉兵衛の三男として生れ、幼名を信吾といった。長男吉之助を頭に七人兄弟の六番目で、長兄とは十六違いであった。

信吾は文久三年七月の薩英戦争に、数え年二十一才で出陣したほか、翌元治元年七月の禁門の戦、明治元年正月の鳥羽伏見の戦にも参加、伏見では重傷を負ったが、平癒後江戸に出て、さらに各地に転戦した。（中略）

明治二年四月、朝廷から山縣有朋と共に露仏二国の視察を命じられ、長崎から出港して渡欧、翌年七月帰国した。この時の洋行土産は、警察制度と鉄道敷設の研究であった。
帰国後間もなく兵部権大丞に任じられた。（中略）
同四年十月陸軍少将、同十二月兵部少輔《しょう》、六年七月陸軍大輔《たいふ》に進み、七年一月陸軍中将に任じられた。
同年五月台湾征討の総督を命じられ、兵三千六百を率いて台湾に遠征し、生蕃《せいばん》と呼ばれる剽悍《ひょうかん》な土民の掃討に当ったが、間もなく、清国に五十万テールの償金を支払わせることに話がきまり、同年十二月撤兵帰国した。（中略）
それから間もなく明治十年二月、鹿児島へ帰って私学校を開いていた西郷隆盛は、西南事変を起してしまった。（中略）
元来従道は、兄の主張する征韓論に対して、今はその時期にあらず、もっぱら内政改革に力を尽すべきだとする大久保利通らと志を一にしていた。
西南事変終了後の従道の経歴は次の通りである。
明治十年十一月二十日付で兼任議定官に、同十一月二十六日付で近衛都督に、翌十一年五月二十四日付で参議文部卿に、同十二月二十四日付で文部卿を免じ陸軍卿に任じられ、同十四年十月二十一日付で農商務卿に任じられ、同十七年七月八日、特旨を以て伯爵を授けられた。
十八年十二月二十二日付で海軍大臣に任じた。

それ以後明治三十三年まで、大津事件として知られる露国皇太子傷害事件の責を負い、約二ヶ年間閣外にあったほかは、歴代の内閣にはいり、海相、陸相または内相など、その椅子は時によって違ったが、必ず閣僚として留まっていた。

明治十一年五月、三十六才で文部卿に任じられてから、その晩年に至るまでの二十余年間台閣に列していたものは、従道以外にはなかった。それだけ蓄積された声望がありながら、首相となることを承諾しなかったのも、また従道の特色であった。（中略）

彼は芒洋として、細事に通ぜざるようでいて、要領を得、議論沸騰して収拾がつかないときの調停などは、この人独特の技倆であり、その徳望によるものとみられた。

なお明治二十七年八月、日清戦争勃発のとき、従道は第二次伊藤内閣の海相であったが、同年十月三日海軍大将に任じられた。これはわが国はじめての海軍大将であり、また陸軍から海軍に回されて大将になったのも従道がはじめにして終わりである。

この日、陸相陸軍大将大山巌が第二軍司令官に転出したので、従道が海相兼臨時陸相となった。明治二十八年八月五日付勲記によれば、

海軍大臣海軍大将従二位勲一等伯爵西郷従道

明治二十七、八年ノ戦役ノ際、陸軍大臣ヲ兼ネ、軍務鞅掌《おうしょう》其功尠《すくな》カラザルニ依リ、功二級金鵄勲章並ニ年金千円及ビ旭日桐花大綬章ヲ授ケ賜フ

とあり、また二十九年十一月三十日付で、

征清之役軍功顕著ナルニ依リ特ニ侯爵ヲ授ク

とある。

以上を読むと、隆盛と従道は十六違いの兄弟でありながら、兄は賊将として死んだのに、弟は高位高官を総舐めした観がある。それにしても、明治新政府成立匆々《そうそう》、山縣有朋と一緒に、外遊した縁もあり、征韓是非の分裂に際して、たまたま従道は台湾出兵の命を受けたことも、兄隆盛と別々のコースにはいる契機ともなって、兄弟の間に深く大きな溝をあけてしまったのである。

それにつけ連想されるのは、明治三十六年、小説「黒潮」の序で、蘆花が兄蘇峰に与えた訣別の辞の、

兄弟牀《とこ》を対するも、夢は東西に飛ぶ。
烏鵲《うじやく》今宵一枝に棲むも、明朝は南天北地の身なり。

と記した一文である。おそらく従道と隆盛の間にも、徳冨兄弟に似た愛憎がたぎりたったに違いない。

が、政府は従道に命じて、隆盛に降伏を説得させようとしたが、すでに時おそく、南洲は自決してしまっていた。

その従道が第二次山縣内閣の内相を最後（明治三十三年）として、政界を引退するまで、いかに請われても、内閣首班の地位を拒みつづけたのは、兄隆盛が反政府の頭目であった事実に責め

を感じてのことだったろうと想像されるのである。

やがて健康を害し、ベルツ博士、橋本綱常博士らの診療を受けたが、病名は胃癌と診断され、ついに再起不能と報じられるや、伊藤博文は従道の功績を評価して、大勲位を贈るべしと首相桂太郎に伝言した。

同三十五年七月十八日、従道は享年六十才をもって逝去した。

とすると、わたしが不二子さんと市村座や歌舞伎座へ芝居見物に行った頃は、ほぼその十年ほど前に、父従道氏を失い、その後古河虎之助氏と結婚して、蜜月の夢こまやかな時だったわけである。もっとも不二子さんの父親が、政府の第一級の実力者であるとは、子供のわたしが知る由もないことであった。そしてわたしと不二子さんの年齢の開きは、およそ十三才であった。

一の三

この時の市村座の舞台を、克明に記憶しているとはどうも言えない。そこで「演藝畫報」(四十四年五月号)を開いてみると、漠然と印象に残っている舞台写真が載っている。

一番目「おつま八郎兵衛」の作者は伊原青々園《せいせいえん》氏だったようだが、「演藝畫報」には写真はあっても、作者の名はどこにも見当らない。

前章の不二子さんとの対話にもあったように、この出し物には市村座の人気スターである菊吉ともに出演していない。吉右衛門はなんで休場したのかわからないが、菊五郎は歌舞伎座で段四郎の弁慶、羽左衛門の富樫で「勧進帳」の義経を演ってから、市村座の二番目へ駆けつけるためであったと不二子さんに答えた通りであったが、いま、三宅周太郎氏の「演劇五十年史」を繙《ひもと》くと、市村座の座頭は坂東三津五郎で、菊と吉はまだ歌舞伎座に専属していたのを、座主の田村成義氏が、二人を三津五郎の上置《うわおき》として、歌舞伎座から借りているというシステムだったことが理解できた。

「演藝畫報」およびわたしの手許にあるアルバムの舞台写真から古い記憶をたぐり出してみると、芙雀の銀猫おつまが、黒襟の弁慶格子のお召に友禅の下着、同じく襟のかかった袢纏を着て、三津五郎の八郎兵衛と色模様になっているところへ、駒助の扮する香具師《やし》の弥平が踏み込んできて、強請《ゆすり》になる。（芙雀は後の尾上菊次郎だし、駒助はそれから間もなく中村東蔵になり、更に改名して大谷友右衛門となった人。現在の中村雀右衛門の父である）そのとき、八郎兵衛の胸に凭《もた》れて、躰を崩した芙雀が、膝の下にチラッと見せた淡紅色《とき》うずら縮緬の湯文字《ゆもじ》のなまめかしさに、子供心とはいえ、思わずハッとさせられたものである。

笑わないで下さい。

わたしはまだ湘南の海近い腰越小学校の一年生だったが、あとで書くけれど、漁師ばかりの子の中に、ある別荘のお嬢さんがいたのに、何んとなく気をつかい、登校すると、彼女の外ばき草履が、下駄箱の中にはいっているかどうかを、先ずたしかめてから、廊下へあがるようなところがなくもなかった程度にませていたから、芙雀の舞台姿が色っぽいナという感じを、わたしはもう知っていた。

そして、このときの実感は、恐らくいつまで経ってもわたしの脳裡から去ることはないだろう。芙雀のおつまの、思い切り伝法な啖呵にも魅せられた。

この芝居については、「歌舞伎細見」（飯塚友一郎氏著）に次の如くある。

江戸のお妻八郎兵衛の伝説は、両国のかくし売女銀猫のおつまと、立花町の呉服屋八郎兵衛の情話で、明和頃の事件と伝えられる。全く同じ名のお妻八郎兵衛が、江戸と上方に二件あったとは信じられない故、似たような名と似たような殺人が、戯曲化されるに当って、混用されたのであろう。（中略）

江戸両国に起ったお妻八郎兵衛の一件が、わざわざ上方へいって浄瑠璃に仕組まれたのは、江戸は政令が厳しくて際物を上場することが遠慮されたからという説明がつく。事実、上方で際物狂言が著しく発達したのに反して、江戸ではいつも上方の糟粕をなめていた。お妻八郎兵衛の狂言にしても、一度上方で脚色されて、その後漸時に江戸の舞台に入ったものである。

なお、この芝居は浄瑠璃「桜鍔恨鮫鞘《さくらつばうらみのさめざや》」（作者未詳）から歌舞伎へはいったものを、先代実川延若が得意としてよく演じた。通称を「鰻谷《うなぎだに》」という。

次の中幕は新歌舞伎十八番のうちの「琵琶の景清」（黙阿弥作）で、市川猿之助の出し物であった。わたしはこの時、はじめて彼の舞台を見たのだが、琵琶法師千寿検校に扮した景清（猿之助）が、南都の仮殿に入りこみ、平家の仇頼朝（栄三郎、その後彦三郎と改名。六代目の弟で、現羽左衛門の父）の身辺をねらう。秩父庄司重忠（先代守田勘弥）がそれと察し、これも腰元に化けて入りこむ影清の娘人丸（男寅《おとら》、のちの男女蔵《おめぞう》改め三代目左團次）を縛《いまし》めて、責め苛み、その上で法師に枇杷を所望する。さすがに景清も現在の娘の苦悶をみては糸の音色も乱れがちである。ついに彼の手で人丸を殺し、その揚句、見あらわしになるのだが、神経の弱かったわたしには、景清の面相《マスク》が少し刺戟が強過ぎたようで、思わず不二子さんの膝に縋《すが》りついた。

そんなわけで、猿之助の芸にはそれほど親しみを持てなかった。わたしが彼に惚れ込んだのは、翌四十五年二月の曾我五郎時致《ときむね》（歌舞伎座）以来のことだった。が、それについては次回に書く。戦後、彼とは特に親交を結ぶに至ったが、初見参《ういけんざん》は「琵琶の景清」であったのだ。「猿翁出演年表」によると、団子改め猿之助となったのは、明治四十三年十月の歌舞伎座で、その改名狂言は、歌舞伎十八番「鎌髭」であり、同時に初代猿之助が二代目段四郎になった。今の段四郎の曾祖父に当る。

その一方、猿之助は小山内薫・二代目左團次提携の自由劇場で、四十二年十一月、第一回「ジョン・ガブリエル・ボルクマン」（ヘンリック・イプセン）では、エルハルトに扮し、四十三年十二月、第三回「夜の宿」（マキシム・ゴリキー）では、錠前屋クレシナを演じた。（「どん底」が原名で、「夜の宿」はドイツ語から重訳したための題名である）

いよいよ二番目「赤垣源蔵」の幕があいた。

「さあ、音羽屋の赤垣源蔵の出ですよ」

と佐木さんのお嬢さんが坐り直してから言った。わたしの手首を握っていた不二子さんの手にも、力がはいったようだった。

やがて揚幕がチャリンと鳴って、菊五郎が出てくると、立見席のかけ声は一斉に花道へ集中した。

酔える源蔵の饅頭笠に雪、合羽の肩から袖にも雪、下駄の歯にも雪。徳利を下げ、七三までよろめき、よろめき歩いて来て、ひとつおこづくと、ツケが鳴った。

いい顔だった。わたしは目にやきつけられ、息をのんだ。後年も、六代目の酔態は、他の追随を許さぬほどうまかったが、既にこの頃から、酔払いはお手のものであったらしく、観客はみな、赤垣源蔵の酔態に陶然とした。

しかしこの脚本の筋は月並で、面白いものとは言えなかった。ただ、盛んに舞台に降り積る雪や、笠や合羽にくっついている綿の雪や、それが下駄の歯にまでついているのが、子供心に珍しくもあれば、楽しくもあった。どこから降ってくるのかと、わたしは天井を見上げた。

ほんとうの雪が降っても、ろくに雪合戦ひとつしたことのないわたしは、芝居の雪のほうに興味と関心が多かった。

大喜利は「奴鞘当」という所作事で、菊五郎の不和の奴供平、条三郎の葛城太夫、三津五郎の名古屋の奴山平で踊り抜き、打出しとなる。

そこでまた芝居茶屋万金へ戻って、一服したり、昆布茶とかさくら湯とかを飲んで、不二子さんたちと別れて帰路につく。

その晩は番場町へ泊った。それ以前にも、芝居を見てきた夜は、概ね番場町の近藤の家へ泊り、横網町の両親の家へは帰らない。横網からはおせいが迎えに来ていたが、わたしは承知せず、おせいも強いて連れて帰ることはしなかった。

このおせいは飛騨国高山の在、益田《ました》郡朝日村の庄屋の娘で、新井せいといった。おせいの次男が、現在平凡社編集部勤務の平尾俊二氏である。

先日、平尾君に電話で話してみると、今年四月、八十九才で死去した老母舟橋さわ子から聞いたのとは、少々違っていた。おせいも老母に先立って、既にあの世の人となってしまったが、明治の末には、まだ二十代の女盛りで、桃割れに結い、頬ッぺたの紅い可愛らしい田舎娘であった。

隅田の白魚

一の四

老母さわ子には少々ものを大袈裟に言う性質があった。そのうえ話好きでもあったので、一座の話題をさらってしまい、どうやら少しオーヴァーだとは知りながら、つい捲込まれることが多かった。わたしが作家という職業にはいったのも、或いはそういうお袋の遺伝のせいかもしれない。

実は前章に書いた新井せいのことでも、お袋の話によると、飛驒の高山から東京へ出てくる途中、悪周旋屋の手にかかって、どこかへ売りとばされるところを、必死になって本所の桂庵へ飛込み、幸いそこがわたしの家と取引のある店だったことから、わが家の女中になったという話を聞かされていた。

然るにおせいの実子平尾俊二君の電話によると、そんなゴタツキはなく、飛驒高山在益田郡朝日村の庄屋の娘として上京するなり、桂庵の手代に連れてゆかれ、はじめは近藤の家の女中となり、お袋が嫁入りする時、母に付添って、新居の横網町へ移ったとのことだった。大分話が違うので、わたしは鎌倉にいる亡母の妹木部よねに問合せてみた。

「それは姉さんの話のほうがほんとうですよ。その頃は自分も番場町の家にいたのですから、たしかに知っていますが、おせいは番場町で雇ったのではなく、姉さんが結婚したあと、桂庵の手代に、横網町の家へ連れてゆかれたんです。聖ちゃんが生れてからあとのことだったと思いますよ」

この人は外交官でシンガポールの総領事をやり、のち満鉄株式会社の重役になった木部守一の未亡人である。宰相吉田茂は木部守一の次に、シンガポール総領事として赴任しているので、守一は吉田の一期先輩であった。木部よね子は去年八十九で死亡したわたしの母より、二つ齢下だが、一族としては最長老になってしまい、生証人として貴重な存在である。

このようにして、おせいの雇入れ情況についても、平尾俊二君と木部よね子の証言には、喰違いのあることがわかる。

この話に出てくる横網の家というのは、わたしの両親の新婚のホームであった。正確にいうと、東京市本所区横網町二丁目二番地で、明治三十七年十二月二十五日生れのわたしは、誕生から五、六才まで、その横網の家で育った。隅田川から流れこむ掘割を背《うし》ろにした小体《こてい》な仕舞家《しもたや》で、その掘割は隅田川を漕いでくる船が、荷揚げのために入る水路であった。死ぬ前の母にきくと、家賃は二十四円であったといっていたが、どうも少し計算が違うようだ。のちに聞いた話だが、もとは粋筋《いきすじ》の二号さんが住んでいた妾宅だったという。

横網から母の実家の番場町までは、大人が歩いて約十分ほどであった。何かにつけて、

「番場へ行こう」

がわたしの口癖であったらしい。わたしがそう言うと、おせいはすぐわたしを背中へ乗せて、百本杭から富士見の渡、厩橋へと大川端ぞいに、多田薬師の隣の番場町まで、紅い鼻緒の下駄履きで歩いた。

番場町の家は地坪七百坪ぐらいで、建坪は約百五十坪。西南に向いた庭に池があり、長さ十メートルほどの石橋がかかっていたのが印象に残っている。

隣が東江寺という寺で、玉島山と号し、明星院と称した。天台宗で、近江国延暦寺の末寺である。開基は源満仲であるから、その境内にある薬師堂を多田薬師と呼んだ。

おせいの背中から見る百本杭やその向うの水景、対岸の柳橋や代地《だいち》の料亭の眺めは、子供心にも、情緒豊かなものであった。

百本杭は隅田川の水がそこへぶつかってくる勢いで、いろんなものを杭にひっかけた。女の姫鏡台が半分こわれてひっかかっていたのを見たような記憶があるのは、どういうわけだろう。土左衛門もよく流れ込み、時にはお竹蔵《たけぐら》のほうへ掘割の水に浮いてきたこともあった。

横網の家の洗濯場にも、一度若い娘の殆んど全裸の水死体が流れついて、その時洗濯をしていたおせいが、日頃気が強かったにもかかわらず、腰をぬかして、彼女まで水中に滑り落ちかけた

という話もあった。お袋の言うのに、娘の髪の毛が、片側だけ抜け落ちて、「四谷怪談」（南北作）、隠亡《おんぼう》堀の場、戸板返しのお岩の形相そのものだったと聞かされたが、真偽のほどはわからない。

隅田川の水は、今とちがって澄んでいたし、土左衛門が流れついたりするわりに、百本杭では目の下に葵の紋章の浮彫りをみるような白魚もとれたのである。太い杭にしゃがんで、釣糸を垂れている人もよく見かけた。

代地には船宿があった。大人たちが「船宿へ行った」とか、「どこの船宿がどうこう」と言っているのを、聞くともなしに聞くわたしだった。むろん船宿が何をするところか、わたしにわかる由もない。

往年代地に並んでいた船宿は、吉原通いの嫖客《ひょうかく》がそこで衣服を改め、武士ならば大小を預ける。それから猪牙舟《ちょき》に乗り込んで、大川をさかのぼり、今戸橋の下をくぐって、山谷堀に着き、日本堤から衣紋坂《えもん》をおりて、大門を入るのが代表的なルートであったそうで、船宿を用いず、テクで行く者は、大門の手前に編笠茶屋があり、そこで編笠を借りて面体《めんてい》を包んで登楼したという。

現今は船宿変じて料亭となり、吉原も解体されたから、猪牙舟の風情をしのぶよすがとてあるべくもない。もっとも当時の船宿は、吉原通いの引手茶屋と同じ役割だけではなく、それ自体男女の密会宿を兼ねていたそうだ。

おせいは山出しのわりに利口な子で、一年もいるとなにもかものみこんでしまい、わたしの家の重宝な小間使になった。祖母にも気にいられ、番場町で大ぜいの客のあるような時は、

「おせいをちょっと貸して頂戴」

と言われるまでになった。

祖父母の家では、二階の夫婦の寝室でわたしは祖父と祖母の間に川の字になって寝た。おせいは寝かしつけると、番場町へは泊らずに、夜の道を帰っていった。そしてわたしが朝目をさます頃には、横網から来ていた。

おせいはおもに桃割れに結っていた。当時の娘は大部分日本髪で、たまに庇髪《ひさし》や、前は庇髪、うしろはリボンにお下げというのもいた。おせいもたまには銀杏返しに結い、正月には結綿《ゆいわた》に結ったこともある。

おせいと一緒に風呂にはいった記憶はないが、夜わたしを寝かしつけてくれる時、「まあ、坊っちゃまのおみ足の冷たいこと」と言って、着物の前をまくり、蹴出《けだ》しも左右にあけて、わたしの両足を彼女の暖い太腿の間へ挟んでくれ、湯タンポのかわりに暖めてもらった記憶だけがある。わたしはおせいの股間を恋しく思ったが、自分のほうから求めたことはなかった。

隅田川には一銭蒸気が走っていた。（のちに水上バスという野暮な名前になった）乗船券は一銭が二銭になり二銭が五銭になり、やがて十銭になった。が、十銭蒸気とは言わず、船賃が十銭になっても、一銭蒸気とよばれていた。

別に用事もないのに、わたしはおせいと一銭蒸気に乗るのを好んだ。客室は畳敷きで、腰かけが出来たのは、ずっとあとのことだった。横網から吾妻橋まで行き、そこで一度船をおりて、雷門から仲見世を歩き、本堂の前で鳩に一皿いくらの豆を買ってやったりして、再び船着場へおり、今度は横網を通り過ぎて、永代河岸まで行った。吾妻橋、厩橋、両国橋、新大橋、永代橋などいくつかの橋梁の下をくぐる。船が橋の下をくぐる時、何んともいえない重い圧迫感が、頭の上から垂れ下るようで、わたしはその感覚が好きだった。日光もさえぎられ、船中は薄暗くなる。その間に「何なにが出来ますように」とか「誰れそれが来ますように」とか願いごとを言い、それを言い終ってから橋の下を出れば、望みが叶えられると、わたしはおせいに教わった。

船中では、絵本売りの男が、

「お退屈しのぎに……」

と言ってまず一冊懐中から出し、内容を紹介した上で、

「一冊ただの十銭でございます」

と披露してから、また別の一冊を出し、

「これをおまけにつけまして、二冊で十銭」

と言う。誰れも買おうとしない。するとまた別のを一冊出し、

「思いきってこれも負けときやす。三冊で十銭ではどうです」

それでも買うと言う客はない。更に四冊目、五冊目と出し、だんだん言葉が乱暴になって、

「こん畜生、思いきってもう一冊負けちまえ。これ以上は駄目だぜ」

更に六冊目を出し、

「これでも駄目か」

と吸鳴るように言うと、一人二人買い手がつく。絵本売りの男は急に破顔して、十銭と六冊を交換する。客のほうでは六冊が許容限界ということを知っているのである。

おせいも二、三度買ってくれたことがあるが、子供には見せられない絵のあるものは、小さい手提袋に隠してしまった。

船を乗り降りする時、おせいは片足を船べりに、もう一方を桟橋へ置き、「ヨイショ」と言いながら、わたしを抱いて、船から水へ落ちないように跨がしてくれた。それでも一度下駄を落してしまい、船員に竿で取ってもらったことがあった。

おせいが思いきって股をあけるので、白い内腿が船員の眼に見えそうになるのを、わたしは自分のことのように羞恥した。

一の五

わたしは父より母に馴染んだ。その母より祖母のほうが好きだった。初孫だったせいもあって、わたしは祖母の愛を独占した。

まだ記憶の定まらない頃、祖母に連れられて、足尾銅山の社宅へ行ったことがある。そこで歯が痛くて、一ト晩中泣きわめき、祖父や祖母を眠らせなかった。大泣きに泣いたのはその時ぐらいのもので、どちらかというと、わたしは泣かない子であった。社宅がどんな間取りであったか、所長室のつくりがなんであったか、今は憶えていない。山から公害の黄色い煙が、ムクムク一日中噴出していて、咽喉をカラカラにした。社宅におつなさんという別嬪の若い人がいて、それが祖父のために、料理やら給仕やらしていた。祖父は今でいう単身赴任だったので、おつなさんは単なる家政婦でなく、祖父と噂の立っている人だったかもしれないが、わたしにその意味がわかろう筈もなかった。

足尾の町から歯科医が往診して、わたしの歯痛はおさまった。

祖母と旅をした記憶は、もう一度熱海行がある。

その頃年寄りや子供の足弱は、熱海に行くには二日がかりであった。小田原の小伊勢屋という旅館で、煎餅布団が堅くて、碌々安眠が出来なかった。

この時小田原熱海間の交通は、もう軽便鉄道の頃で、レールの上を、小型の箱様の車を人夫が四、五人で押してゆく豆相人車《ずそうじんしゃ》鉄道の時代ではなかった。人車鉄道が軽便鉄道に変ったのは、明治三十九年十月だというから、わたしがはじめて小田原へ泊ったのは、人車が軽便になった数年のちでもあったろうか。ところが、どうもわたしの漠然たる記憶のなかには、たった一度、人車に乗ったような気がしている。これも或いは、そのとき小田原で人車の廃物を見せてもらうなり、それへ乗っけて貰うなりしたのが、幼時の記憶の中に、うっすらと残っているのかもしれない。あるいは、そのときよりもっと前、まだもの心のつかぬ頃に、熱海へつれて来られたことがあって、そのときの模糊たる断片であるかもしれない。

その軽便は機関車一輛に、客車一台、定員わずかに三十六名、小田原熱海間二時間半を要した。

熱海では樋口旅館へ泊った。(現在樋口は伊豆山へ移り、樋口のあとは、市のほぼ中央、富士屋旅館にかわっている)その旅館には、別にホテル部があり、これがのちの熱海ホテルになったのだそうだが、そのホテル部の食堂は洋式で、明治的ハイカラの献立《メニユウ》だった。また震災まで残っていたトルコ風呂のあったのも樋口である。

不二子さんの主人古河虎之助が、樋口に滞浴して、その庭上に土俵を築き、入門したばかりの大錦卯一郎らを呼んで、春場所のための稽古相撲を取らせたのは、その頃評判の話題であった。わたしも大錦の猛稽古を目のあたりにすることが出来たのだ。

彼は当時、やっとチョン髷が結える頃で、まだ海のものとも山のものともきまらなかったが、虎之助氏に目をつけられ、場所ごとにめざましい躍進をとげた。(一トロに大錦といっても、わたしが知っているのが三人いる。その一人は現代の大錦充周。次は大阪相撲の横綱で、二十八代目を称した大錦大五郎である。そして、二十六代日下開山《ひのしたかいさん》となったのが大錦卯一郎だ。彼は明治四十三年一月前相撲、同年五月序ロ二十四枚目に進んだ。やがて幕下全勝数回ののち、入幕後は次場所で新小結となり、つづいて新大関。大関三場所で第二十六代の横綱を張った)彼の身長は五尺八寸だが、体重は三十八貫で、光り輝くばかりの太鼓腹を利しての寄り身の早さは、群を抜いていた。

更に散切《ざんぎり》の取的連の中には、後年の理事長常の花の出羽海秀光もまじっており、戦後わたしが角界に関係をもつようになってから、

「わしも築地のお邸や樋口旅館の土俵で、散々可愛がってもらった一人ですよ」

という話を聞かされた。

稽古相撲も面白かったが、それよりわたしは虎之助夫人不二子さんと梅園まで遊びに行ったり、お宮の松を見に行ったりしたことが、どんなに楽しかったか。

おせいがどこでどう見たのか、

「古河の奥様は存外毛脛《けずね》でいらっしゃいますね」

と言ったのもこの時である。

実は戦後にも、そんな話を聞かされたことがある。現代の女性は脛に毛が多ければ、忽ちストッキングから透けて見えてしまうので隠しようもないのだが、昔は何枚もの布で足を包んでいるのだから、毛深いか否か、わかる筈もない。しかしおせいに言わせると、人力や馬車のステップに片足をかけるとき、チラッと見てとったのだと得意そうに言っていたが、わたしには色消しで、聞きたくもないことであった。一本も毛のないスベスベした股や脛であってこそ、不二子さんの足である筈であった。

早く言うと、わたしは祖母さん子であり、祖母も亦、わたしばかりを可愛がって、ほかの孫を寄せつけなかった。わたしには弟が三人、妹が一人。木部よね子の子供に木部英一、隆吉、新吉、菊子、昭吉。また近藤の長男真一が故鮎川義介の令妹淑子《よしこ》を妻にしたことはあとで書くが、所謂嫡流の孫も男の子ばかり五人も揃っていた。にもかかわらず、祖母の愛はわたしと彼等との比較において、段違いであった。彼等はこれについて露骨な不満は見せなかったが、内心の不快感は、ぬぐうべくもなかったであろう。不快感を通り越して、反感をもつ者もあったに違いない。彼等に言わせるならば、わたしという男は最もブルジョア的な趣味と享楽に耽り、祖父母の権力にゴマをする茶坊主的存在と写ったのではなかろうか。

しかしわたしは彼等がどう思おうと委細かまわず祖父母にアプローチし、食べ残しのオムレツでもホットケーキでも牛乳でも何んでもみな口へ運んだ。わたしが喜んで食べるので、祖父母も喜んで食べさせた。

わたしのこの態度に一番おさまらなかったのは、他の孫たちよりも、わたしの父だった。

「近藤の贅沢を覚えられては、聖一の将来が思いやられる。大体、すぐ番場町へおぶって行くおせいがけしからんのだ。あれを飛騨へ帰してしまえ」

と呶鳴ることが多かった。同じく向ッ腹を立てるおせいは、「出て行け」と言われると、さっさと荷物をまとめたが、ついでにわたしを背負《おぶ》い袢天で肩におぶい、

「そのかわり坊っちゃまを戴いて行きます」

と言って出て行きかけるので、母がおせいに謝って機嫌を直してもらう場面も、一再ではなかったそうだ。

そのうち父は横網が自分たちの住宅として適当ではないと言い出した。わたしが母の実家風の贅沢に馴れるのを、警戒したい気持でいっぱいだったのだろう。

それに父は当時、東京帝国大学工学部冶金科の助教授として、本所から本郷へ通っていたが、学生時代に住んだことのある本郷向岡弥生町三番地あたりに住めば、大学も近いので、そのほうが好都合だったに違いない。

しかし母は実家に近い横網のほうがいいので、夫婦の意見はいつも対立しがちだったらしい。父の転居動議は母によって、いくたびかくつがえされた。

わたしも横網の家から引ッ越すにはしのびなかった理由がある。

それはこうだ。露地をへだてて斜め筋向いに、当時全盛の友綱部屋があり、そこへ朝昼晩となく往来して、取的や関取と仲良くなっていたからである。

円屋根の国技館が竣工したのは、明治四十二年五月で、六月二日開館式が行われた。

その以前は小屋掛相撲で、老母の通った江東小学校と隣接していた。

相撲場で大喝采が起ると、授業が妨げられる程であったそうだ。先生までが教壇を下りて、窓から顔を出し、

「今のはどっちが勝ちました？　荒岩ですか、国見山ですか」

と聞かずにはいられなかった。

母も休み時間には、むしろの隙間から覗き見した。

木戸番と顔馴染みになっているので、手の甲に裏木戸の判を捺してもらうと、木戸御免となった。

常設館の設置については、まず敷地が問題であった。日比谷公園、三菱ヶ原、回向院境内の三つが有力で、結局回向院に決定をみた。坪数一千坪、収容人数一万六千人、柱なしの総鉄骨張りであったから、都人士の目を驚かすに足りた。設立委員は、雷《いかづち》権太夫（大雷《おおいかづち》）、二代目高砂浦五郎両取締役をはじめとして、幹部年寄友綱、尾車、根岸の五名であった。

国庫補助が出るとか出ないとかで、新聞の社会面を賑わし、政友会の支持によって、衆議院では金三万円也の下附が可決されたが、貴族院では審議未了になった。雷や高砂は、それを不満とせず、ともあれ国家が認めてくれたという理由で、涙を流して喜んだという話柄も出た。

これは当時のわたしが知る由もないが、戦後横綱審議委員として迎えられた時、同じ委員の仏文学者辰野隆博士から聞いた話である。辰野氏がこの裏話に通じていたのは、さもあろう、国技館の設計者が、博士の父辰野金吾工学士だったことから当然であった。

その時代の友綱部屋には、大関太刀山、張出大関国見山、小結伊勢の浜をはじめ、黒瀬川、土州山《としゅうざん》、紅葉川などの俊英が、常陸山、駒ヶ嶽、西の海の出羽井筒連合軍に対峙したのであった。

明治四十二年というと、友綱部屋では黒瀬川が新入幕した年であるが、当時二十五才、身長五尺九寸、体重二十四貫の新進力士であった彼は、男振りがよく、近所界隈の若い娘や女中さんなどの人気の的であった。

当時六才のわたしも、黒瀬川が大銀杏を風に吹かせて、威勢よく二人曳きか何かで部屋を出てゆく姿に、惚れぼれ見入ったものであった。ことに彼のちょっと斜めになった髷の形がいかにも小意気で、勝っても負けても、その髷の乱れ具合が何んともいえない風情だった。

その頃はまだ写真術が未発達だったので、勝負の極りは朝日新聞の鰭崎英朋《ひれざきえいほう》画伯、時事新報の北沢楽天画伯の挿絵に依るほかはなかったが、後者が個性的な素描であるのに対し、前者は原形的であったにもかかわらず、黒瀬川に限って似顔絵であるのが、わたしには嬉しかった。その黒瀬川が頭部に負傷して、グルグル純白の包帯を巻いて土俵に上ったことがある。次の日鰭崎さんが、包帯姿の土俵際を描いたので、わたしは思わず喝采した。ファンというものは、ひょんなところに気を入れるものである。

これは後日談だが、戦後赤坂に「黒瀬」という旅館があって、菊池寛氏や吉川英治氏と、占領統制時代の闇料理を食べに行ったものだが、その旅館の亭主が黒瀬川とは知らなかった。彼は引退してからも、協会の理事をつとめ、千秋楽の結びが終ってから、優勝旗を運んできて、取締に渡す役に当っていたが、わたしは年寄として土俵へ上る彼の様子に、往年の力士姿をオーヴァラップさせて、心中密かに楽しんだものだ。それが通じたのか、赤坂の旅館から電話があって、「昔の黒瀬川ですが、是非話がしたい。鯛の刺身でも食べに来て下さい」

というので、「きっと会おう」と約束しておきながら、多忙にとり紛れて会わずにいるうちに、惜しくも彼は他界してしまった。

面皮《めんかわ》、総檜の数寄屋造りで、贅沢な普請であった。

一の六

その頃幕下に、寒玉子というユーモラスな四股名を持つ力士がいて、この人が一番よく、わたしの家に遊びに来た。名前のために、とかく人から三枚目扱いを受けていたし、性格にも愛嬌があったので、負星の多いわりには人気があった。

何しろ図体の大きい男ばかりだから、子供のわたしは可恐がりそうなものだったが、馴れるとなんともなくなり、寒玉子の肩車に乗って、よく浅草へ遊びに連れて行ってもらった。少々の人ごみでも、寒玉子の肩の上に跨っているのだから、三友館や電気館の絵看板も、ちょうど目の高さにあった。江川の玉乗りや天幕《テント》張りのサーカス小屋では、時々表の幕を上げて、往来の客にロハで内部を覗かせる。見えたと思った瞬間に幕が下りる。それに誘惑されて、木戸銭を払うことになる。寒玉子は貧的とみえて、いつまでも幕の前に立っている。すると呼込みの男が、

「関取、よござんすよ。おはいんなさい」

と言って木戸を通してくれることもあった。寒玉子は独り言のように、

「木戸番の奴、世辞を言いやがる」

と言ったのは、当時も十両以上を関取と呼ぶ階級制があって、彼はまだ取的だったからである。

江川の玉乗りというのは、タイツを穿いた縞シャツ姿の若い女性が、直径一メートル弱の玉に乗って見せる曲芸で、元治元年横浜で興行された外人の曲馬団のプログラムにあったのが、そもそものはじまりだそうだ。明治四年十月、フランス人スリエの男女曲馬団が来朝した時も、曲芸として玉乗りが演じられた。明治十六年、大阪千日前で、「西洋球乗り」の看板を出した曲芸師山本小島太夫のそれが、日本人によって演じられた最初である。さらに浅草へ移って、江川座の玉乗りとなり、曲芸のほか、玉の上で、橋弁慶、鞍馬獅子、石橋《しゃっきょう》、娘道成寺等を演じた。東京名物たる人気が定着し、大正大震災まで、定打《じょううち》としてつづいたのである。

木戸銭は大人三銭、小人二銭だった。寒玉子とわたしは、その安い木戸銭さえ払わずに、時々女玉乗りを見物したのであった。

女の裸を充分に想像させる見世物としては、レヴューもストリップも女プロレスもない時代に、この玉乗りだけが、東京の若者のエロティシズムを満足させることが出来たのではあるまいか。

彼女たちは玉の上で股を上げて一本足で立ったり、臀《しり》をふったり、逆立したり、際どい真似をしてみせながら、客に向ってしきりに秋波を送った。

「みいちゃん！」

と声をかけたのは、寒玉子であった。玉の上の女は片眼を細くして、ウィンクした。みいといいうからは美代子とか美佐子とかいう芸名の娘だったのであろう。

ロハ見物で多少気がひけるのか、三十分見るか見ないかで、寒玉子は江川座を出るが、肩の上のわたしに、

「江川へ行ったなんて、おかあちゃんに言うと、叱られるからな。言っちゃあいかん」

と釘をさすのを忘れなかった。

母や祖母からも、

「浅草へ行くのもいいけれど、奥山から先には鬼がいるから、いけませんよ」

とよく言われた。これは千束町には白ッ首がいたし、さらに吉原が盛んな頃だったので、力士に連れられて、中之町をフラフラひやかして歩いたりしては、大変だという意味だったのだろう。

寒玉子は大掃除の時など、若い取的を何人でも連れて手伝いに来てくれたので、畳でも簞笥でも、片っ端から運び出し、力のある手で拭いたり掃いたりしてくれた。
十五、六の弟子入りしたての、散切頭の少年力士達の姿もよく見かけた。彼らはいつも血を出していた。猛稽古のために、生創《なまきず》が絶えないのであった。
稽古ばかりでなく、兄弟子に殴られたり、蹴られたりすることもあるので、彼らは終始ベソをかいているように見えた。

わたしはよく彼らがメソメソ泣きながら、友綱部屋の往来向きの羽目板や下見を、水洗いしている姿を見た。兄弟子とは無理扁にゲンコツと書くのだ、と彼らは教えられ、どんな無理でも、

横車でも、兄弟子のいうことなら、辛抱しているよりほかはなかったのであろう。

わたしは友綱部屋だけでなく、ほかの部屋の稽古も見に行った。梅ヶ谷のいる雷部屋、駒ヶ嶽のいる井筒部屋、朝嵐（のちの朝汐）のいる高砂部屋、常陸山のいる出羽の海部屋などへも、この寒玉子に連れられて行ったのである。

そこで些か脱線するが、その頃は関取も取的も、稽古土俵の隅で、見物人の視線に躇うことなく、一旦全裸となり、稽古まわしを股にはさんで、グルグル廻して、竪褌《たてみつ》をしめあげる。さすがに前袋を一物に当てる時には、羽目板の方を向いてするが、中には傍若無人にやるのもいる。わたしはそれが気になり、それに目を奪《と》られてしまう。

まだほんの子供なのに、関取衆のそれが、大きな五体に較べて、案外小さいという印象を持たされた。寒玉子のも、黒瀬川のも小さかった。

近頃は稽古相撲で、そういう場面にぶつかることはなくなった。どこか別のところで支度をしてきて、列に加わるという風である。よしんばそういうシーンがあらわれたにしても、成人してからのわたしには、関心のない問題であり、見る前に視線を逸らしてしまう。

子供だったからこそ、そういうことに興味を持ったのであろう。

古河虎之助氏が力瘤を入れたのは、前に書いたように、もっぱら出羽の海部屋の若手力士であった。

その頃のある日、わたしは祖母に頼まれて、歌舞伎座の札を不二子さんに手渡しするために、築地の古河本邸へ出かけることになった。番場町から築地まで、わたしはおせいに抱かれて、人力車に乗った。この日わたしは、純白の太襟のカラーが首の下一面にはり出した洋服の盛装であった。

おせいは桃割れに結っていた。

築地へ着くと、二人は控え座敷へ通された。奥様附きの中年増の女中が出てきて、わたしだけが少し離れた応接間へ連れて行かれた。おせいはちょっと恨めしそうな顔をした。

応接間といっても、障子の嵌まった日本間に絨緞を敷いて、豪奢な応接セットを置いた和洋折衷の客間だった。間もなく不二子さんがあらわれた。わたしは命じられてきた芝居の札を渡した。不二子さんは凮月堂の洋菓子をすすめてくれたが、わたしは緊張のあまり、モジモジして、手が出なかった。不二子さんはそれと察したのか、

「お憚りへ行きたいんじゃないの」

「いいえ」

とわたしは首を横に振った。それから何を話したか、すっかり忘れてしまったが、一つだけ憶えているのは、

「聖ちゃんは友綱部屋がご贔屓なんでしょう。うちの人も聖ちゃんの好きなお相撲さんを贔屓にするといいんだけど、生憎、出羽の海一門なの。ご免なさいね」

不二子さんに「ご免なさい」と言われて、なんだか急に悲しくなり、涙がポロポロ落ちてきた。それを気取られまいとして、わたしは不二子さんの膝に、いつも芝居小屋の鶉でするように縋りついた。わたしはしばし、おせいの存在を忘れていた。

湘南の春から夏

一の七

わたしが静岡県庵原《いはら》郡興津《おきつ》へ連れていかれたのが、いつ頃のことかはっきりした記憶がない。興津では興国禅寺清見《せいけん》寺、石段下の地名寺下の山梨源左衛門の家に厄介になった。源左衛門の妻女の亀二（ひろ子も戸籍名は廣吉で、姉の亀二とともに男の子のような名前をつけられたのである）が、わたしの祖母近藤ひろ子の姉にあたる。清見寺にはひろ子の先祖代々の墓があるのであった。

当時は祖母の父、遠藤周民も達者だった。若い頃は軍医だったそうだが、すでに隠居して、書道に親しんでいた。

子供のわたしが知る由もないことだったが、亀二やひろ子の実母はすでに亡くなったあとであり、周民はいといという女と同棲していた。この人が入籍した正式の後妻なのかどうかも、わたしにはわからない。しかし、それにこだわって、祖母たちが快からぬ状態であったことは事実である。後年聞いた噂では、いと女は周民が雇入れた女中であり、それがずるずるべったりに、後妻の座に直ったのだと私語された。

何んの理由で興津へ行ったかということを、まず言わなければならない。

それはこうだ。

父舟橋了助は旧制二高から帝国大学工学部採鉱冶金科を銀時計で卒業したが、学問一方で、世間ずれがしていないばかりでなく、人生の細事に通じないところがあった。その一例は生後百日にも足らぬわたしに、百日咳を感染させたことでもわかる。了助は工学部長渡辺亘博士の信任を得て、大学に残り助教授の地位にあったが、実地調査の必要上、ときどき出張を命じられて、日本各地の鉱山を見巡らなければならなかった。そういう時のいでたちは、ゲートル巻の草鞋がけであった。了助はどこかで百日咳に罹って帰京して、早速わたしに感染させてしまった。

現在では百日咳という病気は、殆んどあとを断ってしまったが、これは生後の育児に不可欠の処置として、百日咳菌のワクチンを注射して、免疫性をつくってしまうからである。

昔はそれがなかった。子供という子供は、麻疹《はしか》と同様、必らず一度はかからなければならない病気であった。しかし三才とか四才になってからなら、軽くすませることも出来るが、食初《くいぞ》めもするかしないかの赤子の状態で、百日咳菌に飛込まれたのだからたまらない。

百日咳は一度罹れば免疫になるのだから、了助が三十才を越してから百日咳に罹ったとすると、今までに一度も罹ったことがなかったのである。了助がそれを知っていれば、どこからかそんな菌を運んでくるようなへまはしなかったろう。銀時計の秀才でも、そういう点にはいたって無神経だったのである。

わたしはそのために生れおちて百日目というのに、えらい迷惑な目に遭ったのである。わたしは死に瀕したらしい。口辺にチアノーゼをおこして、酸素欠乏状態におちいったのだそうだ。矢ノ倉河岸の吉松病院の院長に匙を投げられたのも、是非なかった。(院長は当時、皇太子の侍医をつとめているというので、結構繁昌していた)要するに親の無知からおこった病気で、あまり学問にばかりこり固まっていたので、家庭を持つ資格にまだ欠けていたのであると思う。そしてこれは、今も昔も変らない。

わたしが興津へ連れてこられたのは、百日咳の後遺症が、小児性気管支喘息になり、ちょっと寒い風が吹けば咳が出る。少し冷たい雨が降ると、熱が出るという慢性病患者になってしまったので、その転地療養が目的であった。

興津は日本でも数少い温暖の地である。そこへ連れて行って、体質改善をしようとの母の思惑であった。おせいがお供を仰せつかったのは言うまでもない。

寺下というくらいだから、始終葬式があり、その行列が家の前を通って清見寺の石段を上っていく。

「坊っちゃま、またお葬いですよ」

掃き掃除をしているおせいが、そう言って飛んでくると、わたしはおせいにだっこされて、奥の間へ逃げ込んだ。

周民の子で、ひろ子の弟にあたる滋《しげし》というのがやはり医者で、山梨の家から二、三軒西に医院を開業していた。この人はのちに北里研究所でチフス菌の培養に成功したが、興津では、

「肺病の医者」

と敬遠されて人気がなかった。

滞在中わたしは毎日遠藤医院に通院して、聴診器を当ててもらった。いま思うとわたしは、この医者に小児結核の疑いをもたれていたに違いないと思い当るのは、肝油とか肉汁のほか、グワヤコールを嚥まされていたからである。

それでも転地の甲斐あって、わたしは大分健康を取戻し、ニックネームであった「ビードロドックリ」を返上できる時期も遠からずと思われた。余談だが、ビードロとはガラスの異称で、室町時代の末頃、長崎に来たオランダ人から製法を伝えられ、以来この称が用いられた。ビードロ細工、ビードロ鏡などという。黙阿弥の「梅加賀鳶《うめのかがとび》」の質店伊勢屋の場で、道玄のゆすりに対して、梅吉が、

「巧みは見えすくビードロの水機関《みずからくり》の魂胆も、種を見られた上からは、ここらで終局《はね》にしたがよかろう」

と胸のすく啖呵をきる台詞にも、ビードロが出てくる。書下しの五代目菊五郎は梅吉と、道玄の二タ役だったが、十五世羽左の梅吉と先代幸四郎の道玄の時は、道玄と松蔵の二タ役であった。

わたしはみんなに「ビードロ、ビードロ」と言われて、内心面白くなかった。早く「ビードロ」などと言われずに、丈夫な子供になりたい一心で、グワヤコールをせっせと噛み、肝油も目をつむって嚥下した。

この興津滞在中に、小事件がおこった。了助が本所区横網から本郷区西片町へ黙って引越してしまったのである。父は妻の実家に近い横網がいやでたまらなかったのだろう。近藤の家のブルジョア的風習が流れ込みやすく、従って、妻がいつまでも自分の流儀に馴染まない。長男聖一の人となりにも大影響がある。父はそれを一掃したかったのである。それには転居に如かずと考えたのであろう。

母さわ子にとって、これは大へんなショックであった。夫婦であるのに、夫が妻に相談しないで勝手に引越をするなどは、以ての外である。

しかし父はすでに移転してしまったのであった。言い換えれば、事後承諾を求める父の手紙が興津へ来た。母はその手紙を読んだ瞬間、ヒステリーの発作をおこし、人事不省におちてしまった。

さわ子は腹が立ったり、進退極まったりすると、よくこの発作をおこした。わたしが知っているのはこの時が最初だが、その後もチョクチョクやっている。母は西片町がいやなのではない。自分に一ト言もいわないで了助が勝手に行動したのが、口惜しいというのである。「顔をつぶされた」と言って、ヒステリーになるこの一種のやくざ性は、どこから遺伝したのだろうか、わたしには興味のある宿題だった。

祖母がいと女を快からず思う感情も、それが事後承諾だという点で、腹が立つものらしい。これはとうとう祖母が死ぬまで釈然とできなかった。

一の八

遠藤いとのことを書いたついでに、大分後年の話になるが、生意気ざかりのわたしが祖母と二人きりで、次のような対話をしたことがあるので、書いておく。曾祖父周民が亡くなって、どの位たっていたか、はっきり覚えていないが……。

「清見寺のお墓へ、埋骨式に行った時発見したのだがね、いいとの名が彫ってあったのよ」

と祖母は言う。

「その時はまだあの人、亡くなっていなかったんでしょう」

「まだ達者でしたよ。いとという字に朱がはいっていたから」

墓石に彫った名に朱が入っているのは、その名の人が生きている証拠だということは、わたしも知っていた。

「姉さん（亀二）にもわたしにも一言の相談もなしに、遠藤家代々の墓に名前を彫るなんて、勝手な人というより、僭越ですよ」

と祖母は感情的になっている。前にも書いたように、いと女はずるずるべったりに周民と同棲したのだから、祖母や亀二にとって、面白くないには違いない。しかし、人生にはこういうケースはふんだんにあるのだろう。

「おっしゃる通り、おいとさんには僭越なところがないとは言えないけれど、男と女というものは、だいたい夢中になって、その場でそうなってしまうのだから、一々届け出るわけにもいかないんじゃないんですか」

「そうじゃありませんよ。おいとさんはあの家へ奉公に来た時から、そういう機会を狙っていて、上手に誘惑したに違いない。わたしはともかく、姉さんは通りを越してすぐ前の家に居るのだから、夫婦になりたきゃなりたいように、姉さんにうち明けられない筈はありませんよ」

そう言って、祖母は承知しない。そんな話をしたのだから、わたしも男女の性を知ってからのことであり、型通りの結婚以外は、好き同士が最後のものを許すのは、親や兄弟に相談してからではなく、どちらからともなく炎えてきて、躰と躰がひっついてしまう。その時はもう、第三者の容喙《ようかい》を認めないところにきている。殊に女がさせる気になっていると、男は一トたまりもなく、結ばれてしまうのだとの認識を持つ齢頃になっていた。

男女七才にして席を同じうせずという諺も、男女が自然にそうなりやすいのを戒めて言われたもので、「礼記《らいき》」にも、

七年男女席を同じうせず

食を共にせず
とある如くだ。
いと女が周民の女中となる前から、そういう野心があったかどうかは不明だが、あまり広くもない家に、周民と二人きりで暮しているうちに、どちらからともなく、手が触り、足が触ったで、出来てしまった仲だろうと思う。ずい分物に気のつく祖母だったが、周民といと女の秘密の情熱には、まったく同情がなかった。
が、いと女は周民の臨終にもよく献身し、死後の回向も怠らず、それから彼女も世を終って、周民と共にその墓石の下に眠った。頑固に反対を言いつづけてきた祖母も、いと女が死ぬと、急に穏かになって、遠藤家累代の墓へいと女がはいることに、異議は言わなかった。

西片町の新宅は、本郷区西片町十番地イの一号であった。亡母の話だとこの家の家賃は二十一円だったそうだ。横網の家の約半分だが、亡母の銭勘定には不確実なところがあるので、ただその通りに書いておくことにする。
わたしの記憶もこの家からは、かなりはっきり間取りなどを憶えているようになる。門をはいると右側に玄関があり、こまかい格子戸が嵌まっている。式台を上って突当りの襖をあけると八畳間があり、その東に六畳ほどの茶の間、西側に一つ三尺の廊下を隔てて、父の書斎があった。茶の間には長火鉢が置いてあった。癇性に近いくらい綺麗好きな母は、火鉢の灰ならしはむろん、五徳もピカピカなら、猫板もツルツルに光っていた。

茶の間の西側東向きに、一本框《かまち》を通した押入があって、その一方に菓子類がはいっている棚があった。まだわたしの手には届きかねた。で、おせいにせがんで取ってもらうよりほかはない。

当時は御用聞きが、少くとも一日に一回は注文をとりに来たものだ。本郷三丁目の青木堂からもきた。ピーナッツタッフェーといって、落花生を黒砂糖の飴とチョコレートで固めたのを、一個宛紙にくるんであったので、衛生的だった。舶来物のチョコレートボンボンは、贅沢な箱にはいっていて、ハイカラな感じがした。凬月堂からはサブレーやウエファースが売り出され、バターの匂いが新しもの好きにうけていた。アイスクリームやシュークリームも、市井の一部で持てはやされ出した。

同時に和菓子は古風となり、販路を狭くしていたが、それでも本郷・下谷でいえば、藤村の羊かん、空也の最中などは光っており、湯島天神の梅月の明烏は、うす桃色の牛皮に、ポツポツと胡麻がうってあるのが、恰度、有明の空に烏が飛んでいるようであった。中味は栗のあんこで、うまかった。月のしづくというのも、その頃はやった菓子で、白砂糖を固めた玉のなかに、甲州葡萄がそのままはいっていた。葡萄といえば、青木堂の干葡萄が高級菓子の随一で、レーズン入りのビスケットも、よく売れたものの一つだ。

本郷とは限らないが、新富座や市村座のお土産には、葡萄餅というちょっと塩味のあんこの薄皮饅頭が、今日でも復活しているが、昔のそれの風味ほどは冴えていない。榮太樓の甘納豆は、江戸時代からの伝統の味で、玉だれというのも、悪くなかった。

戸棚にはそういう菓子が、なるべく切れないようにしてあるので、わたしはおせいを利用しようとしたが、彼女も抜け目なく、そのついでに失敬して、一枚二枚、口へ運ぶのを常とした。

おせいは必らず、

「旦那様や奥様に言ってはいけませんよ、せいやに貰ったなんて……」

と釘をさすのを忘れなかった。わたしもその通り、両親には隠してやった。

その家は南に中位の庭があったが、まだ電燈はなく、ランプであった。

青年が二人、書生とも居候ともつかぬ形で、玄関横の長四畳で暮していた。一人は梅澤といい、どこかの夜学に通っていた。もう一人も工手学校《こうしゅ》の生徒で、姓を忘れたが、「定《さだむ》、定」と呼んでいた。その頃父は帝国大学助教授のほかに、工手学校でも、週一回講義をしていた。定は学資がつづかず、停学になっていたのを、父が拾って来て、どうにか卒業させた。

定は口が重く、碌に挨拶も出来なかったが、暇さえあれば、ランプ掃除をしていたものだ。盛り場には電燈があったが、西片町はまだランプ時代であった。この男は秀才だったが、魔がさしたのか、浅草千束町の銘酒屋の私娼に馴染ができて、梅毒をうつされて廃人となった。

風呂場は台所から簀の子を渡って行く外風呂であったような記憶がある。

父は明治四十二年、文部省から三年間の欧米留学を命ぜられ、ドイツ・プロイセンの鉱山大学《ベルク・アカデミー》へ留学した。日本郵船の春陽丸で出帆するというので、わたしと弟春二は、横浜港まで見送りに行った。母さわ子は三男快三を出産したばかりだったので、見送りは遠慮した。今と違って、その頃の外遊は出征軍人を送る以上の騒ぎで、新橋から横浜までの汽車は、白切符であった。わたしも春二も、ロハで一等車へ乗りこんだ。東京の俥夫は黒い饅頭笠をかぶっていたが、横浜の俥夫の饅頭笠は白色で、名前をローマ字で書いてあったのが、印象に残った。

母のお産は重く、わたしを産んだ時も臍の緒が首に二重に巻きついていて、仮死状態で生れた。春二の時は比較的軽く、従って生れた子も、まるまるふとった健康優良児であった。(明治四十年二月十七日の生れ)

春陽丸の一等船室は、磨きたてられていた。春二は数えの三才だったので波止場に残り、わたしと祖母がキャビンまで行った。父はわたしには何も言わなかったが、祖母には、

「さわは産後の肥立ちが芳ばしくないようだから、よろしく頼みます」

と言ったりした。快三は十一月二十一日の生れ、父の出発は同年十二月の八日だった。大学の教授連や古河の重役が見送りに来たので、父は恐縮していた。鹿島立ちの乾盃をしようというので、食堂へ行き、大人はビールを抜き、わたしはサイダーを飲んだ。

「お父さんと一緒に、マルセイユまで行ってらっしゃい」

などと言われて、わたしにはちょっとした洋行気分であった。

「インド洋さえなければ、船旅も楽なんだが」

と言う人もあった。冷房装置のある筈もなかった頃だから、熱帯航路はさぞ大へんだろうと、祖母は父に同情した。

やがて銅鑼が鳴り、見送り客は船から離れるようにとのアナウンスがあった。祖母とわたしがタラップを降りるとき、父はデッキまで出て来て、「聖一」と呼び、突然手を握りしめた。間もなくタラップが外され、太い汽笛がなると、父は誰れにともなく帽子を大きく振ってみせた。なにしろ三年間の留学というのだから、ちょっとした水盃気分でもあったのである。

父の言った通り、母の産後の肥立ちはあまりよくなかったらしい。そこで話は急転回して、父の留守中、近藤陸三郎の相州腰越の別荘へ、引越すことになった。

そのためいろんなことが番狂わせとなった。わたしは本郷の誠之小学校へ入学するつもりだったのだが、腰越津村の尋常小学校へ入学しなければならなくなった。

東海道線国府津《こうづ》行に乗り、大和田建樹作汽笛一声の鉄道唱歌の通りに新橋を始発駅、品川、大森、川崎の順に進行し、横浜で機罐車を取換えて、方向転換し、保土ヶ谷戸塚間でトンネルにはいり、大船で鎌倉ハムのサンドウイッチを買う間もなく、藤沢で下車。江ノ電に乗換えて鵠沼《くげぬま》経由、片瀬駅でおりる。そこから龍口寺門前へ出て、約三、四丁あまり歩くと、近藤の別荘に着く。途中に古河の重役木村長七や福澤諭吉の養子桃介の別荘などがあった。桃介は明治元年の生れ。慶應義塾に学び、のち諭吉と隙《げき》を生じ二十二年別れて、一家を創立した。折から電力会社の創始期にあたっていたので、その方面の草わけとなった。別荘中その面積は最も大きかったが、右に江ノ島、左に袖ヶ浦を配する相模湾の絶勝を一望のうちにおさめる借景という点では、近藤別荘の右に出るものはなかった。近藤陸三郎の世話で、政友会内閣の内相原敬の別荘が、その西隣の地続きに建つことになるが、それはのちに書く。母とわたし及び二人の舎弟が、明治四十三年に西片町から引越してきた当時には、まだ形をなしていなかったが、その頃から、陸三郎は自分の別荘の隣の山の中腹に、原敬のために、土地を購入してやろうと目をつけていたに違いない。しかし陸三郎は、帝大工学部の前身である工学寮を卒業したインテリゲンチャであったから、原敬との関係に、汚職を摘発されないための合法性は出来ていたのだろう。

一の九

明治四十四年、わたしは腰越小学校へ入学した。近藤の山荘からは、ほんの一丁そこその距離で、時間を知らせる鐘の音も小学生達の遊ぶ声も、みな山荘の座敷の中まで聞こえてくる。なにぶん漁村の小学校なので、袴を穿いている生徒などは一人もいない。藁草履を穿いてくるのはまだましなほうで、大部分は跣足《はだし》。帯も兵児《へこ》帯などは締めないで、漁師や魚屋の締めるような細帯のちょっきり結び、中には荒縄を巻いているのもあった。

女の子は脛までしかない着物に前掛をかけているのは上の部であった。下着をつけている子は殆んどいなかったので、ブランコに乗ったり、遊動円木を渡ったり、縄飛びをするたびに股間を丸出しにしてしまい、それを羞恥する風はなかった。漁師の子は女も男も、夏場ではみな全裸で泳ぐのだから、見慣れているとみえて、そこを見たからといって、騒ぎたてるということはなかった。が、都会生れのわたしには、大そう珍しい見どころであった。

そういう荒っぽい風俗の中で、東京で芝居ばかり見ていた虚弱なわたしが一緒に勉強するのだから、到底しっくり行くわけがなかった。わたしはすぐ仲間はずれにされて、校庭のすみの桜の木の下に立って、小さな厭世家《ペシミスト》を気取ったものだ。

百日咳以来の附添いであるおせいは、送り迎えをしてくれるばかりでなく、授業中も教室の外の廊下に立って、絶えずわたしの様子に注意を払っていてくれた。

受持の先生も特別に扱って、おせいの参観を許してくれたが、時にはおせいの顔をじっと見たり、彼女に話しかけるような素振りをして、生徒をそっちのけにすることもあった。

登校するわたしの風俗は、一番下に金太郎の掛けているような真赤な木綿の腹掛。それを首から吊して腹で締める。その上へ肌襦袢、それからメリンスに水浅黄の襟のかかった筒袖《つつぽ》襦袢。着物は肩あげ腰あげのある袷《あわせ》か綿入れ。それにメリンスの兵児帯。はじめは袴もつけていたが、誰れも穿いていないからすぐよして、寒い日には羽織を着た。

わたしの衣服に対する嫉妬は、まず上級生の女の子からはじまった。

何んという名前だったか、わたしは正確には覚えていない。なんでもぎんと言ったような気がするが、それは姓の一部を取って言ったものか、それとも名前か、それとも綽名か、よくわからない。で、一応ぎんとしておく。彼女はもう六年生であった。見るからに精悍な肉体に育ち、女だてらに暴力をふるって姐御のような勢力をもっていた。

彼女はわたしを呼ぶに、いつも「別荘の子」と言い、わたしの軟い衣類や、華奢な持物に嫉妬と愛着と反撥を感じるもののようであった。

おぎん中心の男女の生徒に取りまかれ、

「別荘の子、別荘の子！」

と囃し立てられると、わたしは屈辱と恐怖を感じて、ワイワイ泣いた。

おせいが来てみんなを追払う。すると蜘蛛の子を散らすように逃げて行くが、今度は、

「女中ッ子の、別荘の子！」

とわめき立てるのである。音頭はいつもおぎんがとった。当然の結果として、悪童連の反感の的はわたしというよりも、おせいに集った。そのうち、おせいが何か残酷なリンチに遭うだろうことは、すでに時間の問題であった。

ある日わたしは弁当箱を盗まれた。犯人がわからない。血相をかえたおせいが校長室へ抗議に行ったが、

（おぎんが盗んだに違いない）

とわたしは思った。証拠がないので口に出せなかった。

教室へあがるには上草履を使い、そこまで歩いてきた履物は、名札のある下駄箱に入れること

になっていたが、その上草履もよく盗まれた。おせいは涙をためて口惜しがったが、盗まれたものは二度と出てこなかった。

そういう荒っぽい女の子の中で、一人だけ、きちんと着物を着て、お下げにリボンをつけた四年生の女の子がいた。わたし同様、東京から来た別荘のお嬢さんということであった。

龍口寺の裏山に、石切場というのがあった。毎日馬力に何台か、石を積んで搬出する。その石切場の近くに、彼女の別荘があるのを、どういう塩梅だったか、わたしは知っていた。苗字は忘れたが、名前は「さえちゃん」と呼ばれていた。人知れず、わたしはさえちゃんが好きになっていた。学校へ行くと、まずさえちゃんの下駄箱をあけてみて、もう来ているかどうかをたしかめるようになった。わたしもよく休んだが、さえちゃんも欠席がちだった。

こっそりやるので、おせいには気付かれまいと思っていたが、真実のほどはわからない。

小学校へ行くのは、およそ苦痛だったが、さえちゃんの顔が見たさに私は出掛けるのであった。

体格検査の日が来た。

四年生までが午前中、午後から下級生となっていた。

「平気で真ッ裸になるんですよ」

とおせいに教え込まれていた。それでは、さえちゃんも真ッ裸になるのかと思うと、私はつらいような、甘酸ッぱい気がした。

検査が始まると、何番目かに、私の名が呼ばれた。おせいにも附いて来てもらった。自分一人では、まだ着物を着たり脱いだり出来ないのだった。

おせいが全部脱がしてくれた。金太郎の腹掛までとって、カンカンにかかると、受持の先生が、オヤオヤと言って、分銅を二個ほど抜き取った。私の前の子供より、二貫目以上も軽いということである。つぎに聴診器を持った校医に胸と背中を診られたが、百日咳の後遺症については、特に問診を受けなかった。が、目方が軽いので概評は丙であった。

別荘はあとで増築されたが、私たちが引越した当時は、南向きの十畳間が祖父の部屋で、廊下を隔てて、二間つづきの八畳と八畳に幅五尺の縁側が鉤の手になっていた。その裏にもう一間八畳間があって、そこが子供部屋にあてがわれていた。

小学校の読本では、ハタ・タコ・コマで始まる。片仮名が優先したが、学校へ行く前から平仮名を習得していて「日本少年」や「少年世界」や「少年」等三、四冊の少年雑誌を月極めにしていたほか、新聞の小説を読むことも知っていた。

新聞の連載は主として、講談だったが、初めは祖母や母に読んでもらった。追々自分で読めるようになった。

少年雑誌を読み終ると、母のとっている「女學世界」「淑女畫報」まで手を伸ばした。「婦女新聞」という週刊の新聞も、母は創刊号からの愛読者だった。主筆は福島四郎氏であった。

祖母や母は、私があまり雑誌ばかり読んでいるので、少し心配になり出したようだが、もともと自分たちがしこんだのだから、普通の親のように、それを叱るわけにもいかなかった。もし父がいたら、苦り切るだろうと思われた。

「日本少年」が一番気に入っていた。川端龍子画伯の口絵や附録の双六、松山思水、三津木《みつぎ》春影、有本芳水などの作者に親しんだ。私が小説のようなものを書きたいと思ったのは、この人達の影響である。このうち有本芳水氏はまだ息災で、岡山県上道北方《じょうどうきたがた》に暮していられる。（昭和三十五、六年に正・続篇、実業之日本社刊芳水詩集が出版された）

母は「婦女新聞」に、ほとんど毎号和歌を寄稿していた。それが時々入選して、紙面に載った。母の歌が活字になるのを、私は羨ましくてたまらないのだった。

小学校に入って間もなくの頃、私は生れて初めて、三十一文字を並べてみた。

「聖ちゃんの歌を投稿してみよう」

と母が言い出した。むろん母が添削したのだが、端書に書いて、福島四郎氏宛に送った。これが選外佳作に入った。どんな歌だったか忘れてしまったが、緑の江の島の島陰から、突然漁船が漕ぎ出でてきて、波にもまれる情景を歌にしたものであったような記憶がある。これがわたしのもので活字になった最初である。

雑誌「青鞜」が発刊されたのは、一九一一年（明治四十四年）九月のことであるから、当時の社会に進歩的な女性観が澎湃《ほうはい》として高鳴りはじめたのは、覆うべくもない事実である。理論として子供のわたしがそれを理解すべくもなかったが、祖母や母や来客の対話の中に、「新しい女」という言葉が、チラホラしたことで、漠然とではあるが、わたしにも何んとなく感じられた。

前に述べた福島四郎の「婦女新聞」も、そうした思潮に同調したものであった。

幸徳秋水を中心とする明治天皇暗殺の所謂大逆事件が勃発したのも、一九一〇年のことであった。この事件は後年、天皇制日本国家の陰謀による無政府主義者・社会主義者への弾圧と暴政という結論が出たが、その頃は完全な報道管制によって、国民の殆んどは目隠しをされてしまった。わたしの家でも、社会のごく偏狭な一部で起った狂人沙汰のように解釈され、幸徳秋水らの凶悪漢とする宣伝に、何んの抵抗も示すわけにはいかなかった。一トロに言えば、言論表現の自由は、完全に封鎖されていた。わずかにわたしの耳に残っているのは、死刑を執行された一味徒党の中に、管野すがという女が一人まじっていて、女だてらに陰謀に加担し、同志の誰れかれとなく、性関係を結び、荒淫多情の生活を送っていたという非難の声であった。管野すがにはフルフル怖気《おぞけ》をふるう具合であった。

「新しい女」の運動に多少の興味と共鳴を寄せていた人たちも、管野すがには
翌四十四年一月二十四日、検挙された二十六名のうち十一名が絞首台に上り、管野すがだけが一日延期されて、翌日死刑を執行された。もちろんこの話も母たちが、声をひそめて語るのを、小耳にはさんだにすぎない。

するうち躑躅《つつじ》やてっせんが咲き、やがて真夏の太陽が輝いて、海の季節となるのだった。

水際の夕景色

一の十

わたしがはじめて海へ入ったのは、一年生の一学期の終りだった。体操の教師に引率されて、校庭から海へ引っ張って行かれ、みんな素っ裸にされて泳がせられる。海の小学校では、水泳は正課のようなものであった。

同級生らは大喜びで泳ぎまわったが、わたしは特別に見学を許され、砂浜へ腰を下ろして、みんなの泳ぐのを見ているだけであった。

漁村の少年達は、裸になるのを何んとも思わない。特に夏は、一日中裸で暮しているようなものだ。ところが、都会育ちの少年は裸になるのが億劫なのである。彼等のように簡単に着物が脱げない。同級生のうちには、まだ七つ八つのくせに、達者に抜手をきって泳ぐ少年もいた。

近藤別荘から眺める腰越の海は、いつも静かな大海原で、水平線の彼方に大島の見える日もあれば、見えない日もあった。波の音はしても、浜辺の波は見えない。風のある日、遠く沖つ白浪が望める程度だ。ところが、こうして波打際まで来てみると、寄せては返すごとに、白い波頭が立ち、わたしなどは一ト呑みに呑まれてしまいそうな気がする。

——戦後のことだが、孫が四才になった時、箱根へ行く途中、国府津の海を見せてやろうと、波打際まで連れて行った。はじめて海を見た孫は恐怖に駆られて、わたしの首っ玉に抱きつき、辛うじて泣声は抑えたが、ブルブル顫えているのがわかった。わたしは昔を思い出した。体操の教師に引率されて、はじめて間近に海を見た時、実は恐怖におののかざるを得なかったのだ。

やがて六年生が海へ入りに来た。その中に例のおぎんがいた。腰から三十センチばかりの、ほんの短い格子縞の木綿の腰巻をしめていた。

何思いけん、おぎんはわたしを見つけるなり、砂を蹴って走って来た。

「坊ちゃん、どうして泳がないの？　お入りよ。あたいがしっかり手を握っててあげるから」

と言うなり、わたしの着物を脱がせにかかった。わたしは金太郎の腹掛だけになった。自分で紐の結び目を解こうとすると、やり損って竪結《たて》びにしてしまった。それをおぎんにほどいて貰った。おぎんが着物の上へ海岸の石を置いて、風に飛ばないようにしてくれている間、わたしはしょんぼり砂の上に立って待っていた。それから二人は手をつないで、大ぜいの泳いでいる波打際へ走ったのである。

その晩、果してわたしは熱を出した。おぎんに手をとられて、波打際の浅いところで、バチャバチャやっている時は、家へ帰って母やおせいにはかくしておこうと思ったが、第一、着物の着方が左前になっていたりして、かくし畢《おお》せる筈もなかった。

おせいが母に言った。

「奥様。私の知らない間に、海へお入り遊ばしたようですよ。ボンボン掛に海岸の砂がついていますから、すぐわかりました。受持の先生に、海にだけは入れないようにって、あんなに固くお願いしておきましたのに。始終入りつけている子供とは違いますから、万一のことがあったらどうしましょう」

そして段々問い詰められると、着物を脱がしたり、着せたりしてくれたのが、おぎんだったとあっさり白状してしまった。

「やっぱりそうなんだわ。おぎんは坊ちゃまのような生徒が珍らしくってしょうがないんですよ」

そんな風に言われると、わたしは思わず涙ぐみ、目の前がボウッとかすんだ。熱のある証拠でもあった。わたしは母とおせいに、烏犀角《うさいかく》やアンチピリンを嚥まされた。

翌日は熱も下って、ケロリとした。いつもならこれをいい口実に、学校を休むところだったが、不思議なことにわたしは学校へ行きたくなった。おせいの肩におぶさって行った。

あんなにいやだった小学校が、それ以来憂欝でなくなったばかりでなく、逆に何んとなく好きになってきたから面白いものである。

おぎんのほうにも、掌を返すような変化があったらしく、学校へ行けば必らずやって来て、

「坊ちゃん、おはよう」

とか、

「坊ちゃん、さゝいをあげようか」

などと言った。以前のようにわたしの軟らかい衣類や華奢な持物に対する嫉妬、反感は見せなくなった。

おぎんは二度と急所を見せるようなことはしなかった。以前は平気で、跳馬を飛んだり、鉄棒を何回転もしたりして、男の子に淫らな掛声をかけられてもビクともしないおぎんだったが、どうしたことか跳馬も飛ばず、鉄棒にぶら下ったり、裾前の開くのもかまわずクルクル回転したりすることもやめた。ブランコにも乗らなくなった。

そんなことから石切場の別荘の娘であるさえちゃんの存在がわたしの前から遠のき、おぎんのほうが近景に迫って来ることになった。

おぎんはさえちゃんに較べて不縹緻《ぶきりょう》だったが、わたしは段々彼女に好意を持つようになった。

おぎんが、

「坊ちゃん、坊ちゃん」

と言いに来るのを、心待ちに待つようにもなった。たまにおぎんが休んだりすると、わたしは物足りなかった。昔はおぎんに弁当箱を盗まれたが、この頃は食べ残したおかずをおぎんにやると、彼女は喜んで平らげる。それを見るのが楽しみだった。そしておせいに気取《けど》られまいとした。

おせいにわかれば、母に告げられる。わたしの風紀問題として、懲罰される懸念がある。わたしにとって秘かに楽しむ罪悪感でもあった。あの時、わたしはおぎんの両手にしっかりつかまって、海面に浮かび、両足をバタつかせたが、そんな一所懸命の最中、ちょうどわたしの目の高さの水平スレスレのところに、六年生の女の子の、薄桃色の筋目があり、ほかの女の子のそれとは違った好もしさを感じて以来の心の変化であった。

わたしがおせいの目を盗んでまで、おぎんに親しみを感じたのは、あの波打際で見たものを、もう一度見たいと思う心に駆り立てられたのではないか。以前は醜悪で、不気味で、長く見ていられなかったのに、妙にあとを引く気持があったようだ。そういう潜在的なものに惹かれて、わたしは内心おぎんの近寄るのを待ったのであろう。

一の十一

七月末になると、追々避暑のための海水浴客で腰越の海岸も賑わうようになる。海水浴ということが、まだはしりではあったが、時好に投じるところがあった。その本場は政府の大官の別荘のある大磯や鎌倉、逗子だったから、腰越や鵠沼や小田原は海水浴場としては二流程度であった。

従って腰越の海は夏場の賑わいといっても、せいぜい葭簀《よしず》がけの茶屋が二軒ほどあるだけで、浴客の脱いだものを預かるために設けられていた。ビーチパラソル一本なかった。

男はつばの広い麦藁帽子を被り、女はガーゼの紐で両つばを折曲げ、横顔を隠す具合にして、風呂にでも漬かるような形で、海水を浴びていた。沖遠く泳ぎ出るような水泳の達者は殆んどいなかった。婦人の海水着は袖は肘まで、股は膝の上まで隠されていて、今日のようなバックレスとか、ビキニスタイルとかの出現を見たら、腰を抜かしてしまったことであろう。

そんな海水着でも、洋服を着るということのほとんどなかった女性達とすれば、白日の下で海水着一つになり、肉体の線を人目に晒すということは、少なからぬ勇気を要するものらしく、概して女は海へ入ろうとしなかったものだ。

わたしの母なども、ご他聞に洩れず、砂浜に腰を下ろして、なるべく日に焼けないように苦労しながら、パラソルを肩にして、みんなの泳ぐのを見物していた。おせいもなかなか脱がなかった。

平塚らいてうの主宰する雑誌「青鞜」は、明治四十四年九月の創刊だったが、婦人解放運動の警鐘が社会の一部ですでにうち鳴らされているのに、一般女性はまだまだ消極的であり、退嬰的ですらあった。

わたしの母が福島四郎編集の「婦女新聞」の月極め読者であったことは前回書いたが、この新聞は啓蒙的な婦人解放運動に率先し、らいてうの「円窓より」の発売禁止（大正二年五月）については、当局の弾圧に強く抗議しながら、反面「青鞜」の思想的行過ぎに批判的でった。従ってその影響下にあった母さわ子は、「新しい女」の胎動に興味を寄せながらも、やや離れた所から見ているのが精いっぱいらしかった。

もっとも、これらの知識は当時のわたしのものではない。後年思想問題や解放運動史の著書を読むようになってから、あの頃の「婦女新聞」や母の心情とダブらせることで、そんな情景にさぐりつくのである。すなわち母は月極めで書店から取っている「女學世界」(博文館)の表紙絵で、新式婦人海水着の初登場を知りながら、自分もそれを着て波と戯れる元気は毛頭なかったようである。

「女學世界」の表紙には、赤や青のだんだら縞の海水着を着た女が、例の折曲げた麦藁帽子を被って、砂浜に立っている姿が描かれていて、それが子供の眼にも刺激的だったのを憶えている。もし今日、膝の上までの海水着姿で女が海岸を歩いたら、その見苦しさに、辟易するであろうが、不思議なもので、その頃はそんな恰好でも、たいそう美しく、あでやかにすら見えたものである。

少年時代には、実にものが美しく見えるのだ。その時代にも、穢いものは沢山あった筈なのに、それには殆んど目も触れないで、ただ美しいものの印象だけが、網膜に焼きつけられ、また心に深く沁み込んでしまう。

腰越の海の思い出を、もう一つ。

太陽が西へ傾き、夕風が吹いて、海水浴の客が帰り支度にかかるころ、突然、太い法螺貝が鳴り出した。今まで泳いでいた連中が、いっせいに浜へ呼び戻される様子であった。

「水死人かもしれない」

と集ってきた漁夫の一人が言った。

神戸《ごうど》川の河口のほうにみんなが駆け集って行く様子なのは、恐らくそこへ水死体があがったためであろう。

わたしは神戸川の河口まで走っていった。すでに黒山の人だかりだった。背ろからでは見えなかった。誰れかがわたしを抱き上げてくれた。

溺死体は女で、顔から下へ藁筵《わらむしろ》が掛けてあったが、にょっきり足だけ出ていた。溺れたばかりだが、もうこと切れているらしい。しかし、二日も三日も海中を漂流したものは、必らず死人《しびと》牡蠣《がき》がくっついたりしているそうだが、この日の遺体には、そんなものはついていなかった。

急を聞いて、漁村の救助員が砂浜へ下りて来た。まだぬくといから焚火をしろと言い、みんなで枯枝を拾って来て、火をつけた。

大分夕暮れて来たので、焚火の炎《ほむら》はメラメラと赤い色を見せた。水死体は筵を取られると、白い美しい裸になった。人工呼吸が施されたが、最早手おくれで、何んの効き目もなかった。

この時の印象がいつまでも忘れられない。それを素材に、石切場のさえちゃんにオーバーラップさせて、「過去の夕景色」と題する短編小説を書いた。その終りの部分を引用しておく。昭和二十九年一月、四十九才の作である。

（上略）それから三十分ほどして、お姉ちゃんの死体が上がりました。

不良たちが、三艘も四艘も、救助船を出し、波間に漂うお姉ちゃんを発見したのです。

お姉ちゃんは、救助船の一艘に乗せられて、浜辺へ運ばれてきました。

焚火が焚かれました。その頃は、少し、夕ぐれてきたので、焚火の炎は、メラメラと悪魔の舌のように、赤く見えました。

お姉ちゃんは、不良たちの手で、まる裸にされました。

海水着の肩の釦を外すと、胸が出ました。それから、ペロッとむかれると、腹が出ました。つゞいて、二股になっているのを引っぱられると、腿が出ました。

私は、この世にうまれて、はじめてのものを見ました。それは、ほんとに、まっ白な女の死体でした。

人工呼吸が施されました。私は、祈りました。

「お姉ちゃんが、蘇りますように――」

不良たちは、お姉ちゃんの手足を取って、更に焚火のそばへ運びました。そのとき、私が、

「キャッ――」

と云って、まっ青になったのは、不良たちがお姉ちゃんを焼くのではないかと思ったからです。

でも、そうではなかったので、私はホッとしました。

お姉ちゃんの死体には、炎の光がかがやきました。

白いお姉ちゃんの身体は、死んでも魅力がありました。

まっ白な股の間に、黒いものが見えています。それが、ほんとに、美しい調和でした。

人間の身体、殊に、女の肉体の美しさは、無条件に私を恍惚とさせ、頭の中がカラッポになりました。

鷗も美しいが、やっぱり、お姉ちゃんのほうが美しいと思いました。

海よりも、波よりも、青い波よりも青い海底よりも――

その夕まぐれよりも、より美しい白と黒の調和でした。

緑の江ノ島が美しいと云ったって、うすむらさきの三浦半島が美しいと云ったって、この女の肉体の色に敵うことはないでしょう。

警官がくるまで、暫く、死体は打棄てられました。

人々の絶望は、焚火まで暗くしました。

悪魔のメラ〳〵がなくなると、死体は一層清浄に浄められ、白さは、いよいよ、ぬけるほど白く、その白の中に、黒の一かたまりが、深く沈んで見えました。

実に、実に、おちついた閑寂の夕まぐれとなりました。崇高なほどに、
誰一人、薦《こも》をかけようとするものもありませんでした。

いや、一人が、それをかけましたら、一人がそれを取りはぐったのです。
そんな、薦のような不浄なもので、その女体を汚すバカはないでしょう。だから、誰もが、
ただ、粛然と見まもりました。
不良たちも、その崇高な白と黒の調和に、不浄な心を浄められたのでしょうか、シク〳〵、
シク〳〵、泣き出しました。
ウウウ
ウウウ
と、むせび泣く声が、あたりを圧しました。
浜全体がまっ暗となり、海も暗く、江ノ島さえ、その中へ塗りこめられた頃になって、やっ
と警官がやってきましたが、それまで、不良たちは、絶えず泣きつづけ、そしてお姉ちゃん
は、段々冷たく、冷えきって行き、遂に、完全な死体となりました。

（新潮社版　舟橋聖一選集第十巻所収）

右は約二十年前のわたしの文章だが、今とは大分違っている。もっともその頃とて、こうした
小説だけ書いていたわけではないが、今日となっては、こういう文体はもはや書けなくなってい
る。

一の十二

雑誌「青鞜」の実物は見たことがない。「新しい女」の運動に興味をよせた母さわ子が、この創刊号を入手しない筈はないと思うが、わたしの目の届く範囲には置いてなかった。恐らくどこか見えないところに隠してあったのではあるまいか。

「青鞜」の同人は、平塚明《はる》子（らいてう）、中野初子、保持研《よし》子、木内錠《てい》子、物集《もずめ》和子の五人が発起人で、その後出たりはいったりがあったが、総括的には賛助グループとして、長谷川時雨、岡田八千代、加藤寿子、与謝野晶子、国木田治子、小金井喜美子、森しげ子らの女流作家が名を連ね、社員には岩野清子、茅野雅子、尾島菊子、大村かよ子、加藤みどり、田村俊子、野上弥生子、水野仙子、岡本かの子、原田琴子、伊藤野枝、林千歳、神近市子らによる女流大同団結であった。

この一派が囂《ごう》々たる非難攻撃を受けたのは、むしろ大正改元以後であり、創刊当時はそれほどの騒ぎは起らなかったようである。

号を重ねるうちに、保守的な思想界から注目を受け、やがてそれが指弾となった。

最初に火の手を挙げたのは、男子側からであった。文部大臣奥田義人、評論家の山路愛山、教育界の三輪田元道、文学博士下田次郎らが女性解放反対の砲列を布いた。

世論の一部にこのような抵抗を生じると、黙っていないのは内務省である。そこで相次ぐ発売禁止となった。

もっとも子供のわたしのあずかり知るところではなかったが、母さわ子が家族の目から「青鞜」を押隠そうとした心境は、無理からぬことであった。譬えば「婦女新聞」の社説にも、

男子間の婦人問題

婦人問題は、今や興味ある流行問題の随一となつた。然り男子間の流行問題である。肝腎の婦人の大多数は、何が婦人問題であるか、婦人問題の意義が何処にあるかを知らず、相変らず料理と裁縫とに一生懸命働いて居るにかかはらず、男子間には一大社会問題として取扱はれ、差迫つたる緊急問題として論議せられて居る。

試《こころみ》に婦人雑誌を見よ、口絵には相変らず美しい新夫人や令嬢の写真が飾られ、記事は相変らず家政や育児や講談で持切つて居るではないか。たまたま婦人問題の標題があると思へば、署名者は悉く男子である。而も其の多数は新しい女の攻撃である。そして其の所謂新しい女なるものは、僅に青鞜社所属の二人か三人を指して居るものらしい。

（中略）

要するに今日の婦人問題なるものは、男子間の流行語たるに過ぎぬ。（中略）若し今日男子間に騒がれるほど、新しい女なるものが婦人界の勢力を形造つて居るのならば、吾等は寧《むし》ろ婦人界のために慶賀すべきであると思ふ。大多数の我が婦人は未だ一夫一婦の正義をすら

主張し得ざるほど、弱い憐れな境遇に居るではないか。自ら身を苦界に沈めて、男子の玩弄物となり、其の恥辱たる事を知らないほど無教育な女が、多数にあるではないか。（中略）全婦人が知識に於て男子と同等にまで進まなければ、同等とまで行かずとも今少し進歩しなければ、男子間に如何に婦人問題の声が高くても、到底満足なる解決を得る事は出来ぬ。

とあるから、主監福島四郎の思想的立場は、「新しい女」と三輪田元道的保守との中間的なモラリズムで、一夫一婦制の確立、廃娼運動、婦人参政権などの分野では進歩的だが、らいてうが後退し、代って伊藤野枝が中心となり、無政府主義的傾向を示すころには、これに蹤《つ》いていくことが出来なかったのである。

今も書いたように、母さわ子の注意から、「青鞜」はわたしの目から遠ざけられたものの、「女學世界」のほうは、比較的大目に見られていたので、その雑誌に連載された内藤千代子の小説を、完全な理解には到らなかったが、機会を狙って、盗み読んだものだった。

この作家は現在では殆んど葬り去られて、単行本も求め難い。「女學世界」のバックナンバーもところどころに欠本がある。研究家木谷喜美枝さんの調べてくれたところによると、内藤千代子は、明治二十六年十二月九日東京の生れ。大正十四年三月二十三日歿。幼少時に藤沢に住み、象牙彫り師の父のもとで小説を読み、学校教育は受けなかったという。明治四十一年より「女學世界」に投稿をはじめ、「田舎住居の処女日記」（明治四十一年十二月）、「毒蛇」（大正四年八月より大正六年六月まで）などを発表。その他「エンゲーヂ」（大正二年一月　博文館）「生ひ立ちの記」（大正三年十月　牧民社）がある。

わたしの記憶では、「エンゲーヂ」のほかは「ホネームーン」「スヰートホーム」の三部作で、いずれも簡素な装幀であった。しかし当時としてのベストセラーであったことに間違いはない。無闇と部数の出る作家の全盛期は短く、やがて潮の退くように消えてしまった点、内藤千代子もその適例であろう。

が、今から思うと、雑誌「青鞜」はいつ爆破するかもしれない時限爆弾のように白眼視されたのと較べて、内藤の小説は甘く、通俗的で、危険物を含有していないことから、一般家庭に受け入れられたのであろう。

するうちに「女學世界」まで内務省の槍玉にあがってしまった。青鞜同人の思想を危険思想と目した取締り官憲は、グングン速度を加え、躍気となって弾圧に熱中するあまり、玉石混淆の狂気沙汰となる。福田英の「婦人問題の解決」、らいてうの「世の婦人達に」等の発禁につづいて、「女學世界」の発禁となるに到っては、当局もずい分うろたえたものだ。これは大正二年五月号だったが、月極め読者の母などは、直接購読者のリストを、警視庁が押収したのしないのといって、オロオロしていたのが、わたしの記憶にある。が、何がもとで処分を受けたのかは、わたしの知る限りではなかった。

このことにつき、馬屋原《まやはら》成男の「日本文藝發禁史」をあけてみると、次の如くある。馬屋原さんは東京地検の検事から弁護士に転じた人で、ワイセツ公判のヴェテランである。

「女學世界」は当時の女学生向きの雑誌としてはかなりはやったものであるが、大正二年五月号は特に陽春四月の新学年をひかえての編集で、相当派手にやったせいか、遂に発禁にあった。試みにその目録を見ると、

産科室の一週間　臼井高麗子

妊娠中強盗に押入られた花嫁の実験　末長菊枝

などは表題だけで、純心な女学生向きの雑誌の記事としては、どうかと思われるものであって、（中略）何れの記事をとっても、一般の成人向きであり、通常の婦人雑誌でもどうかと思われるのに、いわんや清純な処女階級である女学生という特定の読者層をもつこの種の読物としては、頗《すこぶ》る風紀上遺憾の点が多いのであって、当時、発禁処分を受けたのも已むを得ないものがあるようである。（中略）まあ小中学在学中の青少年向きといえば、学校の教科書に準ずべき参考書または課外読本的のものに限られるべきであろう。

これがいつ書かれたのかというと、図書検閲の廃止された昭和二十七年七月に刊行されたのだから、一驚に値する。

言い換えると、雑誌「青鞜」には後代に残るような文学作品はなかったが、この雑誌に結集し

た一ト握りの女流思想家が、きびしい世論の矢面に立ち、ともかく何年間かを闘いぬいたということの証明書となるものであることだけは、たしかである。

「青鞜」に対する火蓋は、主として男子側から発しられたと書いてあるが、女流側にも下田歌子を筆頭に、鳩山春子、宮崎光子、日向きむら反青鞜の論客も、決して尠くはなかったのである。


「婦女新聞」「女學世界」「内藤千代子の小説」等で、「日本少年」や「少年世界」より一段階上の活字に接しるようになったわたしは、その活字と活字の組合せによる文章というものを知り、その魅力に強く惹かれるようになった。そこにはまだ文学らしいものの実体はなかったが、匂いを嗅ぐことはできた。音楽よりも絵画よりも活字による表現の綾がわたしの心をとらえた。

週末の山荘には、祖父近藤陸三郎夫婦が来るようになった。スモークドサーモンやオイルサーディンやピクルスやオートミールなどが運ばれてきたが、陸三郎の座右には、鉱山学に関する洋書があるのみで、わたしの興味をそそるような小説本はなかった。それでも読書に疲れると、肩の凝らない村上浪六《なみろく》の大衆ものや黒岩涙香《るいこう》の探偵小説を読む時もあるらしかった。浪六のものでは「當世五人男」(明治二十九年、青木嵩山堂)の売行きがよかった頃で、そのほか「三日月」「八軒長屋」などが、違い棚の上にのっていた。その後大正に入ってから、「大正五人男」というのも当時のロングセラーになった。浪六は後代の大衆文学の源流を作ったものといわれている。

黒岩涙香の「巌窟王」は、フランスのアレクサンドル・デュマの「モンテ・クリスト伯」の翻案。「噫無情《ああむじょう》」の原作は、ヴィクトル・ユゴーの「レ・ミゼラブル」である。この二冊も祖父の紫檀の机の上にあったのをおぼえている。

考えてみるとわたしの生れた翌々年には、田山花袋が「文章世界」を創刊し、漱石が「草枕」を、藤村が「破戒」(自費出版)を、泡鳴が「神秘的半獣主義」を発表して、日本自然主義文学運動が、硯友社中心の旧文学を押さえて、幸先よきスタートを切った時代であったが、わたしの家庭は、文壇からの影響は絶無といってよく、浪六や涙香、内藤千代子の大衆文学を受け入れるのが関の山であった。

音楽のほうはさらに俗悪で、大きなラッパのヴィクターの蓄音器が東京から届き、レコードは主として桃中軒雲右衛門の浪花節と、豊竹呂昇の女義太夫であった。レコードは二十枚そこそこであったが、毎日くり返しかけたので、雲右衛門の「南部坂雪の別れ」や「村上喜剣」、呂昇の「壺坂霊験記」や「三勝半七酒屋の段」、「太功記十段目」などをわたしは暗記してしまった。

おせいの取次ぎで、学校の受持の教師が、「蓄音器は聴いたことがない。是非ひとつ拝聴させて下さい」

とて放課後聴きにきたこともあった。子供は機械に手を触れることは許されなかったので、針を換えるのも、ぜんまいを巻くのも、祖母か母のお役目になっていた。殊に雲母をはったサウンドボックスは貴重品だというので、子供たちの手の届かない、押入の奥に所蔵されていた。受持教師は、「卅三間堂《さんじゅうさんげんどう》は結構ですな。呂昇がこんなに美声とは知りませんでした」

と感嘆した。

それが突破口となり、漁夫の子たちがゾロゾロ列を作って、蓄音器を聴きにくるようになった。その中にはおぎんも居たし、さえちゃんもいた。

その頃腰越座の柿落《こけら》しがあった。その場所は、この前女の死体があがった神戸川へ出る小路のちょっと奥で、一の替りから三の替りまで興行した。一の替りには、黙阿弥の「弁天小僧」、二の替りには蘆花の「不如帰」が出た。西の鶉を一ト桝とって、母とわたしとおせいと別荘番の女房かよの四人が連れ立った。奈落がなかったので、楽屋から揚幕まで、弁天小僧菊之助や南郷力丸が鶉のそばの狭い通路を渡ってゆくのが、見え隠れしたのをおぼえている。

女と見えた弁天が見露《あら》わしとなる浜松屋の場や稲瀬川の勢揃いで、その啖呵の中に「種はつきねえ七里ヶ浜」とか「岩本院の稚児あがり」とか「髷も島田に由比ヶ浜」とか「小袋坂へ身の破れ」とか「悪い浮名も竜ノ口」とか「鎌倉無宿と肩書も」とかいう地名が出ると、腰越村の見物は大喜びで、ヤンヤの拍手に、台詞も聞えないほどであった。ところが二の替りの「不如帰」は役者が揃わず、素人も応援したので、川島武男が「しつこいと人はいへども八重桜盛り長きは楽しかりけり」という自作の歌を詠んで聞かせるところがあるが、おぼえきれないとみえて、掌に書いてきたのを盗み盗み喋ったり、浪子が出征する川島を送るところで、松の枝に手をかけると、切出しの松が折れて二重から落ちたり、いかにもドサ廻りを思わせた。

いたってお粗末な舞台だったが、それでも腰越山荘へ島流しにでもあったようなわたしには、渇者が渇をしのぐにも似て、胸を高鳴らせながら、蔀格子《しとみ》の間を通って出方に案内されてゆくときのそぞろ心は、名状し難いものであった。海や山や風や青大将や蝮《まむし》の自然に脅かされがちな少年にとって、この田舎芝居の雰囲気は、長く別れていたものと、久々にめぐり会うような懐しいものであった。

雪の木びき町

一の十三

腰越の山荘に初めて電燈がついた時のことだ。あらかじめ電力会社から知らせがあったので、母及び三人の兄弟、例によっておせい、別荘番の倉吉夫婦などが黒い一閑張《いっかんばり》のチャブ台を囲んで、今か今かと待っていた。柱時計が六時を打つと同時に、パッとついた。

「ついた……ついた……」

誰れともなく、歓声をあげた。ところが、次の瞬間消えてしまった。初めての送電が何かのミスで、停電となったのだろう。待てど暮らせど一向つかない。仕方がないので、ランプを持ち出して、食事をすませた。それでも九時過ぎに、電燈がついた。今度は消えなかった。

その情景をわたしは不思議にありありと憶えている。どうしてそんなことを憶えているのだろう。恐らく本郷西片町の家で、電燈の光を知っていただけに、腰越へ来て、再びランプ生活に戻ったのを、いかにも古くさく、時代錯誤のように思っていたからだろう。言い換えれば、私はランプから電燈の生活に、まったく新しい時代の移り変りを感じ、その上この山荘まで送電されることに、憧憬を抱いていたのである。

弟快三が満一才を過ぎたばかりで、はいはいから、やっとつかまり立ちが出来る頃、カンカンおこっている火鉢の炭火に顔を突込んで、大火傷する騒ぎがあった。これが山荘へ引越して来た年の師走で、正確にいうと明治四十三年だが、これと初めて電燈がついたのと、どっちが先だったかあとだったか、記憶がハッキリしない。

もう少し精しく書くと、その日たまたまドイツ留学中の父から、三枚つづきの絵はがきが届いた。図柄はベルリン市街の火事で、消火スタイルの消防夫が三人がかりで、罹災者を救助する作業の写実画であった。私は早速その真似をして、押入れに快三を容れ、次弟の春二と二人が消防夫になり、

「火事だ——火事だ」

と叫びながら、押入れから快三を引っ張り出し、私が頭部を抱え、春二が脚部を持って、井戸端まで運び出したりした。それを何度もくり返していると、

「冗談じゃありませんよ。そんな真似をすると、ほんとの火事になる。そうしたらたいへんよ」

と母に叱られた。

ところがその晩、食事がすみ、茶の間には兄弟三人と女中のうめ子がいた。私と春二は祖母の熱海土産のドミノで遊んでいた。うめ子は快三の子守として傭われた田舎娘で、縹緻はそんなに

悪くなかった。しかしその時うめ子は、彼女の役目から離れ、コックリコックリ、舟を漕いでいた事実はある。赤ン坊が萌黄色の飛白《かすり》のある筒袖《つつっぽ》の羽織——それも被布のような長目のを着ていた記憶に間違いはない。今書いた一閑張につかまって立ち、横這いに歩いて行ったらしいが、私も春二もドミノ合戦に気をとられていて、赤ン坊が火鉢のほうへ向って進んでいることを知らなかった。

火鉢の高さは四十センチほどで、幅はそれよりちょっと広い程度の正方形であった。そこへもろに、突込んでいった。ウンもスウもなかった。驚いて眼を醒ましたうめ子が抱きあげると同時に、前掛で快三の顔を拭いてしまった。真赤な火が畳へも落ちて、たちまち焦げる臭いがした。快三は火中へ顔を投じた瞬間、息を吸ったので、口の中へ赤いさくら炭が入り、熱い灰も鼻へ吸い込まれた。

まず助かるまいと思われた。口の中からも赤くなった炭が出て来たので、彼はやっと泣声をたてた。

私はとにかく母に知らせる必要を感じて、台所へ飛んで行った。そして母に、

「快ちゃんが火事になったよ」

母は流しに向って洗いものをしていたが、

「何です。まだ火事ごっこをやってるの。およしなさいっていったじゃありませんか」

「ほんとに火事なんだ。大火傷だ」

母は濡れた手を拭いて、半分は冗談扱いしながら茶の間へ来ると、ほんとうに大火傷なので、胆をつぶしたらしい。それでもうめ子から赤ン坊を抱きとって、夜道を走りつづけて、電車通りにあった女医先生の医院へ連れて行った。この先生の名前も失念したが、銘仙に海老茶の袴を穿き、黒の編上靴でよく往診してくれた。この晩も目と鼻と口だけ出して、グルグル巻きに繃帯はしてくれたが、とても彼女の手に負えないからというので、母は快三をおせいにおぶわせ、片瀬から藤沢、藤沢から新橋と乗り継いで、下谷の楽山堂《らくさんどう》病院に入院させた。

山荘には私と春二がとり残されたわけだが、さすがにシュンとなって声も出なかった。ところが突然、うめ子が暴れ出し、井戸へ飛び込もうとしたりするので、それを倉吉が押さえ込み、ビンタを張ったりした。あとで思うと、あまりのショックに安定を失い、ヒステリーの発作となったのだろう。うめ子は半裸体になった。灸をすえると鎮静するというので、倉吉が首っ玉に乗りかかり、女房のかよが海老の様に曲げたうめ子の背骨に大きな艾《もぐさ》を置き、線香で火をつけた。この原始的な治療術は、覿面《てきめん》に卓効があり、うめ子のヒステリーはおさまったが、それでも遅くまで泣声がつづいた。

一ヵ月ほどの入院で、快三は全快して退院してきた。満六十六才の今でも多少の痕跡はあるがそれを知らない人は、恐ろしい火傷をした顔とは思わない。当時の楽山堂には優秀な技術をもつ整形外科医がいたのだろう。

ところが、その入院の副産物として、母が猩紅熱に罹ってしまった。これも相当な重態であった。今になって思うと、ベッドの消毒が不完全で、前の患者の細菌が母の皮膚に感染したものに相違なかった。そういうマイナスもあったが、焼けつぶれた筈の快三の鼻が元通りになったのは、よほど巧みに整形したからであって、その頃私が耳にした話では、母のどこかの肉を切り取って、植皮したのだということだったが、真偽はわからない。

艾の灸に懲りごりしたらしいうめ子は、その後二度と半裸体になるような狂乱ぶりは演じなかったが、二言目には、

「申訳ない、申訳ない」

をくり返しているので、早晩暇をとるものと思われた。しかしうめ子は、本当に申訳がないとは思っていなかったのではないかと思う。うめ子がその瞬間、赤ン坊の顔を前掛で拭いたために、焼けた顔の皮膚がペロリとむけた事実は、弁解のしようがなく、それを女医先生や倉吉夫婦に責められて、うめ子は内心おさまらず、口では謝りながら、腹中に異議と不満を蔵していたのではないか。当時おせいや別荘番夫婦の雑談の中に、ときどき、それが聞かれた。

こんな事件は、どこの家庭にも一度や二度はあることかも知れない。わざわざ書きたてることもないのだが、わたしはその後いつまでも、うめ子の狂乱ぶりが心にひっかかったので、書くことにした。当時のうめ子が腹の中で、どうしても自分の非を認めにくいという態度が見え、それがますます、おせいや倉吉夫婦ばかりではなく、しまいには母までが釈然としなかったのが、何

んとなく重い空気となって澱んでいたのである。

現場検証的にいえば、その一閑張のチャブ台は、戦後まで残っており、火鉢もそのまま、「快ちゃんの火傷した火鉢」として記念物のように存在した。ベルリンの消防夫の絵はがきも、疎開するまではたしかにあった。ボンボン時計はそれから三十年以上鳴りつづけ、障子も唐紙も昔のままであったが、それよりもわたしの目に灼きつけられているのは、うめ子の前掛であった。帯の下から膝小僧までの長さで、蜜柑色の地に、茄子紺の縞物で、生地は憶えていないが、メリンスだったかも知れない。それより、それを掛けて、腰にまわして、下っ腹でしめる紐が、くすんだ煉瓦色で、蜜柑色と程のいい配色になっていたのを、ハッキリ憶えていることだ。

もっとも、それはうめ子の自前でなく、母かおせいからの貰い物だったのだろう。

とにかく人間というものは、なかなか折れないものだということを、大人になってから、快三の火傷事件を思い出すたびに、わたしは考えるのであった。

うめ子が居眠りをしていたのは、過剰労働のためかも知れない。とすれば、この事件の基本的な責任は、傭主が負わなければならないのだろう。が、彼女が舟を漕いでいたことを、目撃したのはわたしだけであり、しかもわたしは今日この原稿を書くまで、この証言を行ったことはないのである。うめ子はそれをいいことにしたのかも知れない。とにかく彼女には悪意がないのに、そして赤ン坊はみずからヨチヨチ歩きして火中に投じたのに、誰れもが挙げて彼女の責任だとすることに、どうしても承服し難いものがあったのだろう。殊に倉吉夫婦が若い娘を半裸にして折檻した上、艾の灸まですえたのを、恨まずにはいられなかったらしい。

さりとてすぐ暇をくれともいい出しかねて、およそ半年ぐらいは山荘にいたが、梅が咲く頃、朝まだき、姿を消した。

一の十四

わたしの腰越小学校への通学は、病気欠席がちながら、ともかくもつづいていた。

ある日、受持の教師が、鉄砲をかついだ歩兵の隊伍を調えて行軍する絵図を、黒板の上の釘にかけて吊した。そして言った。

「君等は将来、国民皆兵という国家の制度で全部徴兵検査を受け、合格したものは兵役に服さなければいけない。体が弱くて不合格になるのは、日本男子の最大の恥である。もし戦争が起ったら、命までもお国に捧げるのだ。男の子は小学校の時代から、その覚悟を決めなければいかん。徴兵検査のときは、臆するところなく全裸となって、厳重な検査を受ける。そういう時は、男子の股倉に、桃の実のごときものがついていようとも、それを羞かしがるようでは、天晴れ日本男子とは言えないのだぞ」

というような意味のことをしゃべった。

この時の教師の言葉は、長くわたしの一生を支配した。

「桃の実」という表現をしたのも、はっきり覚えている。この表現は今日わたしが作文したものでは決してない。八才の幼稚な少年の耳に、その形容の三字がカッキリ刻み込まれて、今日に忘れ得ないのである。

わたしは将来が不安になり、大人になることが馬鹿々々しくなり、むしろ男子の一生が暗い運命として感受された。自分の意志に反して、徴兵という国家の命令のために、兵役の義務に服従させられる。それが磐石のように押しかぶさって来た。

わたしの人生で生命の不安を本能の実感として持ったのは、この時の受持教師の威嚇にあった。日露戦争に勝利を得た日本帝国陸海軍の鼻息は、この海岸の小学校の一受持教師の口を通して、何も知らない少年の心に強く吹き込まれたのであった。

が、わたしのような受取り方をした生徒は、その教室に誰れ一人いなかったであろう。

そういえば、おせいがデンデン太鼓を持っていて、田舎風のアクセントで、

「ソレ、大山さん」

「ソレ、東郷さん」

と唄って、背中のわたしへの子守唄に換えたが、その大山さんは陸軍の大山巌、東郷さんは海軍の東郷平八郎であり、太鼓の裏表に二人の日本軍国主義者の先輩の顔写真が貼りつけられてあるのであった。

玩具にまでミリタリズムの風潮が及んでいた時代で、それを国民は誇りとこそ思え、異論を言

うものはなかったのである。

真実わたしは兵隊になったり、戦争へ駆り出されたりすることのない女の子に生れればよかったものをと、思いつめたが、むろん母にもおせいにもそれは言わなかった。


その後わたしは、おぎんと一緒に近所の野原に、秋の草花を採りに行ったが、朝夕には秋風が立ち、そろそろ青大将も出なくなる季節なので、やっと安心して、叢《くさむら》の間に手を入れることが出来たが、晩春から夏の終りへかけては、腰越には蛇や蝮が多かった。畑仕事を手伝っている娘が、蝮に手を咬まれて、町の医院へかつぎ込まれたが、助からなかったという話を聞いた。

「蛇はもう出ないだろうね」

とわたしは言った。

「坊ッちゃんは蛇が嫌い？」

「蛇はいや、いやだ！」

「蛇が出たら、わたしがぶッ殺してやる」

と、おぎんは答えた。それから二人は次のような会話をした記憶が、うすぼんやりある。

「ぼくは女の子に生れればよかったなあ」

「何を言ってるんだよ。女の子はみんな今度生れるときは、男の子になりたいと言うけれど、男の子は誰れ一人女の子になりたいなんて言うものはありゃァしない。坊ッちゃんは、そんなことを言うから、男の子たちにいじめられるんだよ……でも、どういうところがイヤなの、男の子の……」

「兵隊にならなきゃいけないんだ、大きくなったら」

「それでわかった。兵隊になるのがイヤなんだね、坊ッちゃんは……でも、それは仕方がない。男の子に生れた以上は兵隊になって、ランドセル背負って、鉄砲かついで、オイチニ、オイチニって、それだけはやらなければいけないの」

「若しその間に戦争がなかったらいいけれど、戦争があったら戦わなければならないんだろ？　鉄砲を撃って……」

「坊ッちゃんはそんなに兵隊や戦争が嫌いなの。そうとは知らなかった……兵隊が嫌いだなんて、やっぱり坊ッちゃんは変り者だねえ。でもいいさ、その時はおぎんが代りに行ってあげる」

「何言ってるんだ。女が兵隊になれるもんか」

「さあ、別荘でおやつが出来てるよ。おぶってってあげようか」

「うん」

わたしは歩きたくないわけではなかったけれど、おせいによくおぶさるように、おぎんにもおぶさってみたかった。逞しいおぎんは、体重わずかに五貫目もないわたしをおぶったところで、ものの数でもない。砂地でデコボコでやや上り勾配の道を、スタスタ大股に歩いた。

その時だった。福澤桃介の別荘の竹垣の上を、太い青大将がゆっくり匍《は》っていた。

今日でもわたしは、蛇というものを好かない。別荘番の倉吉も、青大将は形が悪いだけで損をしている。別に人間に害をしないと言っていた。それでも時々、鶏の卵を呑みにくる。今日も何個呑まれたといって、倉吉は口惜しがっているのだった。

竹垣の蛇を見たわたしは、ものが言えなかった。息がとまりそうになった。ところがおぎんは平気だった。引返そうともしないで、やがて蛇に追いつき、しばらく平行して歩き、それから追い抜いた。あれで長さは何間ほどあったであろうか。竹垣には一間おきに丸太が立っていたから、三間近くあったような気がする。とにかくあんな太いやつを見たのは、これが最初で、その後今日まで見たことはない。今になって思えば、秋の日のよく肥えた老蛇だったのだろう。

その場所が現在、呉文炳《ふみあき》博士の屋敷の西側にある道路を隔てたところで、当時は呉さんの来住以前だったから、麦畑か、茄子や胡瓜や南瓜などのなっている広い畑であったと思う。

ここで呉さんの名著「腰越考」にふれ、その中から勝手に抜粋させて戴こう。

腰越は神奈川県鎌倉郡の南部に位し、南は概ね相模湾に直面する海浜にして、その中央部に小動岬《こゆるぎ》が突出で、面積は三・五平方キロメートル。西方に偏して二つの水源がある。即ち深澤村との境に源を発するものと、津村の渓間より出づるものと、二者は堀内に於て合して一流となり、南下して海に注ぐもので、神戸《ごうど》川と称される。

（この河口に、前回書いた、白い裸身の女の水死体が流れついたのである）

古く鎌倉時代の盛時に於ても腰越は、その西門戸にあたり、京都に通じる本街道筋でもあつたといふことだ。

腰越なる名称の由来については、往昔腰越の近郷の深澤の里に悪龍が棲み、住民の子達を喰殺すによつて、人々移り住むと云ふ意より児死越《こしごえ》と名づけられ、更にそれが腰越と当てられたと、江島縁起に書かれてある。

なほこの悪龍は江島弁財天に想思し、然も彼女の法力によつて解脱して山となつた。その龍頭に当るところが龍ノ口である。

義経腰越状の現存する萬福寺も、往昔腰越駅にあつた数々の寺院の一つであつたらう。

なお呉さんは経済学及び歴史・文学および演劇に造詣深く、二つの学位号を持ち、経済学の著書の他には、「こゆるぎ考」「江島考」「鎌倉考」等の名著がある。(「腰越考」は大正十二年、「こゆるぎ考」は、土屋憲二氏との共著で、昭和十七年の出版である。なお、長野県和田峠の麓に腰越の地名があるが、その連関性については未詳である)

三月。腰越津村の小学校では、卒業式が行われていた。

欠席日数が多いわたしは、きびしくされれば、当然落第の憂き目にあうところだったが、別荘の子という特別扱いのためか、一年生の総代ということになり、式の当日講堂の黒板に貼りつけられた畳半畳敷ほどの白紙に、その文句は忘れたが、何やら十字余り、太い筆で書くことを命じられた。

それより滑稽だったのは、例のヴィクターの蓄音器を講堂へ持ち込み、大丸髷の母さわ子が、校長さんの横にならんで、レコードをかける役を引受けさせられたことであった。

太い大喇叭が運ばれてきた時、一年から六年までの全生徒が、ウォッとばかり歓声を挙げた。まだ二十七才の母は婉然として、その喇叭にサウンドボックスをつけ、ゼンマイを巻く捩子《ねじ》を廻した。やがて豊竹呂昇の「今ごろは半七さん」（三勝半七酒屋の段）が聞えてきた時は、わたしは羞恥に全身が炎え出すようだった。

卒業式がすむと、わたしの一家は東京へ引揚げることになった。今度の家は本郷向ヶ岡弥生町三番地であった。父はまだドイツにいて、帰朝は夏になる予定だったから、この家をきめたのは、祖父か祖母のはからいだったのかもしれない。

そこを老母に一度聞いてみようと思っていたが、去年亡くなったので、とうとう聞かずじまいになった。前と同じく借家だったが、横網や西片町より大分広く、間取もやや正確に覚えている。ちょうど本郷根津の坂を上って、百メートルほど東大のほうへ歩いたところを左折れして、また百メートルほどの小路を池之端へ向って歩いた右側にあった。ここは震災でも焼けず、戦災にもかからなかったので、今も残っているが、一時旅館をしたこともあって、上れば上れたが、昔の家というものはちょっと不気味なもので、わたしはそのまま通りすぎた。

一の十五

話はここでちょっと前後するが、わたしは明治四十五年二月の歌舞伎座を見物している。まだ海の小学校に在校していた頃のことだが、あまりに印象が強く残っているので、書かないわけにはいかない。

実は祖母から腰越の別荘へ誘いの手紙があったのである。わたしはおせいと一緒に上京することになった。その手紙にもあったように、芝居の同行者には、古河の不二子さんもいるらしい。

前年の市村座行きと較べて、わずか一年のことだが、記憶がはっきりしている。もっともそのために、腰越から出かけられたのは、芝居や小説の大きらいな父親が、国外にあったお蔭に違いない。

今度は木びき町の歌舞伎座（番附にも座名の肩書に必らず、こびき町と書いてあった）だった。当日の絵本筋書は散佚して手もとにないが、「演藝畫報」があるので、それを参照しながら、記憶をたどる。出演俳優は市村座の出張公演で、狂言並びは、一番目「近松會稽《かいけい》曾我」、中幕上「肥後守清正」（井手蕉雨作）、中幕下「身替座禅」（岡村柿紅作）、二番目「恋慕《こひ》相撲春顔触」（河竹黙阿弥作）、大喜利「靱猿《うつぼ》」（常磐津所作事）の五本立てであった。

一番目は、「近松會稽山」を福地櫻痴居士が脚色した台本の「十二時《とき》會稽曾我」（明治二十六年初演）を、今度は外題を変えて、「近松會稽曾我」として演《や》っていた。

その時わたしは、六世菊五郎が五郎時致《ときむね》を演るものと思って出かけたところが、彼は仁田四郎というワキ役にまわり、団子改め猿之助になったばかりの、のちの猿翁が、五郎に扮して熱演した。この時からわたしは、猿翁びいきになった。前年の市村座所演の「琵琶の景清」では、前回も書いた通り、その具体的印象は、あまり強くなかったのだが……。

わたしはその時、東の仮花道のすぐそばの新高《しんたか》の三で見た。平土間で芝居を見るようになったのは、中学生になって、自前で行くようになってからである。

仮花道の傍だっただけに、十番斬の場では、すぐ目の前で演じられる立廻りを、見上げるような位置に坐っていた。猿之助の五郎時致の青い目張りのあるきつい顔と、髪を乱して大ぜいの雑兵と斬り合いながら、なお、兄十郎の安否を気づかって、

「兄者人、いのう……」

と叫ぶ悲壮感のある台詞まわしが、今も忘れ難くわたしの耳底にある。

またその時、勘弥の十郎が、六代目の仁田四郎に首を討たれる瞬間の蒼白なプロフィールも、まだ眼底に生き生きと残っている。

両人は立廻りのすえ、十郎戦意を失い、太刀を投げ出して、首の座に直る。仁田が薙刀《なぎなた》をかまえるところで、道具替りの知らせ。舞台は明るいまま、上手へ廻った。

祖母が不二子さんにむかって、

「勘弥の十郎がもっとにやけているかと思ったら、案外よござんすね」

と話しているのを、わたしは耳にした。

いよいよ討入りという前に、青い竹の樋を切り落すと、ザーッと本水《ほんみず》が出た。そんな写実が、興味の対象になった。

そこへ美しい芙雀（のちの菊二郎）の亀鶴が、寝ている工藤祐経を討つべく手引きするために、雨戸を開けて、縁側へ出てくる。工藤は吉右衛門（先代）の役だが、曾我兄弟に殺される場面では吹替えが使われていた。

中幕の「肥後守清正」は、井手蕉雨の新作ものであった。清正役の吉右衛門は、老役《ふけ》がまだ板につかず、相手役の菊五郎の落窪小四郎の方が好評であった。しかしその頃から、播磨屋は清正に関心が多かったのだと思われる。

小四郎の菊五郎が、白の着附で、縛られて唆呵を切るところは、小気味がよかった。十郎が首を討たれたり、小四郎が、高手小手《たかてこて》に縛り上げられたりする時、子供のわたしの身うちには、何やらスリルのようなものが奔《はし》るのであった。スリルといっても、精神的なものではなくて、もっと感覚的なものであった。

清正の徳に服した小四郎は、縛を解かれて忠誠を誓うことになるが、清正がこの小四郎に太刀まで預けて、無腰で月下を逍遥する幕切は、子供心にも、腑に落ちかねた。ついさっきまで、自分を刺そうとしていた男に、平気で太刀を預ける英雄の心境も、わたしには不可解であった。今考えても、その偽善的な虚勢は、空々しいものだが、そういう所作は、昔も今も大衆的説得力を持っているらしい。

「身替座禅」は明治四十三年三月市村座の初演で好評だったせいか、再演となった。わたしは初演を見ていない。作者岡村柿紅は「棒しばり」や「太刀盗人」など所謂松羽目物に長じたが、特に「身替座禅」は傑作で、六世菊五郎は音羽屋系の家の芸として、三代目以来の「土蜘《つちぐも》」や「茨木」「戻橋」等へ、最後の一種として「身替座禅」を入れた。

この脚本の種子《タネ》は狂言の「花子《ごはなご》」で、この時の配役は、山陰右京が菊五郎、奥方玉の井が七世三津五郎、太郎冠者が初代吉右衛門、腰元千枝が中村米吉（三世中村時蔵）、男寅（のちの三代目左團次）の腰元小枝であった。

田村成義氏が菊吉を市村座へ連れて来た頃は、菊五郎の所作事がかくも人気を博するとは予想しなかったようだ。従って「身替座禅」の成功は、田村にとっても六代目にとっても、エポックというべきであった。

公演を重ねるたびに洗練され、絶品と言われた。その後これを見物した猿翁夫人が、「右京が太郎冠者に留守を預けて、愛人花子に逢いに行き、心ゆくばかり遊んで帰って来る花道二度目の出を見ていると、いま濡れて来たばかりという色っぽさがあって、実にたまらないわ」と語ったのを聞いたことがあった。

この六代目の衣鉢を受け継いだ中村勘三郎は、当代での山陰右京で、度々上演、最近のものに昭和五十年一月の歌舞伎座所演がある。松緑も継いでいるが、松緑は重すぎ、勘三郎は小さいので、やはり六代目の水の垂れそうな舞台姿の塁を摩すものはない。

とにかく明治四十三年から昭和五十年まで、この所作事が大手を振ってフリーパスしているのは壮観である。

余談だがちょっと附記したいのは、視力健全の頃のわたしには、この芝居が面白くて、欠かさず見物したが、ついうっかり聞き落していたことがある。眼が悪くなり、芝居見物の注意が地方《ぢかた》のほうへより傾いたせいか、この常磐津の作曲は別として、歌詞に説明が多く、作意が地荒らに出て、わたしはこの傑作に疑問が残るようになった。視覚に心を奪われて、聴覚がお留守になっていたと思うが、どうであろうか。それで少し評価を下げた。もっともこれは昭和四十八年のことで、明治大正時代の「身替座禅」には私は文句なしに感動していたのである。

二番目の「恋慕相撲春顔触」はどうやら筋が晦渋で、子供には理解しにくかった。関取の淀車浪五郎（栄三郎）と船頭鵜の長吉（菊五郎）が相撲場で喧嘩になる。（この栄三郎は先代梅幸の長男の、若くて死んだ女形《おやま》のそれではなく、六代目の実弟で、今の十七世羽左衛門の父親坂東彦三郎の前名にあたる）

六代目の長吉の啖呵には、胸がすいたが、下廻りの大ぜいに手足を担がれて、つまみ出されてしまうのは、呆気なかった。

大喜利の猿曳を演《や》る七世三津五郎の出し物「靭猿《うつぼ》」は、記憶が薄いから、割愛して帰ることにしたのかもしれない。

いま「演藝畫報」を見ると、楠山正雄氏が「歌舞伎座の若手芝居」というタイトルで、辛辣な劇評を書いている。

「菊五郎と吉右衛門の噂も少しうるさくなつた」という書出しで、一番目については、「櫻痴居士の史劇の中でも殊に劣作に属するものだ。近松のみづみづしい伝奇《ロマンス》の味ひを、すつかり抜ひて、櫻痴流の乾枯らびた活歴に固め上げたものだ」と罵倒している。いま読んでもいい感じはしないのだから、その頃の劇評家は、ずい分高姿勢なものだなと思わざるを得ない。

好評の「身替座禅」についても、

「菊五郎は相撲をとることが好きださうだが、それから自得したやうな奇抜な形が見える。離れ業《わざ》だ」

と攻撃している。観客が感心し陶酔しているのに、劇評家だけが相撲のようだといって受附けないのは、空々しい。

また定評のあった三津五郎の奥方玉の井についても、

「あの人はどうして、ああしよつちう貧乏戎《えびす》のやうな、一人ものがお菜《かず》を貰つたやうな顔ばかりしてゐるのであらう」

と酷評している。

例によって芝居茶屋の武田屋で、お茶をのんで、不二子さんとわかれることになった。

久々に逢ったので、わたしは懐しさでいっぱいだったが、前の年のように、膝へつっ伏したり、靠《もた》れかかったりは、羞かしくて出来なくなった。祖母が、

「せっかく奥様に来て戴くのに、鶉がとれなくて申しわけございません」

と何度もあやまっていたのを憶えている。不二子さんの艶美はますます磨かれて、人目を欹《そばだ》たしめた。舞台の役者たちも、見ないふりして見ているのではないかと思われた。

祖母と一緒に人力車に乗る時、いつ降り出したか、雪が積っているのを見た。幌にも雪がたまっていた。木挽町の通りは、もう真白だった。その頃は昭和通りも市場通りもまだ出来ていなかったので、どこをどう走ったか記憶はないが、築地川に沿って、本所の方角を目指していたのであった。

その年も暦の上では、立春をすぎていたが、冷たい風をまじえた極寒の雪であった。

不忍池畔夜景

一の十六

弥生町の家から西片町の誠之《せいし》小学校へ、通学することになった。

受持の先生を黒図先生といった。帝大と一高（今は農学部）に挟まれた道を、本郷追分まで行き、そこから白山のほうへ向って歩く。当時のことだから、ゴー・ストップの信号があるわけではなく、車馬の往来が多かったので、母は心配して、おせいに送り迎えをさせた。二年生のわたしはそろそろ、おせいが煙ったくなっていた。小学校のほうへ曲る角まで送って貰い、そこで帰るようにといった。

おせいは心配なのか、その曲り角に立って、わたしが門にはいるまで見送っていた。

校長は杉浦先生、副校長は尾形先生と行った。コの字形になっている木造二階建の校舎の中央に、毎朝全校生が並び、一段高い壇に上って、校長に朝礼をした。同級に故三島由紀夫君の母である倭文重《しづえ》さんがいたが、その時は知らずじまいで、後年三島と親しくなってから、そのことを聞いた。洋服を着てくる女生徒は全校のうち、三人ほどであったが、その一人が倭文重さんだったという。しかし三島由紀夫の目にうつる倭文重さんは、丸髷に着物のよく似合う美人だったようだ（評論集「亀は兎に追ひつくか」の中のエッセイ「私の永遠の女性」に由る）。

発育の遅かったわたしは、誠之でも一番貧弱な肉体の持ち主であった。身長も最低であったから、いつもクラスの最後列に置かれた。そうした劣等感に悩まされたところは、漁村の小学校時代と大差なかった。

体操の教師に、意地の悪い人がいて、

「前へ進め」

の号令で真直ぐに歩いて行くと、いつの間にかわたしのすぐ背ろの列から、「組々左へ」の号令で左へ曲ってしまっているのに、わたしだけが知らずに、いつまでも真直ぐに歩いていたりしたことがあった。先生の号令が耳に入らなかったことは、こちらの黒星だが、それを注意もしないで、いつまでもわたしだけを歩かせ、生徒と一緒にドッと歓声をあげて笑ったりしたのは、先生としては卑怯なやり方だと、わたしは不満だった。

その頃のわたしには、自己顕示欲は、兎《う》の毛ほどもなかった。体操では今書いた通りだし、唱歌は一人で歌えず、手工は殊に下手で、評点は多く丁であった。たまに丙を貰った。乙にも甲にもなったことは一度もない。何しろ、マッチをすることも出来なかったのである。ボウッと火がつくと、あわてて手から軸を離してしまう始末だった。こんなことを書いていると、幼時の思い出としても、あまり感心できない。

そのくせ追分から二軒目の酒屋に、同い齢位の少女がいて、その前を通ると、その子がいない日もあったが、いる日はいつもわたしのほうを見ているようであった。それでわたしが立止って、見返したりした。こちらがジッと見ていると、むこうも視線をそらさなかった。男と女の目と目の遊戯をおぼえたのは、それからであった。ろくに体操も出来ないのに、女の子とのウィンク遊びを心得てしまって、タイミングをはずさなかった。歌舞伎座や市村座へ行って、可愛い女の子を見かけるや、ジイッと見てやると、向うでも目をそらさず、視線と視線が搦み合う。それが楽しくて、やめられなかった。今こうして書くから皆にわかるのだが、当時は自分だけの楽しみで、親にも兄弟にも知られなかったことである。

只、おせいが何んとなく気がついた様子で、

「酒屋の娘は、可愛らしい顔をしている」

とか、

「今日はままごとをしているわ」

とか聞えよがしにいった。

わたしはオルガンの音というものを、好きになれなかった。朝礼の時、唱歌の先生がオルガンを鳴らす。それに歩調を合わせて各クラスが教室へはいって行く。女生徒たちは、いかにも楽しそうにオルガンにリズムをあわせて歩き出すが、わたしはズルッカズルッカと靴をひきずって歩

き、はずみがつかなかった。

この時女生徒組に、倭文重さん（旧姓橋）もいたのだし、やはり後年知り合ったのだけれど、心座の村瀬幸子がいたはずである。村瀬は森川町に住んでいて、本名は松井さだだったとおぼえている。

オルガンが嫌いということは、だいたい西洋音楽のメロディに親しめなかったからである。芝居の下座で聴く三味線の合方のほうが、どんなに楽しかったかわからない。そんなことから唱歌の時間がくると、気が滅入ったし、坊主が憎けりゃ袈裟まで憎いで、唱歌の先生の顔までいやらしく見えた。

何んといっても、三味線はいいと思っていた。幕あきや花道の引込みに使う下座の鳴物。水音や雨音や山颪《おろし》、ことに雪音には味があった。それに較べて、オルガンの行進曲や軍艦マーチは、歯の浮く思いだった。少し長く聴いていると、頭が痛くなった。

今でもオルガンの音はいただけないし、ピアノの音からも、なるべく逃げ出すことにしている。ホテルのメインダイニングで、洋食を食べたりしていると、ピアノが鳴り出す。サーヴィスのつもりらしい。ところがわたしは、とたんに食慾を失《な》くしてしまう。これが小学校の時から一貫してそうなのであって、途中でオルガンやピアノに関心と興味を持ったことは一度もない。

同年七月三十日。明治天皇が崩御された。国民が天皇の不例を知ったのは、およそ七月の半ば近くだったろうか。わたしもみんなと一緒に、皇居前へ行き、砂利の上に坐って、病気平癒を祈った。みんなと書いたが、家族のうちの誰れとだれであるかは忘れている。

国民が老若男女を問わず、天皇のために、土下座して快癒を祈ったのは、語り草になったものだ。

宮中では二重橋の辺で、棹に吊した提燈を振って、国民に対する謝意を示した。それ以上の記憶はない。とすると、芝居や相撲のほうの記憶力とは、桁違いのようである。むろん天皇制も何も、わかる齢頃ではない。わずかに心に残っているのは、絶対的な専制君主でも、病魔には勝てないのかということだった。

第百二十二代天皇の死は、正確にいうと、七月三十日午前零時四十三分であった。以後諒闇《りょうあん》となり、改元があって、大正となる。歌舞音曲停止のため、八月の劇場は一斉に休業の已むなきに至った。

いまわたしの手許に残っている「演藝畫報」九月号は、急遽編集を変更して、九代目團十郎の特輯とした。何もかも、遠慮というので、東京はむろん、全国津々浦々、灯の消えたようなありさまであった。

御大葬の号砲響く時、乃木希典は夫人シヅ子とともに自決した。子供心にそれを聞いて、明治時代が終結し、大正という新しい世代がはじまることに、何がなし期待が持てるような気がした。

ところが、大正は明治の豪気さがなく、どこかひ弱で、そのくせ垢抜けしなかった。要するに中途半端な時代という印象を免れないのである。

ドイツから日本へ帰ってくる途中、父は香港に寄港していた船中で、大正改元を知ったということだった。父は帰国と同時に帝大教授となり、やがて工学博士の学位も得た。その代り、わたしの芝居見物は厳禁となった。

ここでちょっと弥生町の家の間取について書く。

門をはいって左側に洋館があり、階下は父の書斎で、階上は十畳敷の和洋折衷の客間。そこから上野の森がよく見えた。中央部に八畳と六畳の寝室と茶の間があり、板敷に風炉釜が置いてあって、その先に風炉先屏風が立ててあったが、それに烏帽子をかぶった柿本人麿の像と代表的名歌、

ほのほのと明石のうらの朝霧に
　島かくれゆく舟をしそおもふ

と透かし彫りになっている。杉柾《すぎまさ》にへりが樟で、書体は祖母の父遠藤周民の筆である。いま尚現存していて、「義政刀」と銘があり、落款もある。老母の聞いた話では、番場町にあったのを嫁入の時、持ってきたのだそうだ。

毎朝毎晩、この歌を見ていたので、子供のわたしもいつか諳《そら》んじた。この家には土蔵もあり、台所の先に別棟二階建ての離れもあった。そこが子供の遊び部屋と書生部屋にわかれていた。

父の出帆前、誕生して、その後三年間、父を見たことのない舎弟快三は、馴染が薄いせいで、

「あの小父さん、いつ帰るの」

と聞いたり、

「早く帰るといいんだがなあ」

と言ったりして、母を困らせていた。三年ぶりで会った父と母は、新鮮な情緒があるようで、一緒に軍歌を合唱したりして、お安くないところを見せつけた。

弥生町界隈は散歩道に恵まれていた。不忍池まではほんの四百メートルそこそこであり、上野の山へ行くのも造作なかった。

が、子供の行きたがる動物園には、何んの興味もなかった。猛獣を見物するのなどは、不愉快でさえあった。動物の臭気もたまらなく、鼻をつまんで歩いたものだ。

――上野広小路から山下までの左側の店々を、ひやかして歩くなかに、帝国博品館というのがあった。通称勧工場《かんこうば》と言った。百貨店の前身でもある。

多くの商店が組合を作り、一つの建物の中に、種々の商品を陳列して販売した。店舗と店舗の間に、幅二メートルほどの通路があって、そこを歩きながら、左右の店舗の品を見る仕組であったが、道は階段でなく、ダラダラ坂の石畳になっていた。

勧工場はほかに、新橋の橋際にもあった。わたしの感じでは、新橋のほうが上品でハイカラで、上野のそれは俗っぽい代りに、下町の情緒があったようだった。

この通りには、岡埜《おかの》栄泉、鈴本亭、守田の宝丹、鈴木時計店、などがあって、この西に、数寄屋町がある。昔、お数寄屋坊主が住んでいたので、この名があった。河内山宗俊がいたかどうかは知らないが、彼も「天衣紛上野初花《くもにまごふうえののはつはな》」では、お数寄屋坊主となっている。

この町に隣接して、仲町と呼ばれる通りがあり、凝った店が多く、現在でも京屋漆器店とか、道明などの店がある。

池之端と山下の間に、鰻屋の伊豆栄、そば屋の蓮玉庵もあったが、今は仲町のほうへ移店している。

向側の角に、「揚出し」という名の店があって、豆腐の揚出しを食べさせた。吉原の朝帰りなどに、ここで揚出しを食べて、精力を恢復した。この店の若旦那が、今日の小絲源太郎画伯であるのは、実に面白い。

小絲さんは芸術院会員、文化勲章の拝受者で、わたしとの関係は、戦後猿翁・八重子の共演による「滝口入道の恋」の舞台装置をしてもらって以来、知己となった。小絲さんの弟子の井手宣通君は、わたしの亡母が可愛がって、彼のためにアトリエを建ててやった。その井手君も、いまは日展の常任理事であり、芸術院会員である。

山下には三橋《みはし》という橋がある。不忍池から出る水が、下を流れている。これを忍川《しのぶ》（今は暗渠）という。その下流に、三味線堀がある。三橋は長さ二間ばかりだが、幅は二十間というおかしな橋で、江戸時代には寛永寺門前地となっていた。従って彰義隊の上野の戦争では、激戦の地であり、町人の中に、流れ弾丸《だま》に中《あた》って、負傷した者もあったそうだ。

三橋につづいて、「世界」という牛肉屋があった。切通し上の「江知勝《えちかつ》」とくらべて開店がどっちが古いか知らないが、「世界」の鬼瓦に雁が飛んでいる姿が彫ってあり、昔雁鍋《がんなべ》といった店の後身である。漱石の「虞美人草」に、

花電車が風を截《き》つて来る。生きて居る証拠を見てこいと、積み込んだ荷を山下雁鍋の辺で卸《おろ》す。雁鍋はとくの昔に亡くなった。（十一章より）

ついで「慶安太平記」（河竹黙阿弥）の丸橋忠弥の台詞に、

〽家を出る時迎え酒に　二合ずつ二本やり、それから角の泥鰌屋で、熱い所をちょーいと三合、そこを出てから蛤で二合ずつ三本やり、それから帰りに雁鍋で、良い黄肌の有ったところから、又刺身でちょーいと五合、とんだ無間《むげん》の梅ヶ枝だが、此処で三合彼処で五合、拾い集めて三升あまり、

そんな台詞があるところから、雁鍋はすでに慶安時代（一六四八年から一六五二年）に実在していたことがわかる。二代目市川左團次の忠弥の酔態が、好演と言われた。

わたしたち兄弟は父のお供で、「世界」へよく牛肉を食べに行った。芝居ぎらいの父も、すき

やきは好物だったと見えて、気前よく食べさせてくれた。その頃わたしも、食が進み、めしは五杯、多い時は六杯を平らげた。

伊豆栄にも行き、蓮玉庵の二階へも上った。

博覧会の日本における濫觴は、明治五年とされているが、わたしのおぼろな記憶では、明治四十年の東京博覧会の時、大伯父遠藤滋《しげし》に抱っこされて、夜景を見物に行ったことがある。輝くイルミネーション。高い斜面を水中へすべりおちるウォーターシュート。いくつかの箱をぶらさげて空中を回転する観覧車などに多少の印象が残っている。不忍池の観月橋は、東京博覧会の遺物であった。

さっき引用した漱石の「虞美人草」の中に、観覧車の説明が出てくる。

径何十尺《さしわたし》の円を描いて、周囲に鉄の格子を嵌めた箱を幾何《いくつ》となくさげる。運命の玩弄児《がんろうじ》はわれ先にと此箱へ這入る。円は廻り出す。此箱に居るものが青空へ近く昇る時、あの箱に居るものは、凡てを吸ひ尽す大地へそろりそろりと落ちて行く。観覧車を発明したものは皮肉な哲学者である。（十四章より）

これが大正博覧会となると、わたしの記憶はもっとはっきりしてくる。まずその入場券を、半強制的に買わされた。

が、入場券の裏に番号が打ってあって、それが富くじになっていた。富くじがあたれば、莫大なおつりが来る仕組になっているのだった。

弥生町の家の洋間階上の座敷からは、博覧会の建物が望見され、風に乗って、楽隊の音も聞こえた。

これが大正三年三月のことであった。

弥生町からは根津・谷中・七軒町なども近く、買物に便利だった。

根津は昔の遊郭の跡で、青楼らしい家の窓硝子には、赤や青の色硝子が嵌めてあった。遊郭とは何をするところか、わたしはまだ知らなかったが、母や祖母から、不潔なものという風に、教えこまれていた。悪所場《あくしょば》という名詞は、大人になってから知ったものだが、悪所場の意味するところのものを、わたしはその色硝子の嵌った古い女郎屋の建物から感じていた。

のちに知ったが、根津の遊里は明治二十年九月に洲崎へ移転していた。洲崎は海に近く、小猿七之助が御守殿《ごしゅでん》の滝川を手籠《てごめ》にする黙阿弥の芝居で有名だが、その当時は人通りも少い土手であった。そこへ遊郭が移って、毎夜弦歌の声が聞こえるようになった。

ここは主として職人が遊ぶところで、印半纏に曲尺《かねじゃく》を腰に差した股引いなせが、歓迎されたという。

根津の坂を下って、また上り坂になる右が寛永寺で左が谷中三崎町である。そこに母の実家近藤家の本家があった。母のいとこにあたる近藤太郎、同じく銕次《てつじ》、夏子、春子、冬子などの兄弟がいて、賑やかな家族だった。このうちの春子が、種田《おいた》家に嫁ぎ、その息子が岩波の小林勇さんの義妹を嫁にしている。勇さんとわたしとは、遠い親戚になるのである。

この五人兄弟のうち、春さんを除いて、皆他界した。なお父が帝大へ行くには、すぐ近くの弥生門を利用していた。

一の十七

本所区番場町の母の実家には、電話室があった。三方が壁で、硝子戸の入口がついているボックス型である。弥生町の家にも電話があるといいなあと思ったが、大分金がかかりそうなので、そんなことは言い出し兼ねた。しかし貧乏世帯よりも、豊かな生活環境のほうが、子供心にも好ましいので、わたしはやっぱり番場町へ行くことが多かった。

本郷区役所前か、または湯島天神下から電車に乗って、厩橋西詰の終点で降りる。それから橋を渡る。隅田川に架けた橋の上を、電車が通るようになったのは、ずっとのちのことだ。当時の厩橋は長さ八十六間四分、幅七間、車道広さ廿三尺、人道広さ左右各々九尺五寸あったそうだ。本所外手《そとで》町から黒船町へ渡る橋で、前にも書いたが、その頃は蔵前橋も駒形橋もなく、吾妻橋と両国橋のほぼ中間に存在したのである。

「もとこの橋の少し南の三好町をば、御馬屋《おんまや》河岸と呼び、渡舟場としたり。橋名はこれに因る」

とは吉田東伍氏の説だが、その創設月日は氏に由ってもわからない。一般にこの橋名を「おんまやばし」と称していた。

番場町の家では主人陸三郎が、古河合名会社の一等支配人として、殆んど隔日ぐらいに、客を接待したので、女中だけでは間に合わず、給仕役に柳橋の芸者を呼ぶのを例とした。そのため祖母は、料亭の女将のように、芸者たちをもてなしてやらなければならなかった。陸三郎は下戸だったが、客のうちには酔っぱらうものもあって、賑やかな宴会となり、三味線も鳴り、芸者の手踊りなどもあった。わたしは廊下の遠方から、そっと覗いていたものだ。

そういう芸者や半玉《はんぎょく》が先に来て、陸三郎の帰宅や客の来訪を待っているあいだ、手持無沙汰にかこつけて、わたしを相手に隠れんぼや鬼ごっこをしたりするのは、多くは半玉か、一本になりたての若い妓《こ》であった。

そのときの様子を、小説「もて遊び草」に次の如く書いた。

柳橋の芸者や半玉が、わたしを加えて、よくかくれんぼなどをして遊んだ。

わたしは鬼になるのがきらいだった。鬼になって、みんなを捜し廻るのはいいが、若し、誰一人見つけ出すことが出来なかったら、どうしようと思うと、恐ろしくなる。それで、山出しのおとくという女中が、よく鬼にされた。

その日は一本になり立ての若い妓が、わたしを連れて、

「坊ッちゃん、どこへ隠れましょう」

と、マゴマゴしながら、結局、廊下の突当りを左へ曲ってすぐの、納戸部屋を見つけ、

「坊ッちゃん……ここがいいわ」

と、表の杉戸をあけた。

納戸部屋は北に高窓があいているだけで、杉戸のほかは全部、檜板がはりつめてあって、昼間でも薄暗く、ヒイヤリとしていた。

杉戸をはいったところには、総桐のタンスが五棹ほど並んでいて、その裏に、仕立おろしの縮緬の夜具やら紋羽二重の座蒲団やらが積んであり、また金蒔絵の火鉢やら、黒漆の燭台やらが置いてあった。そして、樟脳の匂いがプーンと薫っているのだった。

二人は奥へはいって、紋羽二重の積み上げた蒲団の上に腰をおろすと、ハラハラしながら、おとくの足音の近付くのに耳をかしげていた。

するとおとくは、

「もういいかい？」

と呼んだ。すると庭のほうへ隠れたのが、

「もういいよ」

と答えた。それはお俠《きやん》な半玉の声だった。

私たちは何んにもいわずにいた。おとくがあっちこっち、捜している足音がした。くす

ぐったいような、おっかないような戦慄と共に、わたしは彼女の腰のへんをしっかり抱いていた。彼女もわたしの肩のあたりを強く押えていた。

おとくが杉戸をあける音がしたときは、もう見つかったと観念して、わたしは目をつぶっていたが、山出しで気の廻らぬ鬼は、タンスの前をあらためただけで、すぐあきらめたか、ピシャリと、杉戸をたててあらぬ方へ走り去った。

わたしは手に汗をにぎったが、自分より背の高い妓の顔を仰ぐようにして、

「よかったね」

といったとき、女は突然わたしの首を抱いて、白い頰ッぺたを密着させた。

然し、頰ッぺたを押しつける位は、誰でもすることなのでわたしは別段驚きはしなかったが、ただし場所がうす暗い納戸なので、いつもとちがった妙に迫るようなものを感じた。

この小説は昭和三十一年の「文藝春秋」新年号に載ったものだが、引用した部分は、おとくという名前以外は真実である。ところがこのあとに、少々誇張がある。

この薄暗い納戸で、芸者は頰ずりをした後、

「坊ッちゃん。見てもいいわ」

と言いざま、裾をまくり、白い膝ッ小僧から少し上まで、捲って見せたのである。小説はそれをもっと露骨に、奥の方まで覗かせた如く書いているが、それは嘘で、精々内腿の一部を見せた

にすぎなかったが、それでも私は、その妓にいくら、

「みてご覧ん」

といわれても、

「いやだい、いやだい」

を連発して、首を横に振り続けた。私の拒絶に会った芸者はふと、我に返った風で、裾を下ろした。そして事も無くすぎたというのが、真相であった。

そのうちにおとくに見付かって、二人とも引き出されてしまうが、それからも祖父の帰りを待つ間の芸者と、隠れんぼや鬼ごっこをしたことはあるが、そんなはしたない真似をする女は誰もいなかった。

そういう芸者の中の一人が、例の寒玉子（友綱部屋）に惚れていて、私の苗字を使って、彼を呼び出したらしい。

突然寒玉子の方から電話が掛かってきたので、おせいが出た。

話はこうだった。

寒玉子の留守中に、私の名を使って、電話があった。夕方、部屋へ帰ったから今掛けているのだが、何ぞ御用かというのである。

「こちらからはお掛けしませんよ。何かの間違いじゃないでしょうか」

とおせいはいう。それですぐ、寒玉子も気が付いたようで、

「出世前の若さんの名前を騙《かた》るなんて、怪しからん芸者だ」
と腹を立てた風だったという。

電話を切ったおせいは、思い当たる芸者の名をいくつかあげた。芸者とすれば、寒玉子と私が仲がいいので、舟橋の名を使ってでもなければ、当時幕内の関取りが、オイソレとは出まいという智恵を廻したのであろう。

今日になって考えると、寒玉子は腹を立ててみせたが、内心は嬉しかったのではあるまいか。その頃の芸者はきっぷのいいのがいて、役者買もすれば相撲買もしたそうだ。芸者ばかりでなく、上流社会の貴婦人の中にも金を積み、男衆や番頭に手を廻して、役者を買って遊び、関取との情事に耽る女もいたと聞いている。

ここで大正三年夏場所九日目の、横綱太刀山（峯右衛門）対関脇朝潮（太郎）の一番を書いておかなければならない。

名所旧跡や古美術をいくら見ても、すぐ忘れてしまう私が、この時の大一番を、それから六十年以上経った今日でも、まるで昨日の事のようにはっきり覚えているのは我ながら不思議な気がする。

この取組には、寒玉子の土俵が引っ掛かっている。

というのは、已に四回優勝の太刀山が、この場所も優勝を予想されていたのに、六日目に小常陸《ひたち》（出羽海部屋）に休まれてしまった。ところが、今と違ってその頃は不戦勝というものがない。相手が休めば休まれ損で、星取表にヤの字がついてしまうのであった。

その時、入幕の両国（梶之助）は、平幕の十四枚目で、初日から勝ちっ放しでいた。今なら、幕尻でも好成績なら大関とも顔が合うが、当時は序列が厳しかったのか、太刀山対両国という本割は有り得ない。このまま進めば、両国の方が太刀山より好成績となる。

そこで、太刀山から寒玉子を休ませろという命令が出た。この場所の寒玉子は三勝四敗だったが八日目に両国と顔が合った。寒玉子としては、このチャンスを物にしようと、奮い立ったが、同じ友綱部屋の横綱の命令では、如何ともし難い。ついに八日目、九日目、千秋楽と、三日連休してしまった。従って九日目には、太刀山は七勝一休、両国もまた七勝一休で同勝率である。

そこで関脇の朝潮と顔が合った。太刀山としては絶対に敗けられない。

ところが朝潮の成績はあまり芳しいとはいえなかった。四勝二敗三預かり一引分けだった。

立上るや、太刀山の突張るのを、朝潮、ぐんとこらえ、さらに突張ってくるのを、朝潮、下から巧みに右を差し、下手褌をつかんだので、太刀山は左上手を引き、やや強引に上手投を打った。

朝潮、よく残して足癖をつかい、尚も寄るところを向正面で、太刀山は褌を放して小手投にいったが、朝潮は左手で太刀山の右足を渡し込むようにして、しばらく両体斜めとなってこらえ合ううち、太刀山再び小手に振り、ほとんど同体に落ちた（のち検査役鳴門政治氏にも尋く）。軍配は太刀山に揚ったが、控え力士の龍ヶ崎が右手を上げて物言いをつけた。

私にはこの時の龍ヶ崎の表情や、上げた手の角度まで眼底に焼きつけられている。これに対して、西方の控え力士大蛇潟《おろちがた》は、朝潮が先に俵を割ったと主張してゆずらず、当の太刀山は控え力士と共に支度部屋に引き揚げた。観客は総立ちとなった。当時は検査役のことを俗称して四本柱と言ったが、四本柱を背中にし、土俵の四隅に何枚も重ねた座蒲団の上へ坐って勝負を見ていた。今考えると、ずい分邪魔な話だ。しかも、物言いが長引くと、そろって協会へ帰ってしまい、土俵はカラッポになる。その時朝潮は、顔面蒼白のまま空巣になった検査役の座蒲団の上へ腰を下して腕組みしたまま、不敵な表情であごを上げていた。その顔も今に忘れられない。

その頃は大物言いというと、三時間もかかるのがあった。その時は一時間半位であったと思うが、結局、協会で協議の上、丸預りとなったのである。一方、両国は九日目も十日目も勝って九勝を挙げ太刀山の八勝より好成績であったから、この夏場所の優勝額は両国のものとなった。要するに、病気でもない寒玉子に休ませてまで、自分の優勝を確保しようとした太刀山が、後退せざるを得なくなった勝負であった。この大一番を見た人も、段々に少くなってしまった。

この両国は関脇まで進んだが、大関にはなれず、大正十三年夏場所引退して年寄武隈（先々代）となった。

こうして夏場所も終り、大正博覧会不忍池畔の、イルミネーションに彩られた夜景に、別れを告げて、わたし達家族は現在住んでいる家、——当時の東京府下豊多摩郡落合村大字下落合小字丸山新田四三五番地へ引越すことになったのである〔註　実際の転居は前年・大正二年〕。院線といった山の手線の目白駅から約五分。駅までの間に殆んど人家はなく、麦畑と麦畑の間の道を、わたしは小さいランドセルを背負って、歩いた。

私立高千穂小学校の三年に転入したのである。

ひげ黒の踏切番

一の十八

引越しの日は、うだるような酷暑のさ中だったと思う。はじめて山の手線の電車に乗ったのも、その日であった。

わたしは呉服橋駅の木造の高い階段を記憶している。この駅は東京駅が出来るまでの間の仮設の終着駅で、東京駅（仮称中央ステーション）の竣工と共にそこへ吸収された。したがって今では呉服橋駅といっても、その駅に乗降した人はおそらく極めて少いのである。

どうして呉服橋駅から乗って、目白駅へ行ったのか、そのわけはわからない。とにかく引越し荷物は、トラックという便利な物のなかった時代であるから、何台もの馬力を使って、本郷弥生町から豊多摩郡落合村まで運搬したのである。おそらく子供は引越しの邪魔だというので、番場町の近藤の家に預けられ、荷物が片付いてから、子供たちを運ぼうとしたのではあるまいか。

それにしても、目白へ行くのに、上野駅から乗ったほうが、よほど近いのだが、何故かわたしは呉服橋駅へ連れて行かれた。改札口が階段の上にあったか、下だったかそこまでは覚えていないが、とに角その階段は、普通の駅の跨線橋《こせん》より遥かに高かった。そして、現在の大手町と茅場《かやば》町《ちょう》を結ぶ広い道路に架かっているガードの東側へ出るようになっていた。

わたしの記憶がこの階段にこだわっている理由は、わたしがおせいの手に引かれて三十段ほど昇った時、上から降りて来た十七、八歳の娘が擦れ違いざま、足を踏み辷《すべ》らして、二、三段下へ落ちた。うまくそこで止まったが、爪皮《つまかわ》を掛けた我妻下駄が高い音を響かせながら、やがて速度を加え、あたかも生きもののように、一番下まで落ちてしまったのである。

おせいがその人を抱きかかえたので、下まで落ちずにすんだのかもしれなかった。おせいは娘の裾の泥を払ったり、横に飛んだ蛇の目傘を取ってやったりしながら、

「どこかおうちになりましたか」

そんなことを言ったのだろう。娘は羞かしそうにして、足袋はだしのままやがて階段を降りていった。その娘にはそれっきり逢っていないが、それから二十年ほど経って、その顔に瓜二つの、婦人を見かけたことはある。場所は神宮外苑のラグビー場のスタンドであった。わたしのすぐ横に坐った女性同士の客の顔がそれだった。多分わたしの錯覚か誤解であったろう。

その日はR大学とM大学の対抗試合であった。この前の章で書いた通り、腰越の家で、大火傷をした舎弟が、R大学のスクラムハーフをやっていて、その試合にも出場していたのである。わたしも背丈は高くないが、舎弟は更に低かったので、ハーフバックには誂え向きであった。

ラグビーは冬の競技なので、寒いことは覚悟の上だったが、殊にその日は空ッ風が容赦なくスタンドへ吹きつけ、外套の襟を立てたり、手袋をしたりして、防寒準備をしなければならなかった。それでも空には雲一つない快晴なので、グラウンドにもスタンドにも、明るい陽射しが輝いていた。

女客の一人はフードをかぶった洋装で、もう一人は着物の上に厚い洋服地の折襟のコートを着て、その襟を襟足が隠れる程度に立てていた。

試合が始まるとともに、弟は定位置につき、たちまち揉み合い出したフォァワードに対して、何かしきりにしゃべっている。

たしかに彼は小兵なので、フォァワードになるには腕力が不足だし、スリークォーターになるには、足のスピードに欠け、フルバックとしては、身長が足りなかった。

やがてスクラムから抜けた球を、彼が取ってすぐさま、スリークォーターに渡し、長いコンパスを利用して、巧妙にトライした。R大学に先制の得点が挙げられたのである。R大学側のスタンドに、喚声がわき立った。

そのとき隣の女客が話している声が、わたしの耳に入った。彼女はR大のスクラムハーフは、スクラムから出る球をスリークォーターへパスするしかいいが、機敏のようで実は少し速すぎるのではないか。もう一呼吸だけ持っているようにすると、トライする率がよくなるのではないか。もっともほかの大学のハーフバックは、どちらかというと、持ちすぎるという難があるから、彼はその点において、興味ある選手だと、話しているのであった。女性だからラグビーを体験する筈もないのに、そんな批評をやるところをみると、見巧者《みごうしゃ》に違いなかった。たしかに弟がスクラムから出る球を、スリークォーターにパスする間の持ち時間に、研究の余地があることは、わたしも知らないではなかった。

もちろん女客の批評の対象は、R大のスクラムハーフだから、わたしの弟に違いない。しかしその選手の実の兄が、同じスタンドの右隣に並んでいるとは知らないのだろう。それとも女がそれを知っていて、わざと聞こえよがしに話しているのだとしたら、ちょっと気味の悪い感じもした。知っていて話しているのか、知らずにしゃべっているのか、そこに興味がなかったわけでもないが、だからと言って、別の席へ移ることもなさそうだった。

実はそれをわたしの口から、弟に注意してやることを考えたこともある。が、弟はレギュラーとして登録されており、わたしはほんのラグビー好きに過ぎないのだから、そんなことを口にするのは気が引けた。

でも、スタンドの彼女にそう言われてみると、冗談半分のことにして、

「この間、君のトスのしかたについて、なかなか穿ったことを言う婦人客の話を聞いたよ」

そんな前置きで、スリークォーターへトスするまでの球の持ち時間について、彼の注意を促してやることぐらいは出来ると思ったりした。

その婦人客が、昔呉服橋駅で我妻下駄を高い階段の下まで落下させた娘と、同一人だという証

拠はどこにもない。多分、他人の空似だろうが、わたしはわたしなりに、白熱化するR対Mのクロッスゲームを観戦しながら、昔と今を結びつける空想に、スタンドの寒さを忘れていた。前半ではRがMを押し、後半ではMがRを逆転して、結局、弟のいるチームの負けとなった。試合終了と同時にわたしはスタンドに立上り、両軍選手のエールの交換を聞き、ユニホームを泥だらけにして引きあげる弟の背中へ、しばし視線を送るうちに、隣りの女客二人はいつのまにか姿を消していた。

その日以後、この婦人を見かけたことはない。ともあれ、弟のファンであるか否かは別として、R大のハーフバックにとっては、耳の痛い批評だったことは疑いを容れなかった。

一の十九

東京駅が落成したのは、大正三年十二月のことである。それまでは上野始発で、池袋、新宿、品川経由で、呉服橋が終点だった。その頃は運輸省といわず鉄道院時代で、まだ鉄道大臣もなかった。トップは鉄道院総裁で、汽車も電車も院線といった。鉄道院が鉄道省になるに及んで、総裁が大臣になると共に、院線が省線となる。その後、運輸通信省と改称され、さらに運輸省となったのは、昭和二十年のことである。つづいて二十四年、日本国有鉄道が公共企業体として分離独立したため、一般には国鉄の名で呼ばれるようになった。言い換えれば、院線が省線になり、省線が国鉄になるたびに、はじめのうちはその呼称に馴染めないので、違和感を禁じ得なかったものだが、またいつか呼び慣れて、国鉄の名が親しめるようになるのも、不思議といえば不思議である。

院線時代の山の手線は、二輛連結、十五分間隔であった。が、その時代も目白から田町までの所要時間は三十分強であり、六十年後の今日でも、それほどスピードアップはしていないが、連結車輛は数倍となり、間隔もラッシュ時には約四分おきにもなっている。

今の子供が自動車の車種に詳しいように、その頃の子供は、汽車や電車の種類とか、方向とか、駅名とかに熱心だった。わたしが生まれた時は、もう、円太郎馬車はなくなっていたが、市内電車の系統や乗換えは、隅々まで知っていたし、東京駅が出来て呉服橋駅がなくなることなどに、強い興味と関心があった。つまり、そういう子供であったのである。

山の手線のレールの上を、電車ばかりでなく、石炭を焚いて走る汽車も動いていた。実は電車より汽車のほうが古くからのもので、正確に書くと、山の手線は東北線に所属するブランチの一つであった。赤羽、十条、板橋、池袋経由品川までの区間が幹で、池袋から田端までが分岐線であった。当然、客車と貨車の混合連結で、それが日により、時間によって変更がある。無蓋車が幾車輛もついていることもあれば、有蓋車だけのこともある。二等車もあった。そんなことが子供には無性の楽しみであった。

目白駅の改札口にも、電車の時刻表はないが、汽車のは克明に出ているので、わたしはなるべく、汽車に乗って、通学したがったものだ。むろん客車は所謂マッチ箱で、一車輛につき、四つも五つも昇降口のあるせせこましいスタイルのものであった。

そのうちに汽車はだんだん少くなり、やがて貨車だけの線路となり、山の手線の主流は電車になった。

どうしてこんなことに関心が強かったのだろう。

わたし達兄弟は出札係や改札係と仲良くなったばかりでなく、車掌とも顔馴染になって、駅名喚呼の手伝いをしたりもした。車掌によっては、うるさがるのもいたが、概して子供好きが多かった。呼子を吹かしてくれたり、帽子をかぶせてくれたりした車掌もあった。が、その話をすると、母に叱られた。当時は肺結核が極度に怖れられていたからでもある。

老人の踏切番とも仲良くなった。遮断機をおろして、汽車や電車が通過するまで、白い旗を出す。わたしがその旗を持たせてくれと言うと、人のいい踏切番は、ことわりにくいのか不承々々、旗を持たせてくれた。この話も母の顔色を変えさせた。

「若し車の中へ吸い込まれたら、どうするの」

そう言うのである。それではというので、今度は改札係に頼んで、切符に鋏を入れる仕事をさせてもらった。むろんわたしの背後に立って、彼は監視を怠らず、しかも二十人なら二十人という制限つきであった。今とは違って、二十人といっても、ポツリポツリであった。このほうは母に叱られずにすんだが、しかし母はそのために、目白駅の出札係や改札係に、

「どうかまあ、子供たちをよろしくお願い致しますよ」

と言って廻り、林檎や蜜柑やビスケットなどの届け物をしていた。前にも書いたように、母は福島四郎氏の「婦女新聞」の短歌投稿グループの一人だったので、和歌に趣味のある出札係の竜田潜蔵さんに、添削をしてやったりもした。母が若し竜田さんを愛するようになったらどうしようなどと、わたしは心配した。現在の目白駅の繁忙と較べると、まるで嘘のような話だ。何しろ今も書いたように二輛連結の十五分間隔なのだから、一本発車してしまうと、暫くは無人の境であった。色男の出札係は一首ひねり、改札係は大欠伸《あくび》をし、踏切番は茶をわかしたり、干物を焼いたりして退屈をしのぎながらも、時々居眠りを漕いでいた。この踏切番の特徴は不精髭だらけで、わたしたちは「ひげ黒の小父ちゃん」と呼んでいた。いつも渋面だったが、心の優しい爺さんで、子供たちには人気があった。

改札係の容貌は忘れたが、ひげ黒の小父ちゃんの顔だけは今になお覚えている。

駅のかたちも今とはガラリと変わっていた。歩廊《プラットホーム》の位置は大体現在の通りだが、電車から降りた乗客は跨線橋を渡って、線路と同じレベル迄降り、そこの改札口から道路へ出る。その道を池袋方向へ向って百メートル程歩くと、例の踏切があり、そこで複線の鉄道をまたぐと、学習院の正門へ上るゆるい勾配になる。

踏切の左側上が所謂練馬街道であって、目白女子大のほうから東長崎へ向う砂ぼこりの道を、荷馬車が絶えず通っていた。風の日は濛々たる砂塵が舞い、雨が降ったら最後、泥んこになる。

その踏切を渡らず逆方向の坂を西に向って行くと、やがて三百メートルほどのところで練馬街道と合流する。その地点から次の丁字路までの間に、理髪店、魚屋、氷屋、豆腐屋等が並んでいた。魚屋は魚清と言う屋号で、今はその二代目だが、わたしの家では大正二年以来、この魚商から魚を取っている。

丁字路を左折して二百メートルばかり歩くと、わが家の門に着く。敷地は千坪あまりで、大学教授の私宅としては、たとえ郊外ではあっても贅沢な部になるものであった。

買値は土地、建物とも金二万円であったことを子供のわたしは、ぬかりなく、誰れかから聞いていた。もっともその金が実は、母の実家から借り受けたものであることは、後年になって知ったのである。現在わたし及びわたしの家族が住んでいる家は、はじめて引越して来た大正二年当時の家屋のうち柱一本だけになっている。約半世紀の間に、ほとんど原形をとどめない程度に、増築と改築が施された。門の位置も変わり、以前は現在より一つ南の小路を入って、南に開いている石柱の門を北に向って入り、突当って左折すると、その左側に玄関があった。敷台を上ると四畳半敷の玄関があり、その奥に八畳と十畳の二間つづきの客間があった。四尺の縁側が鉤の手に廻り縁となっていて、床の間は一間半の大床であった。その東に琵琶台があり、西に一枚板の床脇天袋がついていて、その北側に引違えの低い硝子戸がはまっていた。庭は前側に芝生があり、その向うに木立が茂っていた。この家屋はわたしが大学を卒業して数年ののち、河野輝夫氏に売却したので、現在は畳一枚残っていないが、わたしの友人の中で、この座敷を知っているのは、井伏鱒二と今日出海と田辺茂一の三人ぐらいではないかと思う。ほかには、池谷信三郎、河原崎長十郎、市川寿美蔵（当時は團次郎）、花柳はるみなどであり、村瀬幸子や村山知義はこの座敷へ通したか否か、記憶がさだかでない。それにこの座敷は父のものであり、子供のわたしが友人を通すためには、両親の留守のときのみに限られていたので、村山君などはよく来たが、この座敷を知っているかどうかわからない。というのは、この座敷の木口は数寄屋普請ではなかったが、贅沢に出来ていて、現在のわたしの家のようなみてくれの多いものではなかった。

　そこは平屋建だが、中央部が二階建になっていて、二階は八畳六畳の二間つづきで寝室に使われていた。その下が七畳の小客間、それにつづいて八畳の茶の間。押入を挟んで、もう一つの八畳は母の部屋とされていた。裏に浴室。そのまた西に納戸があって、その前を通しての縁側があり、南が花壇のあるもう一つの庭になっていた。茶の間の北に六畳間があって、そのまた北に台所があった。台所を出てその向いに物置と外風呂があり、横に深い井戸があった。それから裏門があって、路地が南側の一般通路にひらいている。この路地を挟んで百五十坪ほどの畑があった。茄子や胡瓜や南瓜がとれた。

　こうして書くと、ずい分仰山な家のようだが、大正二年の目白駅近くという立地条件は、さして言うべきほどのことでもなくて、中流の家庭環境といったところだったろう。

一の二十

私立高千穂小学校三年へ転入したのは、大正二年九月、第二学期からであった。

この小学校で、わたしは田辺茂一、水沢輝雄、武内平三郎、鈴木三七雄、小池領五郎、下平秀祐、下阪源太郎、増田高俊、鈴木侲《しん》介などを男の同級生に持ち、女では大竹、石川、永山等の諸嬢がいた。校長の理想として、男女共学が実行されていた。

男の子の制服は学習院のイミテーションで、違うところは学習院が詰襟なのに対し、高千穂は折襟であった。縁に赤のモールが入っていて、服地はサージであった。明治、大正の小学生でこんな制服を着たのは、学習院と高千穂、或いは暁星ぐらいだったのではないか。女の子は海老茶のワンピースのようなのを着物の上に着ていたし、先生は黒い上っ張りを着用していた。

校長の名は川田鉄弥といい、毎日朝礼をした。

この学校へ通ったのは、むろん父了助の選択によるものであった。父は川田鉄弥の教育方針に、全面的共感を持ったらしい。というのが、その方針の原則が、孔孟の教え、即ち儒学であったからである。

父の家系については、のちに書くが、父の父舟橋元一は、伊達藩の藩儒で、養賢堂の教師であって、三百石を食《は》んでいた。御一新で禄を離れると、道場小路に約七百坪の地所と家を拝領したが、やがて、それは東北大に買い上げられ、応用化学教室の敷地になってしまった。その後仙台市遺水丁に一戸を持ったが、売るものはことごとく売り払って貧窮のどん底に落ちた。

了助は元一の三男であったが、第二高等学校から、東京帝国大学工学部へ進む間、元一はその学資に窮して、鰻の串を削ったり、提燈の骨をさいたりしたほどであった。

従って父の儒学精神は、元一譲りのものであった。父の小説嫌い、演劇嫌いは、そもそもそこから出発した。のちに聞いたことだが、父には一人の妹があり、操《みさお》といって、兄妹仲はいたって睦じかった。了助は操に、婦人雑誌を買って与えたが、小説のある頁は、ことごとく糊で貼りつけ、婦女子の読むに値しないものとして、禁断したという。

その父が孔子、孟子を宗とする川田鉄弥の教育方針に同調したのも、無理ではない。もっとも、目白の学習院は、当時はまだ一般に開放されず、貴族階級を主流とする支配者たちの家族のための教育機関だったので、父は最初から学習院をあきらめ、山の手線に乗る不便はあったが、高千穂小学校を選択したのだろう。

わたしはまだ儒学のなんたるを知らなかった。が、本能的な嗅覚のようなもので、校長の話に釈然と出来ないのであった。これに較べると、本郷誠之の杉浦校長の朝礼は、はるかに自由なものであった。

川田鉄弥のそれも、弁舌はやわらか調子で、話題は豊富であったが、それをそのまま鵜呑みにはできないような警戒心をおこさせた。

とはいえ、学校経営の苦心は、並大抵ではないらしく、授業料は他の私立の学校に較べて廉くはないものの、それだけでは赤字を克服できないとみえて、富豪の寄附に依るほかはなかった。森村市左衛門とか、渋沢栄一とかの金持がその背景にいたし、小池銀行の頭取小池国三とか、正金銀行の頭取武内金平とかいう銀行家の子弟なども、在学していた。また伊藤博文の孫とか、浅野総一郎の孫だとかが入っていて、私立の小学校としては、異色だったに違いない。

言葉を換えれば、川田校長は上流家庭の子女教育をスローガンとし、校長ワンマン体制をとっていた。

父了助の道徳主義も、川田校長に優るとも劣らぬものであった。三年の歳月、ドイツのプロイセンに留学してきたのに、ヨーロッパの自由主義のヒントさえ、受け容れなかったようであった。新帰朝者にも似合わず、昔のままの武士気質《かたぎ》の父であった。

わたしにとっては、家庭も学校も、固苦しくて、息の詰まる思いがした。そのためか、わたしはメランコリックになり、ほかの生徒のように、元気旺盛にはなれなかった。閉鎖的で、厭世風な性格が形成されていった。

受持主任の先生は体操教師で、石井憲太郎といった。声が大きく、彼の発する号令は、全校庭に鳴り響いた。わたしは号令ひとつかける声量がなかった。

が、石井先生はどこか心に優しさがあり、親しめるものがあったが、久保島という唱歌の教師は、誠之小学校の唱歌の先生同様、生理的嫌悪を感じた。しかし、この学校の立役者で、大きなチェックの背広、鼻眼鏡、鼻下髭などと小道具が揃っていた。

式のある日は、彼がグランドピアノの鍵盤を叩く。手をふり、足を踏み、時にはとび上るようにする。じつに気障っぽいものであった。わたしが西洋音楽を敬遠するようになった動機も、この久保島先生の自信たっぷりな姿勢によるものだったかも知れない。

唱歌の時間、わたし達は隊伍を組んで唱歌室まで進むが、その途中で一人の生徒が、咳をしたあと、ペッペッと唾を吐いた。抜け目なくそれを見ていた久保島さんは、ピアノにむかう前に、その生徒を引っぱり出し、

「君はいま、廊下に唾を吐いたろう。最も悪いことだ。これから行って、その唾をなめて来い！」

そんなことを言った。

日本人が道路や廊下で、痰壷以外のところへ唾を吐くのは、マナーとしても、衛生上からも、公徳心の足りない恥ずべき行為には違いない。その罪は罪だが、罰として廊下をなめろというのは、正しい罰則であろうか。

罰というものは、その重さが罪よりは軽くていいのではないか。少くとも罪と罰は、折りあいがついていなければならない。この場合も、その行為はよろしくないが、その罰し方もよくないとわたしは思った。

罰が罪より重いのは、いい政治とはいわれない。そして幕末とか、特高時代とかには、罪より重い罰が、しばしば行われた。

そんなこんなで、久保島さんの罰し方に、わたしは強い不満を覚えたとみえ、今日まで、その

恐怖をまざまざと記憶している。現代の専制政治等において、罪より重い罰則によって処刑される例は、まだ決して、なくなってはいないのである。

同級の水沢輝雄は、わたしと同じ目白に住んでいた。山の手線の線路をはさんで、反対側の家だった。陸軍士官の長男で、将来は幼年学校へはいることになっていた。目白から新宿まで一緒に電車通学をするので、仲良しとなった。彼は小ジャーナリストを気取って、絵物語の雑誌を作ろうと言い出した。まず分担が決められた。水沢は絵ごころがあったので、表紙や口絵や漫画などを引き受けた。わたしが日記とか感想とかを書く。新聞の写真をつなぎ合せて、写真小説というのを二人で合作したりもした。約二十頁ほどの小冊子で、現在の週刊誌型の大きさであった。そしてこれを月一回発行ということにした。題については意見がわかれた。水沢は軍人の子なので、「軍国少年」を提案し、わたしの反対で、「海国少年」となった。誰れに見せるという目的もない。二人だけで見るための雑誌だったが、わたしのほうは、母や祖母や弟にも回読させた。水沢のほうも、親類の者に見せたりしていたようであった。

水沢の動静は、幼年学校へ入るまでわかっており、少年兵としての彼の軍服姿を二、三度見た記憶があるが、その後消息が絶え、彼の家も空襲にあったと思うが、その址《あと》を見たことはない。若し生きていたら、会いたいものだ。

有本芳水の抒情詩の真似を書いたりしているところをみると、わたしには、実業之日本社発行の「日本少年」の影響があったように思われる。

水沢は油絵具を持っているわけではなし、クレヨンにしても今日のように幾色もあるわけではないから、せいぜい色鉛筆やチョークを使い、水彩画の絵具もまぜて、器用に味のある色を出した。わたしは図画がひどく下手だったから、絵については一切水沢に任せた。

この小冊子は、大正三年十二月創刊であった。

一の二十一

はじめて読んだ新聞小説は江見水蔭の「赤い糸」であった。筋はまったく憶えていない。時事新報に連載されたこと。形式は今と同じで、全二段、中央に二段抜きの挿絵があり、題は二段通しである。

毎朝熱中して読むのだが、そのために真ッ先に新聞を取りに行き、門から玄関まで歩きながら、どこよりも先に、「赤い糸」を読んだ。

これを父に見咎められ、母が父に、

「子供には小説類を読ますな」

と厳命されていた。が、わたしはやめられない。女中部屋に下ってから、引ッ張り出して読んだりもした。

江見水蔭は明治二年の生まれだから、五十歳前で、当時の人気作家であった。巌谷小波《さざなみ》と相識り、小波の紹介で硯友社にもはいった。量の上では硯友社同人のなかで、彼の右に出る者はなかった。が、その作品の傾向は主として通俗的で、大向う受け且つ時局迎合のものが多かった。従ってその文名が大衆的であるほど、文学史上の業績は認められていない。

わたしは最近巌谷大四氏の「波の跫音」を読み、小波と水蔭の繋がりについて、知るところがあった。同時に父の小説弾圧も、わたしの内部に起ってくる文学熱と比例して高まり、わたしの小さい本箱を、時々検査するようにもなった。

そこでその対策として、わたしは縮刷版を手に入れ、洋服のポケットに忍び込ませておいて、電車の中で読んだり、新宿から小学校までの道々、歩き読みをしたりした。言い換えれば、父による小説本の排撃が、わたしをこのような形の、陰険な読書家に仕立てたのであった。

新宿駅は甲州街道口にしか昇降口がなかった。そこから角筈へ出て、新田裏へ抜ける。その途中に、田辺茂一の厳父の経営する炭屋があり、店主は紀州の田辺から上京した立志伝中の人であった。現在の書店と同じ屋号で、紀伊國屋と称していた。店先には一枚硝子の重い戸が四枚、引違えになっていたように記憶するが、後日の印象かもしれない。

小さいランドセルを背負ったわたしは、その店先で、

「タ、ナ、ベ君!」

と甘ッたれた声で呼び、紅顔の茂一が靴をはくのを待つこともあれば、早く亡くなったお母さ

んが出てきて、

「坊やはちょっと前に出かけましたよ」

と言われることもあった。

この毎日の習慣も、そんなに長つづきはしなかった。と言うのが、高田馬場と新宿の間に、新大久保という駅が出来たからである。これが大正三年十一月十五日のことであった。それによって、乗車時間も少くなり、駅から歩く距離も短縮した。新という字は、中央線に甲州街道口新宿、それを出てまたすぐ停まる青梅街道口新宿の次に、現在もある大久保駅とは別に、その東方に新しく出来たので、新の字を冠されたのであるらしい。改札口を出てすぐ、遮断機のおりる踏切があった。が、目白駅のような仲のいい出札係も改札係も出来なかった。

通学の途中、田辺の店へ寄れなくなったのは、マイナスであり、新宿界隈より、何んと言っても車馬の通行の少いのが、小説を読みながら歩くわたしにはプラスであった。

非常に漠然とではあるが、小説家を志望したのは、大正四年頃からだったろうと思う。

例の縮刷版「代表的名作選集」は、大正三年から四年へかけて、次々と出版された。定価は三十八銭ぐらいで、(のちには五十五銭)母から貰う小遣銭でも、それらを買うのに充分だった。一ト月に三冊四冊とたまっていった。独歩の「牛肉と馬鈴薯」花袋の「蒲団」藤村の「春・上下」漱石の「坊っちゃん」秋聲の「爛《ただれ》」樗牛と一葉の合本「わが袖の記・たけくらべ」などをひき込まれるようにして読み、読んだあとは、叔父近藤真一の家の本箱を貸してもらって、そこに隠した。

真一は母さわ子の弟で、開成中学卒業後、金沢の四高を受けて失格すると、慶應義塾大学理財科（のちの高等部）に在学中であった。

こうしておけば、両親によって露顕することはまずあるまいと、わたしは北叟笑《ほくそ》んだ。

小学生の頃に「蒲団」や「爛」を読むことが出来たのも、腰越時代に内藤千代子の「スキートホーム」や、「女學世界」を読んだおかげだったかもしれない。

女難から恋ざめ

一の二十二

原敬日記、大正二年八月十七日のところに、

「近藤陸三郎来訪、神奈川県腰越に於ける同人別荘地の隣地に、相当の地所ありと云ふに付、買入れても可なるに付、其の分配を依頼せり」

と出ている。

原敬が盛岡の産で、明治十二年郵便報知新聞社に入り、その後井上馨の紹介で外務省御用掛となり、パリ公使館書記官に任ぜられて、西園寺公望と相識ったのが、明治十九年、三十一才のとき。その後外務次官、朝鮮公使を歴任して、明治三十一年、大阪毎日新聞社社長となり、翌々年、政友会を組織して、第四次伊藤（博文）内閣の逓信大臣になった。

彼が古河鉱業の副社長になったのは、五十才のときで、この年、先妻貞子を不義の理由で離別した。

明治三十九年、第一次西園寺内閣の組閣に当って、内務大臣となり、同時に古河の副社長を辞任した。

その翌年、権妻菅野浅子と結婚した。

さらに四十四年には第二次西園寺内閣の内相、また大正二年の第一次山本内閣にもひきつづき内相。以上の略歴によっても、当時の原が政界の実力者で、政友会の頭目であり、将来は組閣の大命が降下すべき有力者であったことは疑いを容れなかった。

この原に対して、近藤が自分の別荘の隣地を分配して、そこに原の別荘が建つことになったのである。

十月七日の日記に、

「神奈川県下腰越なる地所買入れ、吉村信二を代人として登記を済ませたり。近藤陸三郎の周旋にて冬期家族の赴く所となせり。たゞ名義となせり」

つづいて九日、

「近藤陸三郎来訪に付、腰越別荘建築の事を依頼せり」

ともあり、十一月二十三日、

「先般買入れたる腰越の地所一覧のため、妻同伴同地に赴き晩に帰京せり。此地所は余始めて一覧せしものなり」

の記事が見えている。

これによると、原は多忙で、登記をすませてから、腰越の地所を検分に出かけたものである。近藤の言葉を信用して、所謂不見転《みずてん》でことをきめている。

この日記にある通り、原の別荘を後妻ゟさ（普通には浅子と書き、それが使い慣らされていたが、登記の場合などには変体仮名の二字が使われたと言う）名義にしたのは、原が前夫人に手を焼いた反動で、特に浅子を寵愛措かなかったからであろう。

尚、さかのぼって、明治四十一年一月十四日の日記には、浅子は自分が原の妻となるに、無教育で到底その位置に入るべきものにあらずと、堅く辞退したが、強いてこれを承諾せしめて、ゟさを入籍して正妻となすの届けを郷里盛岡に送った。

「本人は余を助くること既に十五年の久しきを経たるものなり」

とある。

これによると、入籍したのは四十一年であるが、十五年前から関係を持ち、それが前夫人貞子との家庭生活を破壊した主なる原因であったことは、疑いを容れない。

要するに近藤の仕事場である古河鉱業にとって、原敬の政治的実力は、何よりも必要なものであったらしく、原にとっても古河財閥の財力は、必要欠くべからざる兵粮《ひょうろう》だったのである。

大正二年十二月の日記によると、原は古河の若き当主虎之助を訊ねて、同社の改革に関する積極的な意見を附し、同社の理事であった木村（長七）、岡崎（邦輔）を退任させ、近藤を理事長とし、あらたに井上公二、昆田文次郎、小田川全之《まさゆき》の三人を理事として、所謂近藤内閣を形成し、一挙に古河財閥の重役更迭をやってのけた。これと同時に、

「十六日。余もこれにて古河鉱業会社と全く関係を絶つこととなせり。慰労金については、余の案にては、岡崎に五万円乃至六万円。木村に十万円を与ふることとした。午後二時頃古河虎之助方に赴き、木村、近藤、岡崎も来席、一同承諾して円満に解決行はれたり」

とあるから、近藤が古河の理事長になったのについては、背後に原の積極的な支持があったこ

とは明瞭である。

祖父は古河鉱業の理事長だったので、腰越の別荘を舞台として、政界人と財界人の握手が交されていたのだろうが、そんなことを知る由もないわたしは、原敬夫人浅子に甘やかされるのをいいことに、何かにつけて、隣の別荘の茶の間へ出かけていったものだ。

子供心にも、漠然とこの白頭の政治家を偉い人とは思っていたが、

「おいで」

と言われれば、平気でお臀をもっていって、彼の膝にすわったり、

「これを上げようか」

とすすめられると、原さんの食べ残しのフライでも玉子焼でも、喜んで食べた。

浅子夫人は別嬪ではなく、どこかの料亭の女将然たるものがあった。髪もひっつめに結い、所謂イボジリ巻という粗末なものであった。

原敬はよほど腰越が気に入ったと見え、週末にはよく夫妻の姿を見受けた。

「坊ッちゃん。今夜は盛岡のとろろだから、食べにいらっしゃい」

などと招待があった。

東京へ帰る日は、別荘の下から浅子夫人が俥に乗り、原敬はその傍に従って、テクで歩き、時には俥の背ろに手をかけて、あと押しをする微笑ましい風景も、時々見受けた。人力車は江の電片瀬のホームへ行く。そこからは混み合う電車で藤沢まで行き、東海道線に乗り換えるのだが、

原さんは多くの乗客と一緒に吊革にぶらさがって、江の電に揺られるのも一向無頓着だったようである。

これだけの説明でもわかるように、往年の政府の高官は、むろん一人や二人の私服が附いていたにしても、至って悠長なものであった。もっとも警戒が手薄だったために、後年東京駅頭で一兇徒の手に殪《たお》れる結果となったのかも知れない。

古河と原と近藤の三角関係は、足尾銅山鉱毒事件にさかのぼって、明治新興資本主義支配の主流的サークルであり、現代に於ける公害騒ぎの原点になっている。

年少のわたしがそれに関して、思慮も思想もあるべくもなかったが、後年におよんで、わたしの祖父の演じた役割を、やや客観的に見るようになった時、その血統の流れの中に生を得た自分が、渡良瀬川沿岸の難民の呪咀と無関係なものとは考えられず、その負い目に悩まされる青年期の一時代を経験したのは、当然のことだった。

さてわたしの祖父近藤陸三郎の先祖は、三多摩の鉄炮鍛冶の子で、のちに御家人の株を買って、徳川の旗本となった。その家系には壮士の血液もあるようだ。

直参だから維新の際は彰義隊に入り、上野の戦争で敗走して、榎本武揚と共に北海道五稜郭へ逃れた中に、祖父の父——即ちわたしの曾祖父近藤庫三郎もはいっていたとのことである。その後明治政府に迎えられて重用された。もう少し生きていれば、司法卿位にはなれたそうだが、若死にして、その野望は空しかった。

この話も祖母や母から何遍も聞かされたものであるが、一人合点のものか客観性のあるものか、判然とはしかねる。

母の父陸三郎は、庫三郎の三男で、安政四年江戸に生れ、東京帝国大学の前身である工学寮を卒業して、官途につき、のち古河に就職。明治二十二年春外遊して、同三十年足尾銅山所長に転出するまでの八年間は、日本橋瀬戸物町の本店にあって、市兵衛翁の幕僚として、最高の部署を占めていた。

明治三十年、足尾に鉱毒事件が勃発し、田中正造が畢生の事業として、渡良瀬川沿岸の窮民救済と古河弾劾を目標に立ち上った時、近藤は木村長七にかわって足尾の所長に任じ、次長狐崎、小田川等と共に、百八十日の政府命令期間中、不眠不休で予防工事の難業を完成した。

当時の祖父が、人力車の俥夫を偽装した農民側の壮士の刺客に狙われて、生死の間をくぐり抜けた話は前に書いたが、十数人の強盗団に深夜襲われ、女中や書生まで縛り上げられ、日本刀のミネを襟首に当てられたりする戦慄の一幕もあったが、彼らは別に金品強奪が目的ではなかったようである。

鉱毒事件の立役者である田中正造氏に関しては、わたしの知る限りでも、

「田中正造の生涯」(木下尚江編)

「田中正造翁」(木下尚江)

「鉱毒事件の真相と田中正造翁」(永島与八)

「田中正造晩年の日記」（林広吉解題）
「田中正造翁小伝」（島田三郎）
「義人田中正造」（高橋鉄太郎）
等々のほか、その演説集、書簡集、伝記等を集録した、
「義人全集」
五巻まで上梓されて、爾来、日本の進歩主義者、社会主義者、自然主義者の殆んどことごとくが、彼を支持している。

これを要するに、古河市兵衛は東大出身の学者近藤陸三郎を重用して、難民の指導者である田中正造に対応させたことは、所謂頭脳的工作で、殆んど世を挙げての轟々たる非難も、どうにか鎮圧してしまったらしい。ここに、栃木県令三島通庸と、古河市兵衛と、官学閥との三者の狎れ合いで、巧みに渡良瀬川事件を圧伏してしまったといえる。

これに原敬がどの程度にバックアップしたかは、明瞭ではないが、彼が古河の副社長になった時期を考えると、古河資本は、政界の有力者と握手することも、決して忘却していなかったことが、わかると思う。

鉱毒事件がすむと、古河はメキメキ発展して、三井三菱に次ぐ財閥となり、その本店の理事長の椅子に坐った近藤は、三井における團琢磨、池田成彬、三菱における木村久寿弥太と並んで、明治ブルジョア資本の中心的存在となった。

然し、わたしはこの半白頭の祖父陸三郎が好きであった。みんなが祖父を可怕《こわ》がって、あまり傍へも行かないのが、不思議なくらいで、正直なところ、わたしには父より祖父のほうが親しめた。

と言って、威厳がなかったわけではない。父は痩せぎすの紳士だが、祖父は貫禄十分で、白頭平民宰相原敬と並んでも遜色はなかった。わたしは孫だから、祖父に甘え、相州腰越の別荘で近藤と原敬との秘密の対談中も、わたしだけは人払いの中に入らなかった。

渡良瀬川難民対足尾銅山の対立という単純な図式でなく、農民側には田中正造が陣頭に立ち、古河側には官学と政党がついたのだが、その頃の東京帝国大学工科大学部長渡辺渡博士が、かなり緊密に資本家側へ癒着していたらしい。陸三郎はこれを多とし、学長も亦、同じ工学畑の先輩を援けたのであろう。そうした中で、陸三郎は、

「わたしには齢頃の娘がある。将来有望な秀才はいませんか。学長の眼鏡に適ったのがいれば、嫁にやりたい」

そんな意味の発言があったのだろう。舟橋了助はこの時渡辺博士の選択に叶って、わたしの母近藤さわと結婚することになったのである。一口でいえば、鉱毒事件によって、結ばれた夫婦であり、その間に生れたわたしである。父は所謂銀時計組の首席で、卒業とほとんど同時に、工学部の助教授となった。

こういう生立から、わたしが作家の道を選んだのは、誰れが見ても腑に落ちかねることであっ

た。

が、外見はとにかく、わたし自身の内部では、これという矛盾もなくて、ひたすら小説が書きたい一心であった。

祖父や父のように、工科を選ぼうという気は全くなく、医学とか法律とか経済学とかを学ぼうとする夢も意欲も皆無であった。更に芸術に関しても、美術や音楽に何んの興味も持たなかったことは、小学校時代の図画・手工嫌い、ピアノ・オルガン嫌いによってもわかる。

作家の多くは外国文学の洗礼を受けるもの、文学評論を学んでから志を立てるもの、革命的思想運動に突入しながら、その運動を支援するための作家活動を目的意識とするもの。そのほかにもあると思うが、わたしのは遮二無二小説が書きたいという願望のみであったといえる。

前回に自己紹介した「海国少年」に、わたしが「怪女の秘密」と題する小説を書いたのは、大正三年の秋だった。言い換えると、わたしは只ひたすら、小説らしいものを書きたくて鉛筆を握りつづけた。父方にも母方にも、作家の血統は見られない。もし多少でもあるとすれば、父方の祖父舟橋元一が伊達藩の藩儒だったということだけである。が、儒学と小説とは決して味方ではあり得ない。小説家の唯美や耽美はしばしば儒学の道徳や孔孟の教えと衝突する。合理主義とも背馳する。ましてや軍国主義とか富国強兵とか全体国家とかのイメージとは、ついに七十年間、一度も同調したことがなかったばかりでなく、それらと吻合しなかったことにメリットを確認している。

が、そのために、哲学とか思想とか文学評論から作家の世界に入っていった人たちに較べると、エステティシズムの色が濃い。

——血統にも生立にもそういうものがなく、青年時代以後の哲学や美学や文学からの影響でもないとすると、いったいわたしはどういう作用で、こんなに幼弱の頃から、作家たろうとする志を得たのであろうか。

実はその謎を解明しようとして、自伝の筆をとったのだが、書けば書くほど、一層わからなくなってくる。それでいてわたしは必ずしも権力には柔順ではない。権力というものが、いかに老獪で、複雑な仕組みを持っているかも、その舞台裏のようなところで、成長しただけに、射程距離の中に見ており、それらからの回避を心掛けていたのであった。

一の二十三

大正六年頃になると、わたしの小説耽読はいよいよわたしを孤独にした。少年はその頃から自我に目覚めてくる。図画の上手な者は、その作品を講堂や雨天体操場に貼出され、音楽好きは音楽会へ出掛けるようになる。スポーツ少年も出現する。その中でわたしは親に隠れ、友達附合いもやめて、小説ばかり読みあさった。どういうところに最も興味を惹かれたかというと、男と女の慾望の触れ合いやそういう問題の解決にあった。それで、それ以外の部分——たとえば戦争の描写は最も嫌いだったし、自然描写にしてもあまり長すぎると、退屈した。花鳥風月にも関心が薄かった。

そういうところは飛ばして読んだ。その代り色ッぽいところは、三度でも四度でもくり返した。ロマンティックな恋愛よりも、田山花袋の「露骨なる描写」(明治三十七年二月「太陽」)に示唆を得て、肉慾的な場面をつまみ読みした。国木田独歩の「女難《にょなん》」や、田山花袋の「蒲団」などはそれにあたる。秋聲の「あらくれ」も初版が出るとすぐ買って読んだ。

「代表的名作選集」の「牛肉と馬鈴薯」(国木田独歩)には表題作のほかに、「運命論者」「女難」「欺かざるの記」などが収録されているが、覚えているのは「女難」だけで、これは明治三十六年十二月の「文藝界」(金港堂発行)に出たものだそうだが、わたしが読んだのは、この「名作選集」によった。

独歩については、後年多分に興味を感じて、その一生を調べたこともあるが、子供の頃は「女難」の愛慾描写が記憶に残っているだけで、あとの作品はまだよく理解出来なかったのだろうと思う。

この小説は作者自身らしい人物が、老いさらばえた尺八吹きを銀座や鎌倉で見かけ、その人生遍歴に興味をもって、彼に老残の秘密を語らせるという形式の小説で、フランス文学などにみるスタイルだが、内容は歌舞伎の世話物然たるところがある。尺八を吹く男の語る姦淫の物語は、恋愛的というより肉慾的であって、その頃の自然主義的小説の一典型でもあった。

同じ長屋に住む藤吉という大工とその女房お俊が夫婦喧嘩をした晩、主人公たる尺八吹きの部屋へお俊が入ってくる。主人公はもう蚊帳に入っている。女は外にいて、折々団扇《うちわ》で蚊を追っているが、「オヽひどい蚊だ。貴方最早寐たの。一寸と入らして頂戴な、蚊で堪らないから」と言いざま、一人寝の蚊帳の中にはいってくる。そのあとどうしたかは書いてないが、お俊は朝までそこに寝たことになっている。その狭い蚊帳の中で、おそらく男女は思いを遂げたのだろうと想像した。

もっとも当時のわたしは男女が愛を交すには、どんな形をするのかそういう知識は、まるでなかった。それにもかかわらず、「女難」のこの一節がたまらなく面白かった。そういう方面にかけては、一日の長たる田辺茂一に尋ねようとしたが、わたしの腹の中を、彼に覗きこまれるのは不得策だと思ってやめた。

その頃つがという女中がいた。下町のガラス屋の娘で、一度世帯を持って、離婚した三十前のむっちり肥った女だった。わたしはつがに聞くほかはなかった。

つがはちょっと卑猥な笑いを浮かべながら、

「坊ッちゃま。そんなこと、つがだって知りませんよ」

「知らないことはないだろう」

「坊ッちゃまは、全然知らないの」

「知らないから、教えてくれと言ってるんだい」

そんな会話が交されたに違いない。つがはオイソレとは話してくれなかった。押問答の末、
「この小説だと、大分暑苦しい晩らしいから、二人とも真ッ裸になったんだわ、きっと」
「そういう時は、着物をぬぐのか」
「そりゃァそうよ。着物を着たままの人もあるでしょうけれど、素ッ裸のほうがずっと楽しいわよ。坊ッちゃまも今におみ大きくおなりになったら、そのほうがいいってことがおわかりになるわ」

それでもつがは顔を赧くし、少し息をはずませていた。

この小説は大工の藤吉が長屋を追ン出て行き、あとは姦夫姦婦が夫婦気取りで暮すうち、男が眼病を患って、失明する。女は急に邪険になり、目の悪い主人公を置きざりにして、今度は大工の頭領と同棲する。お俊に捨てられた目の悪い男は、生活に窮し、尺八を吹いて無情な余生を送ることになる。それもこれも、色に迷った天罰と思い知る。

「盲人は去るに望んで更に一曲を吹いた。自分は殆ど其哀音悲調を聴くに堪へなかつた。恋の曲、懐旧の情、流転の哀《かなしみ》、うたてや其底に永久《とこしえ》の恨《うらみ》をこめて居るではないか」

というのが「女難」の結びである。

後年独歩の「病牀録」を読むに及んで、次のような所感を発見したので、附記しておく。

「女難」にモデルなし。若しありとすれば、余自身即ちモデルなり。然れども余は「女難」に描けるが如き事実を実験せるにはあらず。「女難」の一篇は、余を根拠として、余の聯想を描きたるものに止まる。（中略）
　或時、余が地方の国学者として知られたる八十幾才の老翁、余の人相を卜《ぼく》して此の子他日必ず成す所あらん。されど悲しむべし、女難の相ありと。余は此老翁の預言を、如何にしても忘るること能はず、聯想より聯想を生んで、構成したるもの、例の「女難」一篇なり。

「蒲団」は明治四十年「新小説」に出たものであって、モデル問題を惹起したことや、告訴問題に発展したことを、わたしは知らなかった。しかし「名作選集」には、同じく発禁処分を受けた「恋ざめ」（小栗風葉）も入っているところをみると、両作とも若干の訂正あるいは割愛の措置によって、その筋から発売の許可を得ていたものだろう。が、いま考えると、そういう処罰を受けるようなものではなく、当り前の、平凡な内容の小説である。
花袋は小説を書きながら、その半面において、文学的感想を述べ、あるいはその主張に急であった。「蒲団」を書くに先立って、「露骨なる描写」の一文を発表し、尾崎紅葉一派の技巧的な名文は、真実の表現からは頗る遠いものであるとして、これを排斥したのが世人の耳に新しいのに、それを裏付けるものとして「蒲団」が書かれたような印象を与えたために、文壇及び社会の反響が著しかったのである。

「蒲団」については、島村抱月が次のように評している。

「此の一篇は肉の人、赤裸々の人間の大胆なる懺悔録である。（中略）美醜矯《た》める所なき描写が、一歩を進めて専ら醜を描くに傾いた自然派の一面は、遺憾なく此の篇に代表せられてゐる。醜とはいふ条、已みがたい人間の野性の声である。それに理性の半面を照らし合はせて自意識的な現代性格の見本を、正視するに堪えぬまで赤裸にして公衆に示した。之れが此の作の生命でまた価値である。」（早稲田文学・明治四十年十月号）

しかしわたしは以上のような難かしいことがわかる筈もないから、やはりこの小説の最後の一節――即ち、妻子があって、三十六にもなる主人公の時雄が、芳子という女弟子を自分の家に置くうちに、師弟の愛以上のものを覚え、やがて芳子が国許へ帰ってしまったあと、机の抽斗をあけて見ると、古い脂のしみたリボンが捨ててあり、時雄がそれをとって臭いを嗅ぐ。つづいて立ち上って、押入れの中の芳子の常に寝ていた蒲団――萌黄唐草の敷蒲団と、綿の厚く入った同じ模様の夜着をひき出して、芳子の懐かしい脂の臭いと、汗でよごれたビロードの衿に顔を押付けて、こころゆくばかり、その掛衿の感触を楽しみつつ泣き濡れる場面に、興味を覚えたのである。

「蒲団」につづいて、小栗風葉の「恋ざめ」や小杉天外の「はつ姿」を読み、所謂官能描写に魅了された。風葉については特に関心はなかったが、「恋ざめ」が発売禁止処分を受けたというので、それが一種の刺戟になって、こっそり買うことにしたのかもしれない。

「恋ざめ」については、馬屋原成男氏（元東京地検検事）の「日本文藝發禁史」に、次のようにあるのを、戦後において一読し、明治の作家が受けた不法な筆禍を思い知らされた。もっとも馬屋原氏もその弾圧が不当であったことを力説している。


中年者たる自己恋愛体験を写述した自然主義の典型的作品が「恋ざめ」である。はじめ日本新聞で無事に連載されたが、明治四十一年春新潮社の単行本で出版されるや発禁となり、その改訂版で販売が許された。

（中略）

場面はかつて三十四才の風葉が妻子を離れ保養のため滞在していた漁師町房州那古船形の晩春から初夏にかけての風色を背景としている。偶々《たまたま》才色兼備の廂髪の処女と相知り、毎日英語の稽古をするうち、風葉の胸はあやしくも処女の肉の香に酔わされ、やがて二人は南国の潮しぶきを浴びては、甘美な恋に遊ぶのだった。が、ある日海上で二人は暴風雨に会い、辛うじて宿屋に逃れ帰った彼は、疲労と安堵とに、綿の如く寝入った彼女の伏戸《ふしど》を犯した。（中略）これが大体の荒筋である。姦通を取扱ったものではないが、やはり不倫の関係に立つ題材である。しかし男の態度は終始一貫身を清く持して、芸術的な雰囲気の中に恋愛に陶酔しているところは、まことに青年男女のラブシーンを見るようで、少しも卑猥なところがない。また最後に一線を越えかけるところでも、その閨中のいやらしい描写は避けてあり、（中略）じめじめした後味が少しも残らないのであって、今日からこれを見るならば、決して猥褻文書の範疇などに入るべきものではなく、芸術的香気の高い作品の一つだと思う。

小杉天外の「はつ姿」も愛読した。これはその後新派でも上演され、そのプロットに通俗性をまぬがれなかったが、女主人公清元小しゅんが、芸で身を立てようとする心意気が紅緑や霞亭や水蔭の通俗小説と趣を異にするものがある。上野鶯谷の旅館「しほばら」で、小しゅんが齢下の恋人龍太郎と虎口を脱して逃亡する場面は、圧巻であった。が、二人の純愛は破れ、龍太郎は「たけくらべ」の信如のように、得度して仏弟子となる。その辺に、一葉からの借り物があるような気がした。

当時は女義太夫の流行時代で、大向うからどうする連が騒ぎ立てた話題も、わたしは祖母や母から聞いていたので、この美しい女清元の登場には、そういうことからも興味を寄せたものらしい。

次に「あらくれ」は、大正四年一月から読売新聞で連載、同年十月に新潮社より単行本が出た。やはりポケットにはいる位の小冊子であった。

わたしはそれを父に隠れて、便所で読み、風呂場で読み、或いは薄暗い納戸の中で読み、少し離れた物置のかげで読んだものだった。

しかし、とうとうある日、父の目を逃れることが出来ず、とり上げられてしまった。寝床の中へ忍ばせておいたのが、明け方寝返りをうつ拍子に、外へ飛び出したのであろう。父は黙ってそれを持っていってしまったが、やがて母と二人で、

「この傍線のつけてあるところをご覧。みな汚らわしいことを書いてあるところばかりだ。怪しからん。これだから、小説は碌でもないというのだ」

と話しているのだった。

わたしは冷汗をかいた。わたしが傍線を附したところは、なるほど父の言うように、たとえばお島の寝姿を作が覗きこむところや、お島が自転車に乗って、洋服の注文とりに歩いたために、陰毛がすり切れるのを、小野田に見せるところなどであった。

それから二十年ほどたった頃のことであった。わたしは二、三の友人と共に、「徳田秋聲に物を訊く座談会」のラジオ放送に出ることになった。わたしはその準備に、「あらくれ」の初版本のことを思い出し、若し、父の書架に、それが残されてはいないかと質問した。

「ソラ、昔あなたが取上げておしまいになった……秋聲の〈あらくれ〉って小型の小説本ですが」

とわたしは説明した。しかし、父はそれをまったく記憶の外へ棄てていた。

「ソラって言っても、何しろ二十年近く昔の話だから……」

「そんなことがあったかね。忘れてしまったよ……」

しかし、ともかくもと言って、父は自分の専攻の鉱山学書の一杯つまった本箱の隅から隅まで探してくれ、そのためにまる半日を費したが、「あらくれ」はついに出てこなかった。

その翌日も、わたしは父が本箱に首を突っこんで、熱心に探している様子を見かけた。

「なあに、もういいんですよ、お父さん」

とわたしが言っても、父はなかなか探すのをやめなかった。

その後、秋聲が「あらくれ」と題する小冊子を発行し、同人制を作った時、すすめられて、わたしも参加した。昭和七年のことで、七月の創刊号にわたしは、「あらくれの思い出」を書いている。島崎藤村が巻頭に「京都日記」を書き、近松秋江、井伏鱒二、尾崎士郎、岡田三郎、阿部知二、榊山潤、室生犀星、楢崎勤、徳田秋聲、中村武羅夫氏らが執筆している。

昭和十三年十一月まで続刊されたと記憶している。

同人会は毎月明治生命館に近いマーブルで開かれた。

茄子紺の路

二の一

かくて大正六年、わたしは小学校を卒業して、同じ高千穂中学校へ入学した。

小学校の友達とは、約三分の一ぐらいと別れを告げ、その代り中学校へ新入学した三分の二ほどの新入生と相識った。別れた友達の中で異色のあったのは、一番背の高い木越信哉という男で、これはのちに花籠部屋から力士になって、四股名《しこな》を大矢崎と呼び、十両まで昇ったが入幕に到らずして挫折し、いつのまにか番附から消えてしまった。

戦後、同じシコ名の力士が、これも十両まで行って入幕をとげず、まもなく幕下へ陥落した。彼は伊勢ヶ浜部屋所属で、わたしの友人の木越の甥であるそうだが、会ったことはなかった。大矢崎二代のような無名の関取のことを、誰れも書く人はないから、ここに記しておきたい。

そのほか小学校三年二学期から六年まで、共に同じ教室で学んだ女生徒とも別れを告げる。

高千穂という学校の組織は、中学校、高等商業と、男の子の教育系統はあったが、女の子には女学校の門戸がなかったので、雙葉、三輪田、山脇、実践、跡見などへちらばっていった。

背の低いわたしは男の子の一番ビリで、その次が女の子の一番ノッポと隣接していた関係上、女生徒に馴染が多かったが、中学へ進学する際、彼女等と別れるのが心残りであったことはかくせない。

別れてみると、わたしは永山峰子という女の子が大好きであったことに気がついた。わたしは何かにつけて、譬えば白い雲を見たり、蝶々が飛んでいるのを見たりするたびに、永山の顔を想い出した。

今も書いた通り、男の子の最後列は女生徒の生態——声、遊び、肉体を覗き見るのに一番便利な位置であった。女生徒の中で目立ったのは、石川辰子、永山峰子、大島、芦屋などで、一番背の高いのが大竹イサヲといった。

図画の写生の時間、ダリヤの咲く花園で、それを取り囲んでの写生の最中、ふとわたしのすぐ前にいる石川の洋服の背中のホックが二つほど外れていて、肉づきのいい白い素肌がのぞいているのを、凝っと見つめた。それは非常に美しく、艶めかしい色であった。見飽きることのないものであった。

図画の教授の太田先生がわたしの様子を見咎めて、

「舟橋は何を見ているのだ」

わたしは狼狽したが、すかさず、

「ダリヤを見ています」

「ほんとうか」

「ハイ」

「少し見当が違うようだが、まあいい」

と赦免になった。

図画の教師は心が優しいので、深追いしてこなかったが、唱歌の久保島さんなら、コールユーブンゲンか何かで、ビンタを喰ったに違いない。

その頃、男生徒同士は、後ろから不意をついて、ズボンの股の間へ手を入れ、一物をつき上げるような冗談が流行していたが、女生徒間にも、それに似た悪戯が行われているのを、垣間見たのも、わたしの席のもつ特典であった。

彼女たちは、決して男の子の前で大ぴらに、それをすることはなかった。そういう所作は、女の子たちだけのところで行われるのが常だったが、男の子のビリであるわたしだけは、その恩恵にあずかれた。彼女らはやはり不意をついて、スカートをまくるのである。それは一種の早業だった。不思議なことに、美しい子たちは、なかなか、まくられることがなく、まくられるのは、美しくない子が多かった。美しい子たちが、美しくない子たちのスカートをまくるのである。美しい子たちは敏感で、油断がないからでもあろうか。美しくない子たちは、性の到来が遅く、そういうことに不敏なのでもあるのか。彼女たちはまくられまいとして、腰をかがめて蹲《しゃが》み、スカートのはしを運動場の砂利にスレスレのところでしっかりおさえているのであった。石川は自分の美しさを自覚し、それを誇っている風も見えた。永山は謙虚だったが、わたしは永山のほうがほんとの美しさを蔵していると思っていた。

体格検査の時、わたしがカンカンから降りると、女の子のトップの大竹は、着物を脱いで、待機していなければならぬ。永山は四列目なので、わたしと入れ違いに入って来る順になる。その頃はまだシュミーズはなく、むろんブラジェアーもなかった。彼女らの稚い乳房を見ることが出来た。背の高いほうの発育のいい子は、そろそろ乳房が盛り上り、筋肉のつき方も女性的特徴を示し出す。ところが男のわたしは、まだ全く子供々々しているので、女の子たちもわたしには気を許していたのではないか。

その頃、男の子のうちで、石川辰子を好きだと名告《なの》る者が出て来た。田中和夫という男だった。好男子の自信を持ち、石川を好きだと言っても、遜色のない男ッ振りだった。田中と石川という組合せに無理がないので、クラスの一同も、すぐさま反感はもてなかった。つまり半公然の艶聞であった。

それがわたしには羨しかった。わたしの永山峰子に注ぐ思慕は、わたしの一方的な片想いで、相手も知らず、クラスの誰れもが知らなかった。中学になってからは、しきりに内面の告白をし合った田辺茂一にも、永山のことは言わなかった。だから今でも、田辺がこれを知ったらギョッとするだろう。嘘だと言うかもしれないが、これは真実である。

その時分から、わたしは女の匂いをかぎつけるようになった。わたしは男と女の境にいたから、右を向くと男の匂い、左を向くと女の匂いがする。男の匂いには気がつかず、女の匂いはすぐピンとくるようになった。雨の降る日は、その匂いが強かった。

裁縫の時間だけは、女の子らは別の教室へ行くのだが、一時間して帰ってくると、また匂いが戻ってくるようだった。弁当をひろげるときにも、女の匂いがするように思われた。

雨合羽の匂い、蛇の目傘の匂い、オーバーシューズの匂い、靴下の匂い、手袋の匂い、風呂敷の匂い、リボンの匂い――ことに女の子の髪の匂いは強烈だった。

そういえば、永山峰子の髪には、白いリボンがよく似合い、石川辰子にはピンクのリボンがよく似合った。紫のリボンが似合うのは芦屋富美子だった。芦屋は誠之小学校からの転入生で、誠之時代に三島由紀夫のお母さんとも同クラスだった。

永山の大きなリボンが、清らかな朝風に吹かれているのを見ると、わたしはまるで楽しい蝶の夢を見ているようであった。

これも小学校六年の時の話だが、野州塩原へ修学旅行することになった。わたしは永山峰子が一緒に行けば、どんなに倖せだろうと期待したが、その日上野駅へ行ってみると、永山も石川も芦屋も皆不参だった。あまり美しくなく、スカートをまくられる組の生徒が四人程加わった。

出立前夜、祖母の近藤ひろ子に餞別をもらいに行った。祖母はいくらか包んでくれて、

「塩原へ行くなら、尾崎紅葉先生の〈金色夜叉〉の塩原のところを読んでお行きなさい」

と注意してくれた。

車は駛《は》せ、景《けい》は移り、境は転じ、客は改まれど、貫一《くわんいち》は易《かは》らざる他《そ》の悒鬱《いふうつ》を抱きて、遣《や》る方無き五時間の独《ひとり》に倦《う》み憊《つか》れつゝ、始《はじめ》て西那須野の駅に下車せり。
直ちに西北に向ひて、今尚茫々たる古《いにしへ》の那須野原《なすのがはら》に入れば、天は濶《ひろ》く、地は遐《はるか》に、唯平蕪《へいぶ》の迷ひ、断雲《だんうん》の飛ぶのみにして、三里の坦途《たんと》、一帯の重巒《ちようらん》、塩原は其処《そこ》ぞと見えて、行くほどに跡《みち》は窮《きはま》らず、漸く千本松を過ぎ、進みて関谷《せきや》村に到れば、人家の尽《つく》る処《ところ》に淙《そう》々の響《ひゞき》有《あ》りて、之《これ》に架《か》れるを入勝橋《にふしようけう》と為す。
輙《すなは》ち橋を渡りて僅《わづか》に行けば、日光冥《くら》く、山厚く畳《たゝ》み、嵐気《らんき》冷《ひやゝか》に壑《たに》深く陥りて、幾廻《めぐり》せる葛《つゞら》折《をり》の、後には密樹に声《せい》々の鳥呼び、前には幽草歩々《ほゝ》の花を発《ひら》き、逾《いよい》よ躋《のぼ》れば、遥《はるか》に木隠《こがくれ》の音のみ聞えし流《ながれ》の水上《みなかみ》は浅く露《あらは》れて、驚破《すは》や、斯《こゝ》に空山の雷《いかづち》白光を放ちて頽《くづ》れ落ちたる乎《か》と凄《すさま》じかり。道の右は山を斬《き》りて長壁《ちやうへき》と成し、石幽《いう》に蘚碧《こけあを》うして、幾條《いくすぢ》とも白糸《しらいと》を乱《みだ》し懸《か》けたる細瀑《ほそたき》小瀑《こたき》の珊《さん》々として濺《そゝ》げるは、嶺上《れいじやう》の松の調《しらべ》も、定《さだめ》て此緒《このを》よりやと見捨て難し。（筑摩書房刊明治文学全集「尾崎紅葉集」）

所謂名文調で、現代の読者には親しまれにくいものだが、明治時代には満都の子女の心を動かすに足りる行文であったらしく、前篇、後篇、続、続々、及び続々の続篇と蜿蜒《えんえん》として回を重ねた新聞小説である。

祖母は記憶力のある人だったが、この部分を暗記していた。そのほか、義太夫狂言のうち、「伽羅《めいぼく》先代萩」とか、「絵本太功記」とか「三勝半七酒屋之段」その他全曲を諳んじていて、芝居見物中も、チョボの太棹に合せて首を振っていた。


西那須の駅に降りると、昼すぎの雨が霽《あが》って虹が出ていた。塩原では福渡《ふくわた》の和泉屋旅館に宿泊した。西那須野から福渡までの路々、二人の女の子の間に挟まれ、

「舟橋さんはハム。わたしたち二人がパンのサンドウキッチよ!」

女の子がはしゃいで言うのを、小耳に挟んだ背の高い男の子が、宿屋へついてから梯子《はしご》段の陰で、

「女の子とひっつきやがって……みっともないじゃねえか」

と言うなり、わたしが持っていた「若きウェルテルの悩み」で一発殴られた。

この男の子の名は忘れたが、相撲が強くて、廂《ひさし》の長い学帽を阿弥陀《あみだ》に被る癖があった。

塩原全山の紅葉は血糊のような紅一色であったが、雨上りの湿った道に散った葉は、靴や轍に踏まれて、茄子紺色に染っているのもあった。

二の二

塩原へ行った影響で、わたしは「金色夜叉」を通読し、ついでに紅葉の「不言不語《いわずかたらず》」と「心の闇」を読んだ。

「金色夜叉」はその頃から、しきりに舞台化、映画化されていて、一般大衆はそういうものを媒介として親しんでいた。殊に新派の代表的狂言として、伊井蓉峰や梅島昇の間貫一、高田実の荒尾譲介、喜多村緑郎や花柳章太郎のお宮は、いずれも好演であった。

が、そのために文芸批評家からはふしぎな反感によって、原作の評価が割引された。

幸いにもわたしは祖母にうながされて、原作を先に読む機会を得たからよかったが、そうでなければ、芝居や映画からこの作に接したら、やはり原作の価値を受入れることができなかったかもしれない。

「心の闇」も芝居になったが、それより前にわたしは小説を読んでいた。怪談めいたもので、飜訳臭もある。栃木県宇都宮市という地方を舞台にしているのも、江戸ッ子の紅葉には珍しかった。後年読んだ正宗白鳥の「文芸評論」でも、「心の闇」や「多情多恨」のほうを紅葉の代表作としてあげていたが、その後「金色夜叉」を通読して、紅葉を知るにはやはりこの長篇を読むに如くものはないという意味のことを書いている。

川上眉山の「神出鬼没」なども、その頃読んだものの一つだ。眉山は高利貸の借金に苦しんで、自殺したと伝えられている。明治の文人が病気と借金と失恋に苦しんでいたことは、まだ少年のわたしにも、何んとなく感じられた。

一高生間貫一が愛人の宮を指にダイヤモンドをきらめかす金満家富山に奪われ、その失恋の悲しさに、熱海の海岸の月夜、宮を蹴り飛ばす新派悲劇は、愛より財か、財より愛かの問題を正面から訴えて、読者あるいは観客の心に迫ったのである。貫一は学業をなげうって、高利貸になり、財によって財に復讐しようとする。

熱海の海岸には、今なおお宮の松が名所旧跡になっているが、これは非現実的で、実際のモデルは、二つほど考えられている。そのうちの一つは、芝の紅葉館の女中須磨子が、巌谷小波と契りながら、博文館人大橋の妻になったのを怒って、紅葉館玄関の敷台で、小波が須磨子を蹴ったのを見て、紅葉が同じ硯友社同人の小波に同情して、これを熱海の海岸に移したと言われている。しかし、巌谷大四氏の「波の跫音」を読むと、紅葉の貫一は小波をモデルにしたというよりは、紅葉のデフォルメが強かったようである。

中学生になると、わたしは長いズボンをはいた。襟も折襟から詰襟になった。靴は編あげでなくてもよくなった。そういう風俗の変化は、何がなしわたしを大人ッぽくした。

大正六年の秋、祖父近藤陸三郎が発病して、重態となった。長男の真一は慶應大学理財科卒業後、アメリカ遊学中であったので、すぐ打電して、呼びかえすことにした。しかし現代と違って、国際電話もきかず、飛行機もないのだから、オイソレとは帰れない。どんなに早い船に乗っても、一ケ月近くかかる。

病勢は日々に悪化し、医者たちは内心匙を投げているように見えた。わたしも時々病床を見舞った。祖父は呼吸困難を起こしていたが、それを喘息の発作と間違えていたらしく、

「聖坊のゼーゼーと同じ病気になったよ」

と言って、濃い髭の顔で笑ったのを憶えている。

「ゼーゼーならすぐなおるよ、おじいちゃん」

とわたしは言った。それからわたしは立上って長ズボンを見せ、

「ホラ、長いズボンになったよ。今年から中学生だ」

「そうかい。そいつは偉ェな」

祖父は江戸ッ子だから、ちょっと巻舌で言った。今日なら酸素テントにでも入れれば、祖父の苦痛は軽減したろうと思う。もちろんテントどころか、酸素吸入もなかったから、祖父はベッドに仰臥していられず、蒲団を積み上げて、それに寄りかかってアグラをかいていた。

祖母や母たちは、長男真一の帰国するまで、何んとか命をもたせようと、八方手を尽したが、真一が横浜へ着く前の晩、腸内大出血をおこし、船が波止場へ着いた頃、息をひきとってしまった。（陸三郎の発病から臨終までのことは、去年死んだわたしの母に、擬古文で記した長文の病床録があるが、私事にわたるので、引用はさしひかえる）

——葬儀は旧青山斎場で行われた。古河虎之助男爵が葬儀委員長をつとめた。棺の上の白い弔旗には、只、工学博士の学位と名前が筆太に書かれたのみであった。

喪主はアメリカから帰ってきた長男真一。これについで髪を切って切下げ髪になった祖母ひろ子が立ち、その次がわたしの父と母。五番目にわたしが焼香をする順であった。

向かい側の葬儀委員長の横に、美しい不二子さんがかけていた。

つづいて、政友会総裁の原敬夫妻。床次竹二郎、野田卯太郎、牧野良三、堀切善兵衛などが、ズラリと並んでいた。

会社側では、木村長七、井上公二、昆田文次郎、小田川全之、鈴木恒三郎、福地信世（桜痴の長男）、菅礼之助、名取和作、中川末吉、中島久万吉らの顔が見られた。

これらの氏名は、少年の日のわたしの記憶にあるだけで、むろんほかにも大勢並んでいたにちがいない。内田康哉とか高橋是清なども、いたかも知れない。横田千之助や結城豊太郎などはどうであったか。

当時、寺内内閣の蔵相だった勝田主計《かずえ》が、少しおくれて斎場へ入り、床次の隣へ腰かけた。

後年政友会総裁になった鈴木喜三郎も、当時はまだ政友会へ入党もせず、司法省刑事局長から、大審院検事、検事総長などを歴任している頃で、政治家としてはまだ公認されていなかったが、原敬との間には、隠密の交際があったようで、原敬の後列に腰かけていた。わたしは腰越の原別荘で見かけたことがあり、そういう時は、祖父も例の枝折戸越しに、原敬の別荘へ出掛けて行くのを見た。

葬儀は無事に終り、棺はそこから桐ヶ谷の火葬場へ運ばれた。

墓は目黒の祐天寺に作られ、今日に及んでいる。家督を相続した長男真一は、この葬式に列席した人々でもわかるように、社内には多士済々であり、社外にも原敬はじめ政界財界の支持者が並んでいるので、その中で前理事長の長男として、あくまで負けずに立ってゆく能力も自信もないものと見切りをつけ、古河の社業には加わらなかった。

小さな商事会社をつくって、証券などを取扱い、また丸ビルのアーケードに藤代組という小店舗を営んだものの、結局市井にかくれて、一生これという事業の成功をかち得なかったが、円満堅実な紳士として、祖父に与えられた古河の弔慰金を利殖して、富裕な生活を送ることができた。

葬儀委員長の古河虎之助はすでに爵位を得、華族になっていた。

これは「古河虎之助君伝」や「原敬日記」を繙くと、嘗て古河の副社長だった原敬の推すところであったらしい。それによると、原敬は明治四十四年に、桂首相に対し、古河の叙爵を申請しておいたが、桂が勲三等を与えるのみで、叙爵に及ばなかったのを、

「(前略) 桂首相にも文通致しおき候えども、その義に及ばざりしは、遺憾至極に存じ候。畢竟当局の不誠意無勢力なる結果と存じ候 (後略)」

という原の手紙が残っている。

実際に古河虎之助が男爵を授かるのは、大正四年十二月まで待たなければならなかった。おそ

らく古河の叙爵がおくれたのも、鉱毒事件の波紋と見ることが出来るだろう。これにつき、現在なお元気横溢で、芸術院長をはじめ、多くの要職を兼任している高橋誠一郎氏の文章があるので、左に引用してみる。

私が古河君を初めて知つたのは、慶應義塾普通部在学時代であつた。虎之助君は私よりも一級下であつた（中略）足尾銅山の鉱毒問題がその頂点に達したのは、私どもの普通部在学時代であつた。

志賀直哉氏の「稲村雑談」を読むと、足尾銅山は氏の祖父が旧藩主の相馬家に勧め、自分が名義人となつて、古河市兵衛氏と共に事業に着手したのであるが、幾許もなく古河氏にすべてを譲渡して手を引いたといふことが記されてゐる。後年鉱毒事件が社会的大問題となり、内村鑑三、安部磯雄、片山潜等の諸氏が神田の青年会館でセンセイショナルな演説を行つた時、若い志賀氏もこれを聴いて亢奮し、被害地視察の決意をなし、その旨を父に申し出たところが、父は頑としてこれを許さなかつた。理由は志賀家と古河家とは古い関係があり、自分の家の者がさういふ運動に参加してゐる事が古河家に知れては、自分が迷惑するといふにあつた。「父とは色々な事で喧嘩をしたけれど、一番はつきりと喧嘩をしたのはこの時だつた」と氏は書いてゐる。

父と子は茶の間で激しい論争を行つたが、その時氏の祖父は、柱に倚り掛り目をつぶつて、

倅と孫との論争を聴いてゐるだけで、徹頭徹尾一言も発しなかつたといふことである。」(「古河虎之助君追憶」より)

高橋さんが一年上、その次が古河男爵、そのまた一年下に小泉信三氏がいて、三人とも慶應義塾大学普通部に在学したことを、ついでに書いておく。

二の三

翌年の夏、両親と共にわたし達兄弟は、静岡県興津に約一ケ月半滞在した。曾祖父は亡くなっていたが、後妻のいと女が住んでいたので、その家の二タ間を借りた。

もと足尾銅山の技師で、支配人補であった鈴木審三が、古河を退社し、南洋へ渡ってゴム園を経営していた。この家族が同じ高千穂中学で、次男の伸二が第一回卒業生である。わたしとは九年の差がある。わたしと同級の五男佩介と伸二の二人が現存している。わたしはこの二人に、生れてはじめて水泳を教わって、どうにか泳げるようになった。

ほかに母の従姉妹の長男海野稔が興津へ来ていて、風呂覗きをするなら、薪を持っていくといいとわたしに教えた。町の小母さん達が据風呂に入っている。そこへ薪を持っていって、

「小母さん。一本くべてやろうか」

といえば、小母さん達は風呂場の戸を開ける。そこで焚口へ薪をくべながら、チラッと見るのだというのである。

わたしは軍師の言う通りそれをやって、まんまと成功した。

そうかと思えば、どこそこの娘が、昏くなる頃海へ入る。それも全裸で入るから、浜へ上げてある船の中から覗けというのだ。なるほどと思って、時間をはかって船に入り、筵を被っていると、三保の松原が見えなくなる頃、下駄屋だかガラス屋の娘だったか齢頃のが砂浜へ出てきて、スッポリ脱いで波打際に入り、まるで湯でも使うように、下半身を水につけ、肩や胸を洗っている。娘たちは銀杏返しなので、この風景は逗子や鎌倉ではとても見られないものだった。

海野稔はわたしよりいくつか齢下なのだが、はるかにませていて、わたしの指南番でもあった。わたしが女の性器の俗称を教わったのも、彼からである。その後彼は立身出世して、読売新聞の外国特派員となり、何ケ国語かを自由に喋り、一流のジャーナリストとなったが、退社後は時事通信の専務取締役として活躍した。彼の叔父は公職追放委員長だった海野普吉であるが、これは後日の話だ。

水泳を覚えたのはプラスだったが、よくないこともしたので、帰京してから疲労が出て、九月早々病床につき、三ケ月ほど寝込んでしまった。

この時の病気は、今でもよくわからない。医者は気管支肺炎という診断だったが、喘息の発作が長びき、両肺とも分泌物で充満したのではないかと思う。何遍も窒息状態をおこし、チアノーゼもあらわれた。むろん学校は全休で、成績は急落した。が、後年レントゲンや透視をしてみると、肺浸潤の痕跡はどこにもない。齢頃が齢頃なので、言わず語らず、祖母や母は胸部疾患の発病ではないかと心配したらしいが、そうではなかった。喘息のために、毛細気管支までアレルギーを起して、腫れ上ってしまったのであった。言い換えれば、細菌によるものでもウイルスによるものでもなかったのである。

同七年十一月十二日、叔父近藤真一が、古河男爵夫妻の媒酌で、日産コンツェルンの盟主鮎川義介の妹淑子《よし》と結婚した。病後のわたしは結婚式には出られなかったが、新婚夫婦がわたしの家へ揃って来たので、わたしは彼女に初対面の挨拶をした。その日の彼女は快活な花嫁だった。口数も多く、派手な笑い声も聞かれた。総模様の衣裳に大きな丸帯。髪は高島田であった。

この華やかな新婦が、半年もしないうちに、どうしたことか、すっかり内気になった。憂鬱そうな表情で、笑い声も立てなくなった。当時のわたしにはまったく不可解だったが、あとで考えると、結婚生活が予想に反したもので、彼女の才能も個性も祖母や小姑たちに容れられるところがなかったからであろうと推される。

結婚するまでの希望も期待も、すべて失われて小さく縮み上ってしまったのであろう。

それにしても、花嫁御寮当時の明るい印象はどこへ行ってしまったのだろう。

しかし義介の兄弟には、三菱の筆頭番頭である木村久寿弥太の夫人や、政界の大ボス久原房之助夫人があり、明治元勲井上馨の姉（小沢つね）の二人娘のうちの長女仲子が義介の父弥八と結婚している関係上、久寿弥太夫人寿美子は、内田山の井上の屋敷にひきとられて育った。近藤の妻淑子も同じく内田山の里子になった。

井上馨は維新前は聞多《もんた》といって、長州藩の勤王派であり、生死の間をくぐったが、生き延びて明治新政府の柱となり、伊藤博文を輔《たす》けて、外相、農商務相、内相、蔵相を歴任し、やがて元老となり、侯爵に叙せられた。家庭では厳格な男だったとみえ、俗称「内田山の雷おやじ」といわれた。が、井上は本来三井系だったのに、寿美子を三菱の大番頭に嫁せしめたのは、財界に対する勢力均衡上、三菱への政治的布石であったろう。

久寿弥太は律義者であったが、寿美子夫人はそれとは反対の明るいユーモラスな性格で、夫君とは多少のギャップがあったらしい。

老侯もあとでは、寿美子は久寿弥太にはもったいなかったと述懐したことがあるという。

茶目っ気のある寿美子夫人の廂髪に白いものがまじる頃になってから、近藤の家の吉例の園遊会などで、流行歌「愛染かつら」を歌ったり、裃《かみしも》を着て、滝の白糸の真似をしたりするのを、わたしも見物したことがある。(岡田典夫さんは、この夫人の甥である)

今や鮎川義介、木村久寿弥太夫妻、久原房之助みな物故して、井上馨一門の数も寥々《りょうりょう》となった。

こんな話を書くのも、わたしが家系とか門閥に恵まれているのを吹聴する意味ではない。わたしは年少から作家を志し、少しでも権力に近寄る心は毛頭なかった。事実わたしは、彼らのお蔭を受けたところはない。しかしこういう家に生れた事実は事実であって、それを隠したり、偽ったりすることはできない。それでありのままに記載するのである。

病気が直ると、わたしは所謂思春期を迎えることになる。性の目覚めがきた。従ってこの話はウキタ・セクスアリスの傾向を強めてくる。わたしの中の文芸的なものが少し後退し、性的慾求が前面に出てくる。同時に今までの蒲柳《ほりゆう》の質が、どうにか男の子らしい面を具え、野球などにも興味をもち、柔道の試合にも出場するようになった。

――わたしが夏目漱石を読んだのは、新任の国漢の教師高田真治先生によるものであった。高田さんは東大支那哲学を出たばかりなので、早速「坊っちゃん」という諢名がついた。黒板いっぱいに「草枕」や「硝子戸の中」の一節を書いて、生徒に写させた。長いチョークがなくなってしまうまで書くので、指先が真ッ白になった。が、高田さんの専門は漢詩で、杜甫や李白の詩を教えた。陶淵明や白楽天の「琵琶行」などもあった。

やがて水戸高校が新設されたので、高田さんが赴任することになった。別れが惜しまれた。わたしが高等学校の受験に水戸を選ぶ気になったのは、高田さんを追いかけて行きたかったからである。

その翌年（大正八年）の卒業式の日、卒業証書をもらった五年生の強いのが、例の唱歌の教師久保島さんを、柔道道場の裏へ呼出して、

「これから柔道の稽古をするから、眼鏡をはずせ」

と言って、ロイド眼鏡をはずさせ、いきなり胸ぐらをつかむや、吊りこみ腰で投げとばし、起

きあがるところをまた大外《おおそと》や内股で突き倒し、ワイシャツを血だらけにした。五年生は卒業するまで、待ちに待っていた暴力を行使したのである。

わたしは折柄下平秀祐と柔道の型を練習していたので、久保島さんに対するリンチを見物することが出来た。久保島さんに対しては、以前から含むところがあったので、殴られるだけのことはあると思い、わたしにも少し快感があった。

しかしその五年生が卒業して、今度はわたしたちが四年生になると、新しい五年生から鉄拳制裁を受ける順番となった。

新学期早々、春はうららかだというのに、戦々兢々たる毎日となった。それは一級上から落第してきた生徒によって、クラスの内部事情がスパイされ、上級生へ筒抜けになって、ブラックリストが出来る。そして次々と袋叩きに遭うのである。クラスの中で、目星しいもの、目立つもの、洒落気の強いものなどが、毎日のように呼出されて処刑にあった。殴られる生徒は、まるでラグビーの球のように両足を宙に浮かせ、頭を下げ、腰を曲げ、円形にされてしまうのである。ずいぶん長いように思われたが、実は二、三分殴ると、さっと引揚げてしまうのであった。

その頃、わたしは白い襟巻をしていたので、それが上級生には目ざわりであったらしい。いよいよ順番が来たと思った。

一粒の青き麦

二の四

アンドレ・ジイドの「一粒の麦《むぎ》もし死なずば」のなかに、次のような部分がある。

僕の目にはまたかなり大きな卓子が一つ見えて来る。他分それは食堂のだらうと思はれるが、とにかく床まで引ずりさうな卓子掛に被はれてゐた。僕は時々遊びに来るおない年くらゐの家番のせがれと一緒に、よくこの下へもぐり込んだものだ。

——なにをなさいますんですか、そんなところへもぐりこんで?」と僕附きの女中がよく叫んだものだ。

——何でもないさ。ただ遊んでゐるだけだよ」かう云ひながら僕等はあらかじめ、見せかけに持ち込んでゐた出鱈目の玩具を、騒々しく振つて見せるのであつたが、実は、僕等は他のことをして楽しんでゐたのだ。二人でよりそつてはゐても、さすがにまだてんで別々に、これはずつと後になつて知つた事だが、「悪い習慣《いたづら》」と呼ばれてゐるあれをしてゐたのであつた。

僕等二人のうちの、どちらがどちらに教へたのやら？　また、教へた方の一人がはじめ誰れから教へられたものやら？　僕はまるで知らない。どうやら、子供が時とすると独自《ひとりで》にそれを発明することもあると承認する必要があるのかも知れない。自分の場合にしても、僕は誰れかに、あの慰みを教へられたか、それとも自分でそれを発見したか云ふことは出来ないが、ただ云へるのは、僕の記憶の及ぶ限り遠い過去にさかのぼつてみても、その慰みが、ちやんとそこにあるといふ事実だ。

このやうなことや、またこれから先に僕が云はうとするやうなことを語ることによつて、自分がどんな損失を被るか、元より僕も承知してゐるし、僕に対して人々が投げかける非難の声も僕にはあらかじめ判つてゐる。然し、僕のこの物語の存在理由は、それが真実だといふこと以外にはあり得ないのだ。云はば、僕は贖罪のために書いてゐるやうなものだ。（堀口大學訳）

わたしがジイドのこの文を読んだのは、ずっと後のことだが、わたしも中学三年頃になると、この悪習を知る齢頃になっていた。

ジイドによれば、「はじめ誰れから教へられたものやら僕はまるで知らない」と言っているが、わたしはそれをわたしに教えた女があり、その晩の情況をいまもはっきり憶えている。ジイドは「ひとりでにそれを発明することもある」とも言っているが、わたしの場合は自分で発明したのでなく、その女の手でおぼえこまされたのである。

女の名は仮名にしておく。実名にしたところで、大して興味を惹くわけではないからである。文代はもう死んでいるが、その子供たちはまだ達者でいるだろうと思う。それで仮名にしたほうがいいと考えるのである。

文代は決していい女ではなかった。色は白かったが、髪は薄く、大きな髱《かもじ》をいれて、ようやく束髪の体裁にカモフラージュしていた。頭脳や能力の点では、中以上であった。当時二十四、五才だったと思う。のっぽではなく、さりとて小女でもなかった。

その頃の女中はいまと違って、夏冬とも着物を着て、腹合せの帯を締めていた。掃除をする時は襷《たすき》をかけ、手拭で姐様被りをしたものだ。

真冬の晩であった。わたしは学年末の試験準備のために、代数の難問を解いていた。そこへ文代が入ってきたのである。わたしは白のハイネックのジャケットに、制服用のズボンを穿いていた。

部屋はこの家を買った時からあったものではなく、敷地の西側の野菜畠をつぶして、父が建増したものであった。

父の全盛期といってもいい。東京帝国大学工学部の主任教授として、採鉱冶金学の権威となっていたから、俸給以外に収入も多かったのだろう。庭に池を掘り、八ツ橋を架けたり、雪見燈籠を置いたり、洋間を増築したりした。

洋間は二つで、広いほうは父の書斎。小さいほうはわたしの専用ではなく、三人兄弟の共同室になっていたが、弟たちは寝室へひきとり、九時十時まで勉強しているのは、わたしだけであった。

煖炉《ファイヤープレース》には薪がたかれて、炎がメラメラしていた。このストーブは父の書斎のストーブと背中合せになっており、屋根の上に煙突が二本並んで立っていた。ガスストーブとか電気ストーブとかいう便利なものは、その頃デパートでは売っていたかもしれないが、我家にはなかった。しかし薪の炎は刺激的で、暫くその前にいると、顔が火照ってきた。

文代は十時というと、毎晩何か食べるものを持ってくる。焼芋のこともあれば、バナナのこともあり、鍋焼うどんのこともあった。そうかと思えば、熱い珈琲とケーキのこともある。

わたしのことは「お兄さま」と呼んでいる。弟たちが「兄ちゃん」と呼ぶので、それに準じて、文代もわたしを若旦那などとは言わなかった。

わたしも幾何、代数、物理などの勉強に草臥《くたび》れて、一息入れたい所であったから、文代を相手に、無駄話をすることで、いささか屈託をはらすことができた。文代は少し早口で、隣近所のことや、出入りの呉服屋とか洋服屋とか、そうかと思えば、新聞はよく読んでいるとみえて、いわゆる三面記事の話をする。

「お兄さまは目白駅で出会う好きな人がいらっしゃるんでしょう」

そんな話の出ることもあった。この前「ひげ黒の踏切番」の中で書いたように、その頃の山の手線は少年達にとって、通学のためが半分、電車ごっこが半分といった塩梅で、今日の如く、駅員に押込まれて乗るような鮨詰め電車は一本もなかった。

毎朝一緒に通学する仲間ができ、そんな馴染から、何となく好きになったり、顔を見るのが楽しくなる女友達ができたりするものである。するうちに、相手が少し遅れたりすると、一電車待ってやるようなことにもなる。その反対にわたしが遅れると、向こうが待っていてくれることにもなった。

その人はお茶の水高女の四年生で、わたしより一ツ位齢上であった。少し前髪の出たお下げに結い、大きなリボンをつけている。そしてえび茶袴に編上靴という大正風俗だ。袴の腰にバンドを締め、中央をお茶の花の模様のある校章のバックルで止めている。

プラットホームで待ち合せることもあれば、跨線橋の上でわたしを待っていてくれることもあった。二人は一緒の電車に乗る。わたしは新大久保駅で降りてしまうが、彼女は新宿で中央線に乗り換えて、御茶ノ水駅まで行くのだろう。

文代はどこでそれを聞くのか、細かいことを知っていて、からかい半分、焼餅も手伝うかの風で、

「そういう人がいるから、お兄さまは毎朝ヴァニシングクリームなんか塗って、お出かけになる

のでしょう」

　とひやかしたりした。

「名前も知らないんだよ。わかっているのはお茶の水高女ってことだけなんだ。しかしなかなか美人だぞ」

「まあ、お安くないわね」

　と言ったかと思うと、文代は持ってきた皿からバナナを一本摑んで、いきなり私の股間を、ズボンの上からこすり出した。

　わたしは当時まだ悪習の方法を知らなかった。そのくせ男女がする性的行為のことは知っていた。これは中学校の教室で、授業時間中、後の席から、春本や春画が廻ってくる。一人三分と時間の制限がついている。三分たつと、前のデスクの生徒に廻してやる。こうして一時間の授業中、クラス全部が回読したり、回覧するようになっていた。

　文代の摩擦行為が短時間で終れば、異常はなかったのだが、わたしが興奮して顔を紅潮させるのを見ると、彼女のほうも興奮したのか、いつまでもバナナでズボンの上からこすりつづけるのだった。

　わたしは驚き、狼狽し、どういうことになるのかと、一瞬まったく思慮を失った。未知の経験のための恐怖に襲われた。が、次の瞬間、このままあと二、三秒すれば、液体が奔出して、ズボンやズボン下を汚すことになると思った。そこで、咄嗟の処置として、ズボンの釦をはずし、液を空間に噴出させる以外に手はないと考えた。そしてその通り、実行した。

誤解しないでもらうために、わたしには露出癖などは皆無であることを書いておく。正直な話、わたしの道具は矮小で、人前に出せる代物ではなかった。男同士で一緒に風呂に入る時でも、わたしは手拭で隠していることが多く、友達の好奇な視線を避けたものだ。

そういうわけだから、わたしがズボンの釦をはずしたのは、文代に見物させるためではなく、ズボンを汚した場合に、母や弟達の手前、どんなに恥しい思いをしなければならぬかと苦慮したからにほかならない。

今も書いたように授業時間中の春本回覧回読によって、相当に性教育はできていた筈だが、実体験としては尿の排泄感覚以外のものを知らなかったのである。これが中学三年の二月頃とすると、わたしのはかなり立ち遅れているようだ。わたし達のクラスメートを殴ったりする四、五年生の暴力派の中には、新宿の女郎屋や洲崎遊廓で娼妓の味を知っている者もいた。

排泄とはまったく違った感覚がわたしの五体を貫いた。私はストーブの前に腰掛けてはいられなくなり、何んとか抑制しようとして、その洋間をグルグル二回半ほど駆け廻った。液体は宙に飛び散り、それから絨緞の上に落ちた。これがいわゆる性感なのかとわたしは思い当った。が、それより突然わたしにそんな経験を教えた文代に対する憎悪がこみあげてきた。

「バカ！　何をする」

と言いざま文代の頭にピシャリ平手打ちをくらわした。ごく軽く殴ったつもりだったが、彼女はヨロヨロし、髱がフワリと飛んで、マントルピースの上に乗った。

「すみません。お兄さま」

「とんでもないやつだ、文代は……」

が、彼女がシクシク泣きじゃくりながら、絨緞の上に落ちたものを、濡れた雑巾で拭き出すのを見ると、気の毒にもなれば、感情的になって殴ったりしたのを、恥しくも思った。

あとで考えると、文代が衝動的になったのには、お茶の水高女の生徒のことが文代に軽い嫉妬を起こさせ、その影響から、そんな悪戯をしてしまったのだろう。

その晩は試験準備を止め、二階の寝室に引き上げて、まだ起きている弟達に声もかけずに寝てしまった。

しかし翌日目が覚めると、気分は爽やかで、傷みやすい少年の悔恨などは微塵もなかった。それより自分が一人前の男になったような気がした。

都会育ちで虚弱なわたしは、野性とか粗暴とかいうことになじめなかった。

たとえばわたしは跣足《はだし》で庭を歩いたりすることは大の苦手である。

「たまに土を踏まないと脚気になる」

と父母に言われて跣足で花壇の周囲を歩かせられたりもしたが、足にトゲでも刺さったらどうしようかと、ビクビクものだった。蛇は無論とかげや百足にも立ちすくんだ。それどころか、なめくじさえ気持が悪い。青蛙が出て来ても、あわてて逃げ出す騒ぎだった。

それがあの晩の初体験以来、度胸がついたのか、平気で跣足になって、庭に水を撒いたり、植木職の手伝いをして、池の水を取り替えたりもするようになった。

あの晩のことがあってから、再び文代が焼芋などを持ってくるようになるまでに一ト月ほどの休みがあった。それがまた、つづき出した。二人共あの晩のことはケロリと忘れたようであった。彼女は例によってさり気なく、無駄話をしていく。決して両親や弟達の話はしなかった。朋輩のことも言わなかった。お茶の水高女の生徒のこともあれっきり言わない。そういう点では、なかなか利口な文代だった。

しかし文代によって教えられたわたしの悪習は、その後ジイドも書いているように、

「はじめ誰れから教へられたものやら僕は知らない」

とわたしもそんな具合に、その悪習を文代と二人のものでなくて、自分一人の秘密にしてしまった。

倖いにもわたしは、文代に深入りすることを避けたのだが、最初からわたしは彼女を抱こうとは夢にも思ったことはなかったのである。しかしもし彼女がもっとすぐれた縹緻《きりよう》好しであり、文代のほうでも積極的に迫ってくるようだったら、わたしはその誘惑にたまりかね、片ッ端から女に手をつける放蕩息子になっていたかもしれないのである。

二の五

中学四年生になった。田辺茂一もどこかで書いていたが、回覧雑誌を作ったのも、四年生になった頃ではなかったかと思う。はじめ表題を「結ぶの神」として、主任の教師に、

「君たちは何んにも知らずにつけたのだろうが、この題は男と女を結ぶ意味だから、君たちにはふさわしくない」

と忠告された。それで早速「獅子吼」と改題した。生原稿を綴じて表紙をつけたものである。何を書いたか忘れてしまった。

わたしは下平秀祐と柔道の稽古をするのが、無上の娯しみとなった。下平は美男であった。額は広くなかったが、目鼻立ちがよく、二重瞼の目がめっぽう素敵だった。

柔道着は素肌の上に着るので、寝技になって揉み合ううちには、胸も肌も出てしまう。全裸を重ねているような気のすることもある。ことに足と足を搦ませる格好になると、文代とのあの夜のことがあるので、二人の股間と股間がぶつかる時、異常な亢奮を禁じ能わなかった。

しかし下平のほうは、案外あっさりしていたようである。要するに下平と組打をしている間は、わたしは柔道に法悦を感じているのであった。

立技では、わたしもそんなに弱くはなく、紅白試合などで勝つこともあった。しかしそれは、相撲技を応用するからであって、腰投、内股、大外などで、鮮やかに一本取った。腰技は相撲の

下手投、掛投。内股は内掛。大外は二丁投の応用であった。

黒帯の有段者に小国昇というのがいた。筋骨隆々として、元気もよかった。彼が下平を愛していたことは、当時は誰れも知らなかった。恐らく田辺茂一も、下平が好きだったのではないかとこの頃になって想像している。


誰れかの動議で、クラスに野球部を作ることになった。前にも書いたように、川田校長の教育方針は、孔孟の教えであり、かつ排外思想的であったから、アメリカから渡来したベースボールは、厳禁になっていた。校庭でゴム毬で、三角ベースをすることさえ禁じられた。のちに明治大学の野球部で名声を挙げた岡田源三郎も、この中学に在学したことがある。しかし野球がご法度の学校にはいたたまれず、早稲田実業へ転校してしまった。早実から明大へ入り、投手、捕手、遊撃手、二塁手、三塁手と何をやらせても抜群で、昭和初年の田部武雄選手と同様、万能選手であった。田部は南方で戦死したが、岡田はまだ息災で、去年神宮球場のネット裏で観戦中のわたしに、わざわざ会いに来てくれて握手を交した。

こんなわけでわたしのクラスのチームも、校長の目を盗んで、戸山ケ原や代々木練兵場まで、ネットやベース盤を担いで行き、そこで練習をしたり、試合をしたりした。ボールは硬球を使った。

武内龍次（元駐米大使）の弟平三郎が投手。小国昇が捕手。一塁が鈴木伖介。二塁が田辺茂一。

三塁がわたし。あとは憶えていない。

どこかへも書いたことがあるが、田辺茂一はよく突き指した。わたしは特に怪我をしなかった。それで田辺は、

「舟橋はこわい球には手を出さず、逃げるから突き指しないのだ。俺は守備範囲も広いし勇敢に止めるから、ついやってしまう」

と豪語した。それに彼は隠し球がうまく、敵のランナーの離塁するのを待って、不意にタッチして、アウトにした。刺されたランナーは口惜しがるが、田辺はすこぶる得意で、ちょっと顎をあげ、どこ吹く風といった顔をする、それがまだわたしの目に残っている。

チームの名をホーク（鷹）と名づけ、美津濃でユニフォームを誂えたりした。わたしの打順は二番だった。そのうちにわたしが主将に推《お》されることになった。試合中トラブルがあると、わたしは敵のキャプテンと論争し、ごってりねばって主張を通した。

自分たちがやるだけでなく、大学野球を見に、よく出かけた。まだ早慶戦は復活せず、東大や立教も参加しなかったので、四大学リーグと称した。戸塚球場や三田綱町のグラウンドへロハで入れてもらったのは、鈴木侲介の家が、早稲田の花井とか加藤吉兵衛とかを知っていたからである。明大の駒沢球場、法政の神田橋球場へも行った。慶應にはスピッツ・ボールをやる投手の森（秀）。ベラベラ英語を喋りまくる平井捕手。百メートルの日本記録を持っていた一塁手松田。のちに歌舞伎の研究家になった三宅大輔二塁手。少し遅れて桐原遊撃手などが活躍していた。

わたしは早稲田の高松という左翼手が好きになり、まず合宿へ行き、高松がユニフォーム姿に着替えるのを見届けて、それから球場へ行くという熱中であった。彼のユニフォーム姿にわたしは憧れていたのだが、ある日、左翼線上殆んどファウルに近い飛球をランニングキャッチした瞬間、彼の帽子が飛び、地頭が出ると、役者の鬘禿《かつらっぱげ》のように、左右の鬢《びん》が抜け上っていたので、あまりの顔変りがするのに、わたしは失望落胆した。しかしそれから五十五年を経過した今日でも、早大左翼手というと、まず高松を思い出す。

虚弱で臆病で、すぐペシミスティックになりがちだったわたしも、水泳を覚え、柔道をやり、野球に熱をあげるようになると、生命力のようなものに活気が出て、学校の成績も、大分上向きとなった。中でも幾何代数の難問を解くのが好きで、歴史や地理の暗記物も得意だったが、その代り、博物の実験とか、昆虫や植物の採集などは、依然として苦手であった。

歴史の答案などは、他の者が一枚書くのに骨を折っているのに、わたしは一枚書き終ると、手を挙げて、

「先生、紙！」

と要求し、少くとも五枚は書いた。

わたしが最も盛んに書きとばしていた四十代、五十代の原稿執筆は、一時間五枚のペースであったから、中学生時代の答案のスピードが何んとなくそんな癖となっているのかも知れない。

二の六

新宿の角筈から市内電車に乗ると、新宿三丁目、二丁目あたりの窓外に、左も右も青楼が軒を並べているのが見えた。

わたしは釣革にぶら下りながら、女郎屋のたたずまいを見るのが娯しみだった。その頃から神社仏閣や名所旧跡には興味がなかった。見たいと思わず、見てもすぐ忘れた。神社仏閣や名所旧跡に敬意をもつのがノーマルだとすれば、わたしはアブノーマルであったわけである。

青楼の正門は普通の家の門と違って、二つの扉が互違いになっていて、あまり人目に立たずに、出入りができるようになっている。それでも一夜の遊興をつくした嫖《ひょう》客が互違いの門から出て来る姿を、電車の中から見ることができた。

新宿は品川や板橋とともに、所謂宿場である。青梅街道と甲州街道の追分にあった。東京の遊廓は吉原が代表的で、「助六」や「鞘当」や「籠釣瓶《かごつるべ》」や「御所五郎蔵《ごしょのごろぞう》」の舞台はすべて吉原である。

電車の中からも見えるが、わたしは大久保の中学校からの帰り、遠廻りして、ぬけ弁天から富下町へ抜け、さらに番衆町を通って、甍を並べる女郎屋の裏側の小路を歩くのを覚えた。表側からは見えないものが、裏側からはよく覗けた。

わたしの記憶では、吉原には大籬《まがき》に対して、チョンチョン格子のような小見世があり、大小の格差があったが、新宿は大体同じ程度の家が並んでいて、あまり甲乙はなかったように思ったがどうか。

学校の帰りというと大体三時半頃である。夜の商売の娼妓たちは客を帰したあと、ぐったりして眠りこけるわけだが、それでも部屋の掃除とか、衣裳の整理とか、髪結や夕化粧の支度もしなければならず、睡眠時間はどうしても不足がちだろうから、昼間の顔は青ざめているのが多く、裏口の二階三階の小窓や手摺《すり》に凭れて、市ケ谷方面の街景色を眺めている籠の鳥の顔は、概して病的と言うほかはなかった。どこを見ている眼というよりは、目的のない虚空を見つめているようであった。

そういう娼妓の眼がわたしのほうへ向けられたりすると、わたしは急ぎ足に通り過ぎようとした。時には小走りに駆け出すこともあった。そういうところをみると、わたしがわざわざ遠廻りして新宿の女郎屋の裏通りを歩くのも、所詮は「こわいもの見たさ」だったのだろう。

大正九年の夏、わたしは三度めの静岡県興津行きを、今度は祖母近藤ひろ子のお供ですることになった。両親に連れられて行った時は、曾祖父近藤周民の隠居所を借用したりしたのだが、今度は一流の旅館として評判の水口《みなくち》屋の最も海に近い二間つづきの座敷を借りて、一夏を過すという贅沢なものであった。

祖父の死んだ時、即日切下髪になった祖母は、まだ五十代の末であったから、元気がよく、その前年シンガポールへ行って来たりした。はやく言えば、金持の後家であった。

荷物が多く、幾枚もの着替はもちろん、枕やら敷布やら毛布やら旅箪笥やら急須、茶碗、小皿などのほか、銀製のフィンガーボウルまで持参に及んだ。

後年わたしが文藝春秋主催の文士劇に出た時、大阪や博多で「与話情浮名横櫛《よわなさけ》」のお富をやったが、そのドサ廻りに荷物が多すぎるといって、関係者の非難を買ったことがある。東宝劇場の時も、冷蔵庫まで楽屋へ担ぎ込んだと言われたのは訛伝《かでん》である。これは普通興行に出演した俳優が使っていた冷蔵庫をまだ運び出していなかったからで、わたしの受けた濡衣だ。しかしそのほうが話が面白ければ、いまさら訂正の必要もない。

中学四年生の時から、旅館へ枕や毛布を持っていく祖母の生活習慣を見ているので、齢をとるにつれて、わたしに祖母の影響が染み込んでいないとはいえないだろう。

興津は後に元老西園寺公望が坐漁荘《ざぎょ》に住むようになって、一躍有名になった。当時は組閣の大命が下る前に、天皇は元老に下問する形式になっていた。政変の度に新首相の決定権を元老が握っていたので、所謂西園寺詣でが行われ、政府の高官が興津へ来れば、みな水口屋へ宿泊した。西園寺が絶対的な政治権力を握っていたにもかかわらず、生活は質素で、彼のために、興津駅が拡張されたり急行が止まるようにはならなかった。沼津と静岡の間の一小駅にすぎなかった。

西園寺以前に興津から連想されるものは、井上馨と樗牛高山林次郎の文名であった。樗牛は山形県鶴岡町の産（明治四年生）で、第二高等学校の教授をしたり、「帝国文学」の創刊に与《あずか》ったり、「太陽」の主筆をしたり、文学博士の学位を得たりしたが、宿痾の胸部疾患に祟られて、大磯、鎌倉、興津等に転地療養し、その中で興津が最も気に入ったようだ。著作の中では「滝口入道」「わが袖の記」「美的生活を論ず」等が有名だが、興津、久能山、三保、薩埵《さつた》峠などの紀行は「清見潟日記」で読むことができる。

彼の墓は龍華寺《りゆうげ》にあるが、墓石はドイツ風の横たわったもので、死期を知った彼がそこに埋葬されることを遺言したばかりでなく、その碑銘には、

「吾人は須らく現代を超越せざるべからず」とある。

ただしこれに用いた「須らく」の副詞は、「為べくある」の意だから、漢文としては肯定型に使われるべきもので、「超越せざるべからず」と否定型なのは少々可怪しい。否定の否定は、肯定になるという異説もあるが、やはり「べし」で受けなければならず、樗牛は行文の調子が一オクターヴ高いため須らくをべからずで受けたのは、ミステイクだという解釈の方が強い。この警句は「太陽」(第八巻第十二号)所載の「無題録」にあって、

「山に入て山を見ず。此の世の真相を知らむと欲せば……」

の句からつづくものである。

戦後樗牛の文名は著しく評価を下げられ、日本主義的ファシストの原点とさえみられて、その作品をも顧みるものは極めて少くなったが、大正九年頃はまだ彼の美文名文が感傷的な青年層の支持を受けていたので、興津まで来た以上、わたしも龍華寺の墓に参詣しないわけにはいかなか

った。もっとも樗牛が興津で闘病していた頃とは大分時代の隔りがあり、水口屋より東海ホテルのほうが繁盛していたらしい。そのホテルの娘に樗牛は目を惹かれたが、

「東海ホテルとて、処にはふさはしからず浅ましき名なれども、よろづ心地よき宿なり。先づ歳は二八ばかりの少女の、都にも稀なるべう美はしきが、たとへば谷間の姫百合の、心なき人の目にもとまりしが、今はよその奥庭に移されて、あだし人の眺めを許さずとか。げに人の上は頼むべからで、山河のみぞ心ゆるすべかりける」（清見潟日記）

が、わたしが一夏送った頃には、東海ホテルはすでに盛況の峠を過ぎ、逗留客の数も少いようであった。

　祖母の借りた座敷の裏手に、南向きの二間つづきの一ト棟があって、そこに美しい姉妹のいる避暑客の一家が住んでいた。これが東京深川の大きな酒問屋の家族という話だった。娘二人は毎日海水着になって、跣足のまま庭を通って泳ぎに行く。祖母の部屋からは見通しなので、その姉妹の日常がまる見えだった。

　わたしは早速この姉娘に心を惹かれた。こうして書いていくと、わたしという男はすぐ女を好きになる傾向があるようだ。永山峰子もそうなら、お茶の水高女の四年生とも、すぐ憎からぬ気持になるかと思えば、興津へ来るなり、その姉娘に興味を抱く、これも仮名で美重子としておく。こういうのを、女に惚れッぽい男というのだろう。それはわたしばかりなのか。みなさんはどうなのか。男だけではない。女だってちょっと感じがいいと思うと、すぐその男が好きになる惚れ

ッぽい女がいるのではないか。実は男も女もみんな怪しいものなのだろうが、黙っていて、あけすけに告白しないからわからないのである。それともみなさんはノーマルで、わたしだけがアブノーマルなのだろうか。

祖母とわたしの生活が少々退屈した頃、母と母の妹（木部よね子）が東京から来た。そこで乗合馬車を一台借切って、龍華寺から久能山、さらに三保まで行って羽衣の松を見物するプランができた。わたしは美重子を同行させるように提案した。妹を誘わなかったのか、誘っても行かなかったのか記憶がない。とにかく美重子だけが行くことになったので、わたしは大満足であった。

馬車は一頭立で、馭者は古風なラッパを吹きながら、長い鞭を鳴らした。県道から龍華寺まではデコボコ道で、目方の軽い美重子が、馬車の揺れるたびに天井スレスレに跳び上った。

寺へ着くと、わたしはまず墓に額ずいた。祖母は本堂の前の大きな蘇鉄の木を、珍しいと言って鑑賞した。

「何をそんなに長く拝んでいるの？」

と美重子が聞いた。

「それはちょっと言えないな」

「水臭いわ」

と、彼女はませた言い方をした。

「そんなことを言うなら、言ってやるよ。樗牛のような文学者になれますようにって拝んだんだ」

美重子はちょっとたじろぐ風で、自分の乳房のあたりを両手で押えた。彼女はわたしと同い齢位だが、その海水着姿を見ているので、肉置《しし》きもよく、二つの胸の脹らみも充分に盛上っていることをわたしは知っている。

しかし母や叔母たちの評によると、美重子はあまり美人とはいえないという点で一致していた。私は内心服しかねた。母や叔母のいう美人とはどういう規準なのであるか。なるほど美重子の顔は造作の悪いところがある。しかし色は白いし、その歪んだようなところが、かえって愛嬌で、わたしは惹きつけられていた。母や叔母のような中年の女の品定めは、男からいうと、どこか的を外れたものであることが多い。

――美重子とわたしとの間に、その夏の終り近く、思いもよらぬ秘密の関係ができた。

二の七

龍華寺へ一緒に行って以来、美重子とわたしの間は急速に親愛度を増した。アップツゥーデートの海水着ひとつで、浜へ行く時も、彼女はわたしのいる座敷へ声を掛けてくれるようになった。水口屋の庭には、丈の低い小松が生えていて、松と松の間に、青い芝生の路があった。

夜は夜で、涼み台が出来て、旅館の滞在客や貸別荘の男女——と言っても、中学生女学生が多かった。今流に言えば、ハイティーンに属する青少年男女である。多い時は二十人位、少くても十二、三人は集った。なるべく男女交互に坐り、石廻しをしたり、源平に分かれて物真似ごっこをしたりした。めいめい勝手に席を取るのだが、わたしが坐るとその左右どちらかへ、美重子が来て坐った。しかも太腿と太腿とがぴったりくっつくようにして坐るのであった。

九時半頃散会する。が、すぐには水口屋へ帰らない。

美重子とわたしはどちらからともなく、暗い砂浜を人のいないほうへ歩き出す。その時分はもう、三保の松原の灯も消え、清水港の波止場の燈火も大分まばらになって、清見潟は真ッ暗である。その辺で腰を下す。

何度目かの夜、砂浜へ坐る拍子に、美重子の肩へ手を置くと、美重子が靠《もた》れてきた。頬と頬がくっついた。そこで一度離れたのだが、またひっついて、しばらく動かずにいた。わたしの唇の右の端に、彼女の左側の唇が感じられた。わたしには全く初めての感覚であった。美重子の手がわたしの膝に置かれた時、わたしはもう自制し切れず、唇と唇を重ねてしまった。

「一粒の青き麥」のところで、女中の文代にオナニーを教えられたが、わたしはまだセックスのほんとうの味を知らない。早い話が、わたしは童貞であった。が、この夜の接吻は少年と少女のかりそめのものではなく、ちゃんと口をあけ、歯もあけた。そのために、わたしは首だけ右旋回しなければならず、何んといっても、ぎごちないものではあった。

と言って、美重子を砂の上へ押し倒す勇気はなく、無理に上半身を捻りながら、初めて吸う女の口の蜜のような甘さに恍惚とした。

それは浪漫的な愛の契りというよりは、肉の悦びであった。肉の悦びがこんなにも魅力的で、殆んど人格を喪失させるものだということを、わたしは自覚した。

清見潟の夜のしじまの中で、岸へ寄せる小波と沖へひく汐が戯れているような潮騒の音さえ、美重子の唇に陶酔しているわたしの耳には聞こえなかった。

そういう晩が毎晩つづいたかというと、そううまくはいくものではない。美重子の妹が蹤いて来ることもあれば、鈴木の寅さんというのが一緒のこともあって、機会に恵まれる夜はそんなに多くなかった。それでもその夏の終りまでに、三、四回は美重子と二人で唇を重ねることができた。少しずつ大胆になり、不自然に上体を捻じ曲げることで、お互いに抵抗するような具合になるのも追々に自然のポーズとなり、胸と胸とが合うとき、彼女とわたしの二枚の浴衣を通して、美重子の二つの胸の盛上りを感じることができるようになった。

寅さんというのは、わたしより二つほど齢上だったが、中学を卒業しただけで、高校へも私立の専門科へも入学できず、所謂浪人生活をしていた。が、結構気取屋で、麦藁帽《ストローハット》に薄い紫のリボンを巻いたりしていた。

涼み台の遊戯には罰則があった。寅さんはわざと負けて、皆んなの前で芝居の声色をやるのが、わたしからすると、まるで得意気に見えた。

「源氏店《だな》」の切られ与三郎。「近江源氏先陣館」の佐々木盛綱。「仮名手本忠臣蔵七段目」の平右衛門等々の十五世羽左衛門の口跡を淀みなくやってのけた。美重子はそれに惹きつけられる風で、

「寅さんの声色すてきねえ」

と褒めたり、軽く溜息をついたりした。

わたしと暗い浜辺で接吻をしているのに、彼女は寅さんにも気があるのではないかと想像して、わたしは驚いた。散会後、

「聖ちゃん。寅さんも一緒に誘いましょうね」

と言ったりする。わたしは厭な気がしたが、さりとて寅さんの参加を拒み、美重子を独占するにはどうしたらいいか見当がつかなかった。(寅さんの弟に伝ちゃんというのがいたが、この人は硬派でも軟派でもなく、中庸を得た好青年で、わたしと美重子の密《みそ》か言をウスウス知っているようであったが、余計なことは言わず、寅さんとわたしの両方に中立的であった。伝ちゃんは田辺茂一同様小学校中学校のクラスメートである)

八月末、祖母とわたしは水口屋を引揚げることになった。美重子の家族はあと三日ほど、遅れて帰京するという。

別れの晩、寅さんが身振を入れての声色で、六段目の勘平をやった。ヤンヤの喝采を博した。美重子がいつまでも拍手をやめないのがわたしには気になった。寅さんの演技より、わたしは最後の晩だから、美重子との関係を接吻以上のところまで深入りさせようかどうかと、迷っていた。

口を吸い合うとき、彼女は殆んど無防備といってよかった。懐ろなり、裾前なりへ、わたしが手を入れても、おそらく美重子は抵抗しないだろうと思われた。が、曾つて女を知らないわたしにはそういう大胆な真似はできない。そういうことをして、万一にも美重子に拒絶されたら羞恥に耐えないという思いが優先したからである。

しかし最後の晩はわからない。これで当分「おさらば」という感情が、羞恥を乗越え、際どい一線に踏み込んでしまうかもしれないと思い、それがわたしを夕方から落着かせなかった。

「どうしたの聖ちゃん」

祖母にさえ怪しまれたくらいだ。

ところが美重子は、いつものように暗い砂浜を歩くのをなぜか拒んだ。

「今夜は東京へ帰る支度をしなければならないの」

と言うのだった。彼女の帰京はまだ三日も先のことだから、何も今夜しなければならないことはない。それよりいつもより三十分でも、四十分でも長く、わたしと別れを惜しんでもらいたかった。が、しいてそれを彼女に求めるうまい口上は見つからなかった。わたしが黙っていると、

「ごめんなさい。そのかわり東京で逢いましょうね。歌舞伎座でもいいし市村座でもいいし」

わたしは誤魔化されてしまった。美重子と歌舞伎を観にいくのは憧憬には違いないが、美重子の心境に何かしら変化が起ったのではないかという気がしきりにした。しかしそれを追求する勇気はなく、彼女の空約束を信用して、最後の夜の接吻を諦めるよりほかはなかった。

その晩わたしは例の如く祖母と寝床を並べたが、いつまでも眠れなかった。

想像は想像を生んだ。美重子には既に東京に婚約者がいるのではないか。もっともこの年の夏休み中、東京からそういう男客が来た様子はない。

とすると、やはり一番警戒すべきは寅さんかもしれなかった。

寅さんは声色のほか、鼻孔にエボナイトの管をさし込み、スポイトを握ったり離したりして、どうやらコカインらしい薬液を吸込む習慣があった。そういうところにも寅さんの頽廃趣味が濃厚であった。まさか美重子がそういうものに魅せられたわけではあるまいがと思いながら、わた

しは輾転反側した。

二の八

東京へ帰ると、海岸で仲良くなった友達は皆ケロリとして、忘れたようになってしまう。遠洋航路などでも、船の中で結ばれた友情は、港へ上陸する途端、あかの他人になるのとよく似ている。

美重子からも音沙汰なかった。といって、わたしのほうから呼び出すのも、不良じみていていやだし、その勇気も足りなかった。

十一月の末、寅さんから電話がかかってきた。

「師走の歌舞伎座へ行くことにしたんだけれど、美重子さんも一緒に行くんで、あの人、聖ちゃんを誘ってくれと言うんだ。誘いたければ、自分で電話をかけたほうがいいんじゃないかと言ったんだが、彼女、羞かしがっているんだ。どうだい、聖ちゃんの都合は？」

そんな話であった。寅さんと美重子の交際が、帰京してからもつづいていることを、わたしは察して、不快な気がした。興津の涼み台で、美重子が寅さんにも気があるなと思ったわたしの直観は、当らずとも遠からずであった。

「生憎その日は都合がつかない。どうぞ二人で行ってらっしゃい」

それだけ言うのが精一杯であった。恐らく語尾が顫えていたかもしれない。

しかしわたしは暮もおしつまってから、一人で切符を買って、歌舞伎座を見に行った。

これが大正九年十二月のことで、先代中村歌右衛門、先代市川中車（七代目）、先々代市村羽左衛門、先々代市川段四郎、先代片岡市蔵、市川小太夫（現存）、中村翫右衛門（現存）、先代市川八百蔵、片岡千代之助（現仁左衛門）、尾上栄三郎（故人）、先々々代中村福助（五世）、尾上松助（故人）、先代尾上梅幸、先々代片岡仁左衛門による大一座であった。

旧い芝居のことを書くのが、わたしには少々気のさす思いであったが、偶々今月の国立劇場（昭和五十年九月）の筋書に、井伏鱒二と永井龍男の対談「思い出の舞台」が掲載されているのを読んだ。永井は江戸ッ子で、下町育ちだし、その頃東京に多かった小芝居を、丹念に見ていることは知っていたし、彼自身帝劇の募集脚本を書いた話も聞いているので、さして驚かなかったが、井伏とは「文藝都市」（昭和三年）以来の交際《つきあい》でありながら、曾つて彼がこんなに芝居を見ていて、こまかいことまで記憶しているとは知らなかったのである。

その前夜、「風景」の座談会で、芝居と文士が断絶してしまったことを残念がる発言を聞いていたので、井伏や永井がかくまで芝居好きであると知るや、わたしは心強さをおぼえるのであった。同時にわたしが明治大正の芝居について、その記憶を物語ることが、決して自慢たらたらでもなく、そういう知識をひけらかすことでもないのだという確信をもつことが出来たのである。

この師走狂言は震災前の歌舞伎演劇のピークを飾るものであった。

その席は平土間の前から四側目ほどで、場所としては悪くなかったが、四人一桝の時代だから、未知の人とひとかたまりになって見物するのである。弁当も各自別々のものを、出方に注文して、勝手に食べた。同席の客がどういう人であったが、今ではきれいに忘れてしまった。

その時買った絵本筋書が、今も書架に残っている。それを開けてみると、特等席一名七円七拾銭。壹等席六円六拾銭。貳等席五円八拾銭。参等席参円。四等席貳円。三階大入場八拾銭。以上の通りで、平土間は多分、一人五円八十銭だったのではないかと思う。中学生としては、大奮発であった。

一番目は「一谷嫩軍記」で、熊谷陣屋の場の前に、菟原《うばら》の里の場がついた。片市の薩摩守忠度、亀蔵(十五世羽左の弟子)の忠度の室菊の前、紅《こう》若の母という配役で、以来五十五年の間上演されなかったが、昭和五十年六月に新橋演舞場で、片岡孝夫が忠度に扮して久々で上演した。(嫩軍記二段目の切《きり》にあたる)

つづいて陣屋になり、先代歌右衛門が立役熊谷次郎直実を演じた。九代目團十郎の型によらず、芝翫の型だったのは当然だが、大へん珍しい気がした。

歌右衛門の鉛毒も、それほど悪化していない頃だったので、熊谷は花道から出た。平土間で見ているわたしのすぐ目の前に、彼の下ぶくれの顔があった。ゆっくり歩きながら、とにかく七三で止まり、台詞を言い、本舞台へかかってからは三段をのぼって、高足二重屋台へおさまるまで、貫禄充分であった。衣裳は黒の天鵞絨《びろうど》の着付、太いフキのある袖口、赤地にしきの裃であった。

これに対して團十郎型だと、亀甲の織物の裃である。その筋書の末尾にあるミツワ文庫の「俳優楽屋話」に、

また僧形になってからは團十郎型では鼠木綿の衣に袈裟、芝翫《ちち》型では白無垢に袈裟と異《かわ》っておりますように仕所《しどころ》においても大分違っています。

と歌右衛門の談話が載っている。

仁左の石屋弥陀六《みだろく》実は弥平兵衛宗清は、劇評家にはあまり好評でなかったが、花道七三で義経に呼びとめられる前後から、敦盛を入れた具足櫃《びつ》を背負っての幕切れまで、わたしは結構感心させられた。

義経が羽左、相模が先代梅幸、藤の方が先代秀調という脇役も粒ぞろいであった。

次が呼び物の南北作「色彩間苅豆《いろもようちょっとかりまめ》」（清元）である。この時が文政六年森田座以来九十七年ぶりの復活上演と思ったが、後年市川猿翁（喜熨斗《きのし》）から聞いた話では、新橋の東会（東をどりの前身）で、この場の上演が決まり、河辰中《かわたつなか》のさよ子がかさね、与右衛門は秀千代。猿翁が舞台監督をやり、羽左衛門がそれを観にきて、歌舞伎座で本興行にのせることにしたのだそうだ。

更にその前にさかのぼると、明治三十九年、先代藤間勘右衛門の大浚《ざら》いに、藤間政弥（吾妻徳穂の実母、現富十郎の祖母）がかさねを演じた。この時政弥は、浄瑠璃の

〽邪慳の刃、血汐のもみぢ
　龍田の川の瀬と変る

とある歌詞にもとづいて、朱をきかした紅葉を染めた絽の長襦袢を使ったという。梅幸初演の衣裳も政弥の示唆に由ったと言われる。（川尻清潭談）

幕が開くと、すぐ浄瑠璃になり、仮花道から与右衛門、本花道からかさねが出る。当時はむろん、東の仮花道は常設されていた。十五世羽左の与右衛門は、初日は本菰《こも》をかぶって出たが、二日目から麻で出た。わたしが見た時は麻であった。

「新演藝」の楽屋風呂に、本菰ではぎごちなくて、演れないというダメが出て、小道具の藤浪が半徹夜で、麻のむしろを作り、二日目に間に合わせたという逸話が出ている。羽左の威勢もさるものだが、藤浪のサービスも満点である。仮花七三でとまり、客席を向いて両手でこもをひろげた時の羽左の顔は、天下の絶品であった。白く塗った足の形も素敵で、その以後これに優るものを見たことがない。

本花の揚幕から出る先代梅幸のかさねは、青日傘をさしていた。（その後は持って出ることになった）

この脚本は南北の「法懸《けさかけ》松成田利剣」の序幕にあたる部分で、清元節は五世延寿太夫に梅吉

（のちの寿兵衛）のコンビであった。翌年の新富座まではつづいたが、その後タモトを分つことになり、次の歌舞伎座上演の際には、延寿は弟栄寿太夫を立《たて》三味線にしてこれを語った。以来、延寿グループの高輪派が主流となり、梅吉一門は反主流的立場にあって今日に及んでいる。（現家元梅吉は寿兵衛の孫にあたる）

与右衛門が捕手二人にからまれると、黒幕を切って落とし、密書を開いて月光に照して読む時の

〽夜や更けてまことに文は閨《ねや》の友
　筆の鞘焚く煙さえ……

の一ト節は、延寿がこの時はじめて作曲したものであった。

延寿と梅吉の歴史的ともいうべき訣別の理由については、さまざまの臆説が乱れ飛んだが、「延寿芸談」（昭和十八年三杏書院刊）によれば、梅吉曰く、清元界では素人が家元になったので、大いに迷惑していると、延寿の陰口をきいたのが、延寿の耳に入って、激論になり、偶々新富町の竹葉で食事中、酒の勢いも手伝って、胸ぐらをとるような騒ぎにまで及んだ、と書いてある。もっともこれは延寿側の一方的アッピールだから、梅吉側の意見も合せ知ることが必要だろう。

それにしても、わたしなどがわずか一回にしろ、延寿と梅吉の名コンビによる「かさね」を聴

くことが出来たのは、もっけの幸いというべきである。

幕切れの殺しのあと、一旦与右衛門が本花の揚幕へ入る。何故入るかというと、幕の中で、鬘《かつら》を一枚取替え、おくれ毛などを見せるためである。再び揚幕を出て、蛇の目をおちょこにして本舞台まで引戻される。そこで傘を捨てると、撞《どう》と尻もちをつく。自分で襟がみを取って、いざりながら、かさねのほうへ引寄せられて行く所作が、まことに見事であった。

羽左以後の大勢の与右衛門を観たけれども、このいざったまま引戻しになる型を継承している者は、ほとんどないといっていい。

現在この所作事は、歌舞伎の本興行でも、舞踊界の温習会でも、繰返し上演され、しかも観客の目を楽しませ、出演者も好んでこれを演じている。大正九年以来、何千回に及ぶか、数え切れないほどであろう。

次は「彦山権現誓助剣《ちかいのすけだち》」毛谷村の場で、梅幸のお園、中車の六助が印象に残った。中幕の下が岡鬼太郎新作の「浄瑠璃物語」で歌右衛門の出し物だから、贅沢な舞台装置だった。下手の筧から一幕中、水が出ッぱなしであり、それが一種の擬音効果になっていた。ところが十二月のことだから、水道の水がときどき凍って出なくなり、わたしの見物した日も、チョロチョロと心細い音だった。

二番目はお待ちかねの「与話情浮名横櫛」で、この芝居は明治四十二年六月と、大正五年九月と、同九年十二月の三回のうち、わたしは五年のも観ているが、最高の出来は九年のそれであったと思う。この時、蝙蝠安《こうもり》をやった尾上松助は七十八才という高齢であった。それが女ものの素《す》袷《あわせ》一枚で登場し、八ツ口から肘が出ているのであるから、風邪をひいてはたいへんとばかり、舞台裏で大火鉢に炭をカンカンおこしたという話もあった。

番頭藤八は大橋屋の幸蔵で、その後いろんな役者の藤八を観たが、幸蔵のがどぎつくなくてユーモラスで、最もはまり役であった。

わたしの手もとに、与三とお富が酒を汲みかわし、色模様を見せるくだりの絵葉書が残っている。いつの演出だかわからない。しかし、羽左がこの場をやったことだけの証拠にはなるのである。（その後今日までこの場面は出ない）

大喜利に五世福助の白拍子花子と、尾上栄三郎の桜子で、両花道を使う「二人道成寺」があった。両人ともまだ若く、水の垂れそうな女形《おやま》振りで、満場息をのんで魅せられた。平土間ほぼ中央のわたしは、両者を見較べることで、忙しく首を左右に振らなければならなかった。こうなると両者は文字通り競演で、どちらが余計汗をかくかが勝負の分れ目であった。人気も五分五分で、立見席や三階からの掛け声も、甲乙をつけ難かった。福助は先代歌右衛門の御曹子。栄三郎も先代梅幸の息子で、その点でも、長唄道成寺の文句にある

〽梅とさんさん桜はいづれ兄やら弟やら……

の通りの華やかな舞台であった。ところが当時二十一才の福助は三十四才の夏（昭和八年）、栄三郎は福助より更に短命で大正十五年五月、二十七才の若さで世を去った。倶に胸部疾患だった。

前に書いた井伏や永井も「源氏店」の場を観ており、大橋屋幸蔵の番頭藤八を褒めている。また、

「井伏――近松の二百五十年祭かなんかで各座で一せいに近松をやった時にね、帝劇では〈長町女腹切〉をやってね、梅幸が腹切の女になったんだけど、ゆとりがあってよかった。勘弥（先代）はあの時〈煙草売り〉をやった。近松の初期の脚本だろうが、実に軽妙に演じたという評判だった。あの役者は東京で育っても近松をこなせる腕があったらしい。あのとき歌舞伎座は、大阪から鴈治郎が来てね〈紙治《かみじ》〉（心中天網島）をやったんだけど、おさんが福助で雀右衛門（先代）が小春になった。舞台装置は竹内栖鳳だった。小春はちょっとうつむいた時がきれいだった」

となかなか見巧者である。井伏は澤村宗之助（先代宗十郎の弟）が四谷の大国座出演中に亡くなったことも語っているが、期待された俳優だっただけに、その突然の死は惜しまれた。（大正十三年四月七日、壺坂のお里に扮したまま舞台上で絶命）

なお「色彩間苅豆」に関して梅幸と菊五郎（共に先代）のかさねの比較論が「演劇界」（昭和四十八年八、九月号志野葉太郎氏）に詳細を尽していることを、ついでに紹介しておく。

二の九

年が変り、四月には五年生になり、本格的な高校受験準備に入った。放課後、神田駿河台の予備校へも行った。主として幾何代数に全力を投じた。英語は父の紹介で、千葉勉先生の自宅へ行って、直接指導を受けた。

五年生の必須科目である三角や微分積分は、受験範囲になかったので、完全にサボタージュした。それで今でも、三角の試験場で、一題も解けず、呻吟する夢を見る。目がさめると、パジャマまで濡れるほどの汗をかいている。七十になってもまだそれを見る。一生つきまとわれるだろう。

五年生は最高クラスである。上級生の暴力にさんざん殴られたわたし達は、どんな生意気な学生がいても、下級生には暴力を振わないことを、固く申合せた。一対一の喧嘩はあったかもしれないが、集団暴力は一度もやらなかった。

とにかく上級生がいなくなったことは、実にすがすがしかった。暴力学生山脇、若林、布目などが居なくなり、学校は平和を取り戻した。〈先日芝の留園《りゅうえん》の明哲会で、武内龍次〈前回出〉にこの話をしたら、一年上の彼のクラスが暴行した記憶はないという。しかし彼は四年から新制佐賀高校へパスした秀才だったから、五年生時代を経験していないのである。間違いなく彼のクラスは、わたしのクラスメートを殴った。その犠牲者は、宇野沢順平、奥田豊、小国昇はじめ数え切れない。理由が面が憎い、虫が好かぬという程度のものであった。現同窓会長田中勉にも責任があると思う）

ところが、上級生には、体操のほかに発火演習というものがあった。教師は退役の尉官と佐官の二人がいた。佐官のほうは、那良崎中佐といった。もっとも軍縮時代だから、学校との往復には背広と中折を着用し、教員室で軍服に着替えるほど、軍人であることに負目《ひけ》があった。それでも学生に対しては、「富国強兵」「忠君愛国」「滅私奉公」等々を押しつけた。雨が降って教練の出来ない時は、教室で軍人精神の講話をした。その中で一度不思議なことがあった。生徒の禁止事項として、十項ばかり黒板にチョークで列記した中に、

「交感の目撃」

というのがあった。わたしはその意味がわからなかった。そこで質問すると中佐は、ちょっと微笑して、

「往来などで、牡犬《おす》と牝犬《めす》が番《つが》っているところを見たりしてはならん」

と言ったので、一同は失笑を禁じ得なかった。軍人精神の中にそういうことまであるのかと、わたしは開いた口がふさがらなかった。

発火演習は一年のうち数回実行されたが、わたしは常に頭痛や風邪を理由に、参加しなかった。従ってわたしは今日に到るまで、一度も引金を引いたことがない。空気銃さえ撃ったことがない。

だいたい蚊と蠅以外は、昆虫類に到るまで、殺生を好まない。それを臆病だというなら、臆病で結構。人が人を殺すということは、それが国家の名においても、誤りである。（終身刑ということは、ありうる。異常者をノーマルな社会生活から隔離する必要からである。それを在監中の行儀作法の良さや看守の心証がよいからといって、すぐ出所させるから、死刑論者がその主張を変更しないのである。大東亜戦争の終身刑になった悪者共も、片ッ端出てきたし、大杉栄とも三人を殺した甘粕も、たった三年で出獄している）

発火演習をしないということも、ここに記すことは簡単だが、当時の中学生としては、一種の異端であるから、その工作には人知れず懊悩した末、遂にわたしは、引金を引かなかったのである。そればかりか飛出しナイフも、メリケンサックも、持ったことはない。

芝居の真似をする時は、腰に大小をたばさんだが、むろん竹光であった。

再び夏が来た。わたしは美重子に会いたさに、またも祖母に興津行きをねだった。倖い去年と同じ座敷がとれた。美重子の家族は、二週間ほど前に来ていた。相変らず美重子は健康そうで、風呂上りにはバスタオルを胸まで巻いた恰好で、畳の上に腹匍いになり、大きな西瓜の輪切りを頰張っていたりした。

わたしが海岸で甲羅を干していると、海から上ってきた美重子が傍へ来て、しんみりした調子で、

「聖ちゃんには言いにくいんだけれど、あたし、去年のようなことは、もう出来なくなったの」

それを聞くわたしは、なぜか落着いていた。多分そういう話が出るものと予想していたのであろう。来《きた》るべきものが来たという感じで、べつにドキドキもしなかった。

「そうか。でもどういう訳で？」

「約束が出来ちゃったの」

「約束？」

「すみません。急に結納だけ取り交したの」

「寅さんとか」

「聖ちゃんは知ってたの？」

「やっぱりそうだったのか」

「許してね。聖ちゃん、許して……」

と言い終らぬうちに、美重子は真昼間の砂浜で、泣きじゃくった。が、いくら泣かれても、慰めてやる気はもうなかった。それより寅さんに出し抜かれたのだから、今さら文句の言いようがない。わたしは静かに立って、彼女の側を離れ、胸の砂も落さず、水口屋に引返して、風呂場へ入った。まだ簀子は敷いてなかったが、一畳半ばかりの大きな浴槽には水がはってあった。桶で汲んで砂を落していると、少し遅れて美重子が耳門《くぐり》から入ってきた。わたしは彼女に背を向けていた。

すると彼女は反対側の板壁に据えつけてあるシャワーを浴びだした。暫くして、

「聖ちゃん……見て！」

と言うのだった。何んだと思って振向くと、彼女は海水着を脱いでおり、全裸のまま頭から水を浴びていた。次の一瞬彼女はくるりと向きをかえて、白い背中を見せた。

わたしが振向いた首を元の位置に戻すと、彼女は脱衣場へ上る風で、裸の上に浴衣を一枚はおっただけで、

「聖ちゃんほんとに許して頂戴ね」

もう一度言ったかと思うと、廊下へ出ていった。

わたしとは別に、結婚を約束したわけではない。夜の潮騒を聞きながら、二、三度接吻をしただけの仲だが、美重子の良心は、わたしを裏切った気がしているので、あやまらずにはいられないのであろう。いや、口であやまるだけでは気がすまず、たった一度だけ、一糸もまとわぬ裸身をわたしに見せることで、その背信の償いをしたつもりなのだろう。が、その当時は、それで万事釈然としたわけではない。わたしはそれっきり、涼み台へも行かず、彼女になるべく近寄らないように努めたが、それから五十五年経過した今日、わたしは美重子の行為を、懐しい思い出として、わが胸に秘めるようになった。

このことは誰れも知らない。祖母も母も兄弟も、また美重子の妹や、寅さんの弟たちも知らない。

しかし海水着の上からではわからない若い女の肉体の特徴が、まだわたしの目にありあり見えて、風化することはない。

とはいえ、そのあとのわたしと祖母の興津生活は、まことに味気ないものになるのを如何ともし難かった。

榛名湖の午後

二の十

大正十年の興津滞在中、もうひとつ記憶に残っているのは、隣接の江尻町へ芝居を見に行ったことである。今は江尻という駅はなくなり、清水駅となった。栄寿座という芝居小屋があって、たまに東京の役者が舞台をつとめた。この時も帝国劇場専属の尾上梅幸、松本幸四郎（共に先代）が「伊達競《くらべ》阿国戯場《かぶき》」を演じていた。

興津から例の乗合い馬車に乗り、東海道を江尻まで一里三丁ほど行く。店の名は忘れたが、鰻のうまい家があり、そこで腹拵えをしてから、栄寿座の桟敷に祖母達とおさまった。

寅さんとの結婚話以来、冷戦状態になった美重子はさそわなかった。祖母の姉山梨亀二も一緒だったような気がしている。

役者とすれば半分避暑気分で、昼間は舟で釣りに出たり、三保の松原・久能山・龍華寺などを見物して歩き、夕方から楽屋入りして、得意《おはこ》の芸を見せるのだから、暢気なものであった。この芝居では幸四郎が関取絹川谷蔵、梅幸が女房かさねに扮し、谷蔵が光る鎌で、女を殺す陰惨な殺し場が目に残った。前章で書いた南北の「色彩間苅豆《いろもようちょっとかりまめ》」もかさね殺しを舞踊化したもので、その再現があるのかと、子供心をワクワクさせたが、この芝居の谷蔵即ち与右衛門は十五世羽左のようなすっきりした男前でなく、役柄も力士というのだから、ちょっと期待外れの感もあった。しかし熱演で、筋もよくわかるし、夏場で芝居に飢えていたわたしは、この怪談仕立ての世話物に、陶酔することができた。

その後この狂言を見物する機会がなかったが、今年の夏、国立小劇場で嵐徳三郎の「身売りのかさね」の通しを見ることができた。

徳三郎は好演したが、殺し場のクライマックスでは、この頃の女形にありがちな叫びすぎが耳障りだった。

なお栄寿座では、この芝居のあとに「紅葉狩」をつけ、梅幸の更科姫実は鬼女、幸四郎の余吾将軍惟茂《これもち》で賑やかに打出した。乗合いの馬車の終車が出てしまったあとなので、わたしたちは汽車で興津へ帰った。一駅間なので、三等車に乗った。どの箱もガラガラだった。

わたしの懐中には、昼間江尻の盛り場の本屋で買った雑誌が一冊入っている。

水口屋へ着いて、寝床にはいると、さっそく読み出した。雑誌は「新小説」九月号（春陽堂）で、山本有三が書きおろした戯曲「坂崎出羽守」が掲載されていた。この芝居は翌月の九月に二長町《まち》の市村座で、六代目菊五郎、澤村宗之助の座組で上演されることが、既に新聞の演芸欄に発表されていた。

隣の寝床から、

「何を読んでるの？　聖ちゃんは……」

と祖母に声をかけられた。

「市村座で演《や》る予定の坂崎出羽守ですよ」

「いつ買ったの？」

「さっき鰻屋で蒲焼の焼けるのを待っている間に……」

「面白い？」

「まだ二幕目で最後はどうなるかわからないけれど、桑名から熱田へ渡る海上七里の船の中を舞台にとっているんです。随分大胆な装置でしょうね。船の中央に太い帆柱があって、それに風を孕んだ、真ッ白い大きな帆が殆んど舞台を中断するほど一杯に張られているんです。幕が開くと、出羽守成正が船べりの欄《てすり》に倚って海を眺めている。こめかみを中心にひどい火傷をしているんです。これが六代目でしょう。その側にやはり大坂城の戦争で、一眼を失った松川源六郎が跪《ひざまず》いている。源六郎は誰れの役になるか、興味がありますね」

「聖ちゃんの芝居好きにも呆れるね。もうそんな将来《さき》の台本を読んでいるの。菊次郎（先代）が急に亡くなったから、音羽屋も女房役に困ってるんでしょう。その芝居の女形は何んなの」

「やはり千姫でしょうね。帝劇から宗之助を借りてくるんじゃないかって噂ですよ」

宗之助が千姫を演ることは例によって寅さんの早耳で、その寅さんが弟の儇ちゃんに話したのを、わたしが聞き出したのである。

「もう十二時ですよ。いい加減にして、お休み。聖ちゃんがそこで本を読んでいると、私も眠れないよ」

そう言う祖母も今夜江尻の芝居見物の刺激で、オイソレとは寝就けないようであった。

「もっと読みたいけれど、あとは明日にしましょう」

そう言うなりわたしも枕許のスタンドを消した。

「坂崎出羽守」は、その後も度々上演されているので、詳しいことは省くが、舞台効果は満点で、新作ものに、二代目左團次に較べて、多少立ちおくれ気味であった六代目菊五郎が、見事な成功をおさめ得たのであった。

凝り性の山本有三が舞台稽古の時、劇場の平土間や二階桟敷や三階などでさまざまな角度から見ていたが、二幕目の幕切れで、船の帆が下がると、千姫と本多平八郎忠刻とが肩を並べて海上の島々を眺めている姿に、嫉妬の激情にかられた坂崎が、舞台前側の切穴から、船底へ駆け下りるというト書を、六代目の解釈で、正面を切り、無念の思い入れをするだけで、柝《き》の頭《かしら》となった。山本有三は自分の書いたト書通りでないので、三階から駆け下りてきて、六代目に抗議し、論争になりかけたが、すべては初日の舞台ということにして、その日はそのままおさまった。

初日になると、どうも六代目演出のほうが効果があるので、さすがの山本有三も兜《かぶと》をぬいだというエピソードが残っている。この場の松川源六郎は故尾上鯉三郎が抜擢された。

この芝居は大詰でいよいよ昂まり、千姫が本多の屋敷へ嫁入りする遠見の行列を見るや、嫉妬の情を抑えかねた坂崎が、部屋を飛び出していくエフェクトが観客に息を呑ませた。この大詰に現在の西川流の家元西川鯉三郎がきく丸の名で、故尾上菊之丞が高丸の名で、仲良く小姓をつとめている。

この興行から今日まで、すでに五十五年程経っている。書架から古い「新演藝」(大正十年十月号)を捜し出して、そこに掲載されている合評会を読んでみた。

出席者は、池田大伍、岡田八千代、永井荷風、久保田万太郎、久保田米齋、三宅周太郎、尾上菊五郎で、岡村柿紅が司会をつとめている。結論としてはこの脚本の上出来を認めているが、各論は随分酷評である。私見では出席者達はただ言いたい放題を言うだけで、アラ捜しが主となり、所どころ、感情的な放言に逸脱している。正直、読んでいていやな感じがした。

この脚本が繰返し上演されたところを見ると、観客にも感動があったのだと思う。出席者の注文通りに書き変えたとしたら、これだけの効果がでたかどうか疑わしい。これを読んだ山本有三はあまりいい気持ちはしなかったと同情される。

この芝居の成功と座談会の悪評とを秤《はかり》にかけてみると、どうやら出席者のほうが高慢で、舞台の仕事を見下《みくだ》している感じを禁じえない。

坂崎を演じた六代目菊五郎が出席すると、岡田八千代などは「本人が来たので褒めにくくなってしまいました」とうまいことを言いながら、結構、褒めるところはほめている。その辺がわたしにはひっかかった。山本有三だけが欠席裁判の形である。結局出席者は第二幕を褒め、あとは貶《けな》した。

山本有三はこの脚本以外にも「嬰児殺し」とか、また「同志の人々」等の秀作を書いており、谷崎潤一郎も「阿国と五平」その他の佳作を書いているのに、劇場側が彼等を歓迎しなくなり、彼等も次第に遠去かった。こうした例は菊池寛、里見弴、永井荷風にもあてはまる。直言すれば、劇場側が俳優を大事にするほどには、劇作家を遇することにあまり熱意がなかったのに帰着すると思うが、その反面、山本有三などが、自分の脚本の上演に熱中しすぎて、俳優としっくりいかなくなったこともあり、役者の顔をたてるには已むなく、いい脚本を書いてくれる劇作家を敬遠することにもなったのである。但し、作家のほうも劇場関係者にうるさがられるようになっては、次第に劇界と疎遠になるのも、是非もない情勢だろう。

劇場側とすれば、あまりうるさいことを言う劇作家より、大人しく役者やプロデューサーの言うことをきく座附作者のほうが重宝だという結果になっていったのである。

この傾向は菊池・山本時代ばかりでなく、現代の劇界においても、これに似たことが観察されるようである。

なお「演劇五十年史」の著者三宅周太郎も、初演の「坂崎出羽守」は劇評家連に不評だったと

書き、にもかかわらず時は公平で、

「これが東京で再演されると、初演の不評はどこへか消し飛んでしまった。その後この戯曲は、菊五郎の新財産の第一となって、この芝居一つでよく市村座を救い、菊五郎を救うに至った。今となってこれは菊五郎の至宝となり、(中略)この脚本の優秀を、初演で黙殺した劇評家すら讃美していたから意外である」

と叙べている。

二の十一

中学五年の九月末、わたし達は伊香保温泉へ修学旅行に行った。伊香保には、五つ六つの頃、一度行ったことがあるので、曾遊《そうゆう》の地だが、そのあと大火があったので、昔泊った千登世館は類焼して跡かたもなかった。千登世館には祖父と祖母が一ト夏一緒に行っていたのを、母とわたしが追っかけて行って、二週間ばかり滞在したのである。母はまだ若かったので、温泉へ入るのに、ほかの客が入ってこないように、わたしに張り番をさせたのを憶えている。

「坊っちゃん。そうか。お母ちゃんが入っているのかい」

と言って、わたしの頭をなでてくれる男客もあった。夫婦連れが廊下に立って、母の出るのを待っていてくれたりもした。

その頃の伊香保には、中村歌右衛門（先代）とその子児太郎《こ》（後の五世福助）が、殆んど年中行事のように避暑に来ていた。親子は判で捺したように、毎日街を散歩する。軒を並べているたくさんの温泉宿の女中が、その度に腰を浮かせてしまって、何もかもそっち退けになる。児太郎はまだ子役時代で、色は白いし、目は綺麗だし、女中たちが見たら居ても立ってもいられなかったのだろう。

成駒屋親子のところへ、暑中見舞に六代目菊五郎が一度は必ず来る。それでまた、伊香保中が沸きっ返るのであった。菊五郎と児太郎が貸馬に跨って、榛名山へ登る時など、人垣が出来るほどであった。六代目も如才ないが、彼を避暑先へ呼びつける歌右衛門の権勢も凄いものだった。

祖母が伊香保から榛名湖へ駕籠で行くことになり、母とわたしがお供をした。峠の茶屋で二丁の駕籠をおろし、梨の皮をむいて食べていると、先の馬に児太郎、後の馬に六代目が乗って、茶屋の前へかかった。街から来ている赤前垂の茶屋の女中が、

「アッ、音羽屋さんだわ」

と言い終らぬうちに、二頭の馬は通り過ぎた。

「いやだわ、わたし……ドキドキしちゃった」

店を飛び出して馬のあとを見送るその娘が言った。

その時から十余年程たっていたが、昔に較べて伊香保の街は、至るところにカッフェーや射的場や一杯飲み屋が店を出し、品の悪い開け方であった。

襟だけこってり白く塗った女が、客の袂を引っ張ったり、鼠鳴きをしたり、丹前の柄や下駄の目印で、

「ちょいと木暮さん」とか、「千明《ちぎら》さん、寄っていらっしゃい」などと、旅館の名で客を呼び込んでいた。

昼間からそんな傾向が見られたが、夜になるとさらに猛烈であった。

わたし達の泊った旅館は横手館といったと思うが、記憶が定かでない。一度温泉を浴びてから食事がすみ、就寝の点呼まで、自由時間が許された。

九時を過ぎた頃、わたしを呼びに来た友達が、

「平ちゃんがカッフェーの女に引っ摑まってしまった。君、行って、助けてこいよ」

と言う。

平ちゃんというのは、武内平三郎のことである。この前書いた外務省の武内龍次の舎弟である。わたしは美男下平秀祐に同性愛を感じていたが、彼は三年生の頃、他校へ転学してしまったので、そのあとは平三郎と仲良くなっていた。

前々回に、校長の目を盗んで、戸山ヶ原や代々木練兵場で闇の野球部（ホーク）を結成していたチームで、平三郎は変化球に富んだピッチングをやり、その頃はそういう名はなかったが、所謂エースであった。

身長はわたしより少し高いだけで、百六十センチちょっとだったが、試合度胸がよくて、一塁

にランナーが出ても、落着いて、後続を絶った。

その武内が妖しげなカッフェーの女にひっかかっているというので、わたしは驚いて駆けつけたが、彼は一人でなく、辻三郎というのと一緒だった。チャブ台の上に、六本も七本も銚子が並んでいる。

見ると平三郎の膝にしなだれている女は、色は浅黒かったが、目鼻立のいい男好きのする酌婦だった。だらしなく腹合せの帯を締めた居住いが崩れ、平ちゃんの手が女の割れた裾前から股間のほうへ入っている具合なのだ。

辻三郎のほうはもっと大へんな状態で、金の話もついている様子である。

「平ちゃん帰ろう」

とわたしは言ったが、

「これでお前、帰れるかい」

といった調子で、受けつけそうもない。

わたしの後から小国昇というのが入ってきて、辻三郎をカッフェーの雪隠《せっちん》へ連れて行った。間もなく帰ってきて、

「辻はもう仕方がない。あれではおさまる筈がない」

そう言って敵娼《あいかた》の酌婦に、

「あの男が便所の前に立っているから、あんた、二階へ連れていって、可愛がってやれよ」

と言った。小国とすれば、辻三郎は仕方がないとしても、武内だけは横手館へ連れて帰りたいらしかった。

しかし武内の目は朦朧として、小国やわたしの顔が見えているのかどうかもわからない。すると女が言った。

「お兄ちゃん。おあしを貸して頂戴よ」

「いくらだ」

「一円五十銭に負けておくわ」

それで小国が、

「一円五十銭は高いな。亀戸や玉の井では、一円でお釣がくるぜ」

「玉の井とは違うよ。看板はカッフェーだからね。でもいいや。あたし、この坊やに惚れたの。なんて可愛い坊やだろう。一目見た時、ふるいつきたいと思ったんだから、一円にしておくわ」

そういう間も武内の手を、股と股の間にはさみつけて離すまいとする風である。

小国は言った。

「どうする。一円持ってるか」

「持ってることは持ってる」

とわたしが答えた。

「それじゃあ仕方がない。一円渡してやってくれ」

実は万一の場合を考慮して、わたしは丹前の袂に五十銭銀貨を三、四枚入れて来たので、それを二枚取り出し、女の手に握らせた。

「その代り、点呼までには帰すんだぞ」

「点呼なんてヤボなことがあるの。まるで兵隊さんだね」

一円を受け取ると、女は急に高姿勢になり、小国やわたしには「早く帰れ」と言わぬばかりだ。

結局二人の友人救出策は水泡に帰し、女に五十銭銀貨二枚をフン奪《だく》られただけで、空しく宿へ帰った。

「それでも木乃伊《ミイラ》取りが木乃伊にならなかっただけ、見つけものだ」

と小国が言った。

書き忘れたが、その女は銀杏返しに結い、富士額であった。


この旅行に田辺茂一が参加していたかどうか、わたしは忘れた。彼に聞く必要があると思う。その武内が去年死んだ。

芝増上寺前の中華料理店留園で、店主盛さんの御馳走で、明哲会というのが行われている。メンバーには梅原龍三郎、武内龍次、美濃部亮吉、池田潔、与謝野秀、末《しげる》亡人、高峰秀子等々である。

その席で龍次から平三郎の病気を知らされた。

「どこが悪いんだ」

「鼻の奥に腫物が出来て、近頃ものを言わなくなった」

それを聞いてわたしは暗然とし、すぐ難病と思った。その病気にいいという茸源《じょうげん》を強いて飲ませているという話も、龍次夫人から聞かされた。

散会してから、わたしはひどく悲しかった。平ちゃんのユニフォーム姿が目に映る。その頃はスピッツボールといって、ボールを唾で濡らして投げても反則ではなかった。平ちゃんは中指と薬指をちょっと舐めてから、小柄なくせに大きなボディースウィングをして、オーヴァースローとアンダースローを適宜に用いた。伊香保のカッフェーで女に掴まれ、悪酔いして目が据ってしまった顔も、思い出した。寝たっきりで、無言の行をしている平三郎の死期は、決して遠くはないと思わざるを得なかった。

明哲会は一年に三度ばかりある。従って会と会の間が、時には四、五ケ月になることもある。その次の会の日、わたしは平ちゃんの死を知らされた。告別式があったのは、三ケ月程前であった。

「兄貴のほうが売れ残りになった。お互いに大事にしようや」

と龍次が言った。

翌日わたしは、田辺茂一に電話した。

「武内平三郎が、三ケ月も前に亡くなったそうだ。僕のところへは、その知らせがなかった。それで告別式へも行けなかった。君は知っているか」

「平三郎が死んだのか」

田辺は明らかにびっくりする声だった。

「君は同窓会の幹事でもあり、知っているのかと思った」

「いや、初耳だ。彼もとうとう死んだか」

やや悲痛な声になって電話を切ったのだが、翌々日、今度は田辺から電話があって、

「いや、失敬した。僕のところには知らせがあり、告別式へも行ったんだ。それをつい忘れて、初耳といったが、取り消しておく」

「なんだ。告別式へ行っているのに、それを覚えていないなんて、君も健忘症だな」

「なにしろ浮世の義理が多すぎるんでね」

それでもまあ、そう言って取り消し電話をかけてくるところが、田辺茂一の身上である。

二の十二

翌日は秋晴れの上天気であった。一同は徒歩で登山した。ケーブルカーが出来たのは、後年のことであり、今ではそれもはずされて、ドライブウェイになっているそうだ。

紅葉には少し早い湖畔へ出ると榛名富士が美しかった。

朝帰りの平三郎は頭が痛いという口実で、宿に寝ていたが、辻三郎は元気いっぱいで、峠道を

苦にしなかった。

湖畔亭で弁当を食べた。それから二タ組に分かれて、一ト組は榛名神社へ参詣することになり、もう一ト組は湖畔でブラブラしてもいいことになった。わたしは後者に属した。

わたしが叢に腰をおろして、樺色の榛名富士に眺めいっていると、小国がそばへ来た。

「君は昨夜のことをどう思う？」

「平ちゃんにああいうことが起こるとは、思いもよらなかった。しかし、平ちゃんのことばかりは言えない。僕だっていつあんなことになるかもしれないからな」

「僕は出かける前にある男に、修学旅行なんて、名目はいいが、青年にはお誂《あつらえ》向きのチャンスだから、気をつけろって言われたんだ」

「昨夜のような場面を見せられると、修学旅行も安全ではないな」

「それより女というものは、どんなすべたでも、魅力的だし、男はそれに弱い。やはり女は魔物だということを感じた」

「平ちゃんは大丈夫だろうな」

「君もそう思うか」

小国は長大息してから、

「実は僕もそう思って、ちょっと話がしたくなったんだが、平ちゃんは頭が痛いと言って、榛名湖行を中止した。その理由を知ってるのは、君と僕だけだ。就寝点呼は二度とも代返が成功したんだから、受持教師にわかる筈はない。平ちゃんの頭痛不参加が罷り通ったのだ」

「すると君は、われわれが湖畔に来ている間に、平三郎はまたゆうべのカッフェーへ出かけているると見るのだね」

「そう思うしかないじゃないか。あの女とは約束が出来ている。榛名湖へ行かないで、昼遊びをしようという話になっていたんだ」

「金はあるんだろうか」

「何を言ってるんだ。平ちゃんの親父は、横浜正金銀行の頭取だぜ。われわれ中産階級の子弟とは違う。昨夜はたまたま財布を持たずに、ブラッと散歩に出て、女にパクられたんだ。鞄の中には、十分小遣いがある筈だ」

「すると君の想像は、平ちゃんがあとを引いて、今度は金を持って、あの女のところへ遊びに行ったとみるわけだね」

「そうだよ。それにきまってるじゃないか。しかしあの女はたしかに戴けるな。平気で君と僕の前で、平ちゃんの手を股倉の間へ押しこんでいたじゃないか。人前であんな真似をするんだから、平ちゃんと二人で二階へ上って、寝床へ入ったら、いかに猛烈かは、想像にあまるものがある。実を言うと、僕も刺戟されちゃってね。朝までまんじりともしなかった」

「辻三郎は何時ごろ帰ってきたんだろう」

「辻は馴れているから、要領がいい。目的を遂げると、十二時前には帰ってきて、二度目の点呼には間に合っている。寝たかと思うと、大鼾をかき出した。僕は女の刺戟にも弱かったが、辻三郎の鼾にも悩まされて、明るくなるまで眠れなかったよ」

「それで辻は元気なんだな。胸突八丁を駈けあがり、榛名神社へも出かけた。しかし酌婦には病気があるんだろう」

「十人のうち八人まではあるだろう。伝染しても、三日や四日は潜伏しているから、東京へ帰った翌々日ぐらいに発病する。そんなことになったら、目もあてられないからな。それに来週の日曜日には、大事な試合を控えている。武内が投げられないとなると、急場のリリーフなんて、ありゃあしないぜ」

　そう言う小国はチームの捕手をやっていた。武内とはよきバッテリーであった。

　秋の陽が西へまわると、午後の風がヒヤヒヤしてきた。わたしはセーターの襟を立てた。湖面にも少し波が立った。

　なおも小国は昨夜の武内を非難し、温泉街の風紀をけしからんと言ったが、女性に対する興味は何物にも代え難いようであった。わたしは小国に劣らず、平ちゃんをクタクタにしたゆうべの酌婦の淫らな姿には、この美しい湖水を前にしていても、やはり悩まされつづけないわけにはいかなかった。小国の言うように、武内が頭痛を口実に、榛名湖行をことわって、その留守にもう一度あの女を抱きに行ったとしても、無理ではないと思われてきた。

「女は五十銭負けたろ。あれは大へんなことなんだ。あの店の帳場へは、女が身銭を足して、一円五十銭にして、ペイしているかもしれない。いや、僕はそうしたに違いないと思うよ。これが所謂玄人の達引《たてひき》というやつだ。女が男を口説くなんて、歌舞伎芝居ではよくあるが、現実にはないことなんだぜ。女は男の口説くのを待っている。ゆうべはそれがアベコベだった。主客転倒だった。女のほうで平ちゃんの手を、引ッ張りこんでいた。あれを見せつけられちゃァ、たまらないやね」

と小国は繰返して言った。

わたしは腑に落ちる思いで、

「なるほど、小国君は面白いことを言うな。女が男を口説くのは、歌舞伎劇だけだと言うのか。そう言えば、千本桜の鮨屋で維盛《これもり》を口説くのはお里だし、忠臣蔵で勘平を誘惑するのもおかるだな」

「ところが、現実の女は勘定高いから、女のほうから口説いては損の卦《け》だと思っている。それでいろいろの目遣いをしたり、薔薇だのダリアだの持ってきてはくれるが、彼女のほうから求愛はしないし、男が唇を求めたりすると、避けるのがまず定石だ。商売女が五十銭でも達《たて》を引いたというのは、平ちゃんもこてえられなかったに違いない」

経験の少いまだ童貞のわたしは、小国の説をなるほどと思って傾聴した。

湖畔亭に近いところで、集合々図の呼子が鳴った。一同は湖畔亭で、羊羹《ようかん》を食べた。その宿の女中が、

「この間、竹久夢二先生が美しいご婦人と同伴で、しばらくここへお泊りになりました。その女の方を湖岸へ立たせたり、しゃがませたり、時には仰向けに寝かせたりして、スケッチブック何冊もデッサンなさいまして、大へんお仲がおよろしゅうございましたよ」

と話した。もちろんこの女中はふんだんに上州弁を使ったのであるが、ここでは標準語にした。が、女中の話は必ずしもいい加減なものではない。竹久夢二は明治十七年の生まれ。画壇に無視されて、孤立の道を進んだが、明治四十年頃から大正の末へかけて、広い愛好者を得、流行画家となり、夢二時代を現出した。この旅行の大正十年頃は、夢二の全盛期と言ってよかった。どの雑誌をあけても、夢二の口絵があったり、挿絵があったりしたものだ。

その後昭和初年ごろ、榛名湖畔に産業美術研究所をたてようとしたが、間もなく渡米して病を得、帰国後の昭和九年に病没している。

宿へ帰ると、武内は二階縁側の籐椅子に掛けて、わたし達を待っていた。

「どうした、頭痛は？」

とわたしは聞いた。

「アスピリンを飲んだら、きれいに癒った」

「僕たちの留守中、またあのカッフェーへ出かけたんじゃないのか」

「ゆうべは悪酔いしたんだ。君に一円借りたそうだな。もう懲りごりしたよ。一円は返す」

そう言って平ちゃんは一円紙幣を返してくれた。武内がわたし達の留守に、また昼遊びに出かけたと思ったのは、小国とわたしの邪推だったようである。

渋川駅（その頃の上越線は渋川が終着駅であった）から乗りこんだ列車の三等車で、わたしはうつらうつら居眠りしながらも、女が男を口説くのは歌舞伎の世界だけで、普通の常識では、男が女を靡《なび》かせるのだという小国昇の珍説を頭の中でしきりに反芻していた。

興津の渚で、熱い接吻をした美重子を、寅さんに横取りされたのも、歌舞伎劇ばかり見ていたわたしが、いつしかその作劇術《ドラマトウルギー》にまきこまれて、美重子が寄ってくるのを待つうちに、女を見失ってしまったのかもしれないと思うと、まだなお美重子に対する未練を捨てかねている自分を見出すのであった。

汽車が群馬総社駅へ着くと、榛名神社へまわった一行が乗車してきて、こちらと合流した。

その頃の上越線の夜汽車は、車内も薄暗く、煙突から火の粉をまき散らして、ゴトゴト走るのであった。

梅七分咲き

三の一

旧制水戸高校の時代がはじまる。

その受験は三月の半ば、偕楽園の梅が七分咲きの頃であった。観梅列車というのが出ていた。同じ中学から水戸を志望したのは、五人ほどであった。名前を全部記憶してはいない。その中に小国昇と高洲紀雄がいたことは覚えている。学校は水戸市の外れにあって、水戸駅よりも、一つ上野寄りの赤塚駅のほうが近かった。わたし達五人が受験のために仮泊したのは、赤塚村の一農家であった。今なら民宿とでもいうのだろう。養鶏をやっていて、鶏冠《とさか》の美しい雄鶏が、十羽ないし十五羽の雌鶏を引きつれて、悠々と闊歩しながら、時々思いついたように交尾しては、ケロリとしていた。高洲の観察では、雄の恣意によるのではなくて、雌がきわめて巧妙に雄の気を引くことによって、事がはじまるのだと言った。

五人が五人とも合格すれば文句はない。しかし、そうはいかないだろう。四人が合格して、わたしだけが失格する場合もあり得る。そういう目には遭いたくないが、籤《くじ》のようなものだから、誰れにしても保証はないのである。

ただ、中学の時に新任したホヤホヤの文学士で、高田真治先生が水戸高校開校と同時に、赴任していた。高田さんがわたし達の名前を覚えていて、甘い採点をしてくれれば、幾分かは有利な目が出ると思い、それが頼みの綱だった。

どんな服装をして出かけたかというと、わたしは飛白《かすり》の着物に細い縞の袴、それに鳥打帽という恰好だった。銀座に大徳という高級帽子店があって、そこで生地を見立てて作らせた。同行の高洲と美重子と婚約した寅さんの弟伝ちゃんとわたしとの三人が、大徳で揃って帽子の寸法を取って貰った。伝ちゃんは官立高校志望を諦めたが、高洲とわたしは同色同型の鳥打帽で、水戸へ出かけたのである。

制服とか制帽とかに対する反抗意識は、大正震災以前の中学生気風としては、ちょっと珍しいものだったのではあるまいか。一浪二浪の連中には、鳥打もいたが、中学卒業前の生徒だと、自校の制服制帽を着用するのが常識とされていた。

戦後学生の服装が自由になった。しかし、これの種子を蒔いたのは、わたし達であった。

その当時は一高から新設高校に至るまで、試験施行日は三月十八日からの四日間と決っていたし、試験問題も全国同一であった。

前の晩、わたしは突然発熱した。用心のいい母がわたしの旅行鞄に、検温器を一本入れておいてくれた。測ると三十九度五分ほどあった。農家の主人に頼んで水と氷嚢を買って貰い、咽喉と前頭部を冷やした。高熱だからすぐ溶けてしまう。夜中に何遍も氷を取換えたのを覚えている。

「九度もあっちゃあ、明日は無理だろう。君の家庭にはみんなで証言してやるから、試験は棄権してもいいぞ。一浪して、来年一高でも三高でも受けたほうがいいぞ」

と小国昇が言いにきた。

「そうだな。朝までに八度台にならなかったら、君の言う通りにしよう」

その時はほんとうにそう思ったのである。しかし一浪には挫折感が伴いがちだから、なんとか受験したかった。

発熱の原因は扁桃腺炎である。当時は抗生物質のある筈もないから、バイエルのアスピリン錠を一錠ずつ三度噛んだ。夜が明け放れても、まだ九度二分あった。

「どうする？」

また小国が聞きに来た。わたしは小国の友情を嬉しく思ったが、その半面、わたしに対するライバル意識がむき出しになっているのをわたしは見た。既に中学時代から、彼とわたしの席次は抜いたり抜かれたりのシーソーゲームを演じていた。彼はわたしのデスクに近い生徒を使って、わたしの通信簿に書かれた成績を、逸早く知ろうとしたりした。

そのうち八度台に下ったので、

「折角ここまで来ているのに、ここでストップするわけにはいかない」

と言って、わたしは大徳の鳥打帽を被って、ヒョロヒョロしたり、フラフラしたりしながら、それでも一キロ弱の道を歩いて試験場に入り、自分の受験番号を記した机に腰掛けた時は、感動で胸がいっぱいになった。

――第一日は国語、漢文、作文の三科目である。国漢は何題ずつであったか忘れたが、どの問題も、かねて見覚えのある文章で、「案ずるより生むは易し」と思った。まず国語を片づけ、つづいて漢文の解釈をした。全国の問題統一時代だから、高田先生の出題とは限らない。

国漢を片づけてから、一時間わたしは頬杖をついて仮眠した。熱のため前の晩よく寝ていなかったので、グッスリ眠った。目がさめると、夥しい発汗であった。同時に体温は、三十七度以下に下ったらしく、悪寒もしなくなった。

そこで作文にとりかかった。題は「平和」とあった。時は大正の軍縮時代であったが、それでも教育の現場には、「富国強兵」「滅私奉公」の国家主義の思想が濃厚に風靡していた。それに対してわたしの論旨は、少年の日からの反ミリタリズムの主張であった。どんなことを書いたかはまったく忘却したが、子守のおせいがわたしを寝かせつけるために、デンデン太鼓に印刷された東郷平八郎と大山巌の両元帥の顔写真を交互に振りながら、「ソラ大山さん、ソラ東郷さん」と歌うように言った話からはじめ、わたし達の家庭教育や育児の中にまで軍国主義が浸透しているというのは怪しからんと書いたのだけは忘れない。一枚では収まらず、二枚三枚と紙を貰って書きつづけた。

さっき居眠りをした時、

「どうかしたか？　気分が悪いのか」

と聞きにきてくれた試験監督が紙を持ってきてくれて、少し変な顔をしたのを覚えている。わたしが一時間もグウグウ眠ったのを知っているし、目をさますなり、普通一枚でいい答案を二枚も三枚も書くので、（変り者だな）と思ったのでもあろうか。

その晩は平熱になったが、なお用心して粥を食べ、風呂をやめた。

第二日は幾何代数であった。八題のうち七題は完全に正解し、因数分解の一題だけに疑問が残った。宿へ帰ると、ほかの四人は一題か二題しか解けなかったらしく、殊に小国は「畜生！」を連発した。急病で試験放棄の崖ッぷちスレスレのところにあったわたしは、その前夜は殆んど絶望に近かったが、試験半ばを過ぎると明暗は逆転したのである。

「今夜は町へ出て、一杯呑んでやる。君の鳥打帽を貸してくれ」

と小国が言った。わたしだけが宿に残り、四人が夜の水戸の町へ出かけて行った。

三日目が英語、四日目が歴史地理で、学科試験が終るとその翌日体格検査があった。徴兵検査同様、M検があった。特に不服を言う生徒はなかった。それが当然のように施行された。中学生にも性病患者がなかったわけではないから、性器を検査することで、その生徒の品行を調査するには便利な方法だったのであろう。が、何がなし、人格上の侮辱を感じた。

検査場を出てくると、陸上競技のトラックの端に、四中の生徒が立っていた。これが現在、鎌倉の神奈川県立近代美術館長土方定一《ひじかたていいち》だったのである。

「オイ、お釜のような鳥打を被った兄さん。ちょっと顔を貸しておくんな」

とヤクザめいた調子で声をかけた。わたしは瞬間、やはりこの豪勢な鳥打帽が大ぜいの受験生の中で目に立ち、わたしの自己顕示と誤解されて、制裁を受けることになったのだと後悔と反省に怯えざるを得なかった。

「なんですか」

「昨日みどり館（映画館）で、女の子をからかったそうだが、受験中だから、うまくねえんじゃないか」

とすごんでいる。

「僕は活動なんか見に行かない。扁桃腺が治ったばかりなので、用心してまだお粥を食べている。人違いじゃないんですか」

「そのハンティングを被っていたっていうから、君に違いないだろう」

「僕は一歩も外へ出ていないから、何かの間違いだろうが、もっとよく調べて下さい」

それだけ言うのが関の山であった。相手はまさか匕首《あいくち》は持っていないだろうが、メリケンサック位はめているかも知れないと恐怖した。考えるまでもなく、わたしのハンティングを借用して、夜の町へ出かけた小国昇の仕業に違いない。四中の男にイチャモンをつけられても仕方がないと思った。

——しかし、まさかこの男が合格するとは思わなかった。四月はじめ、合格者が発表された。

小国と他の三人は失格し、わたしだけがパスした。母が一番喜んでくれたが、わたしは三年間の高校生活に、わたしの健康が耐えられるかどうかに不安があった。進学を放棄して、中途退学の憂目を味わう公算が強かった。受験の時は五人だったが、今度はたった一人だ。それでも決意を新たにして、上野駅を発った。

割当てられた七寮へ行き、行李を引きずっていると、

「持ってやろうか」

と言ってあらわれたのが、土方定一であった。彼を四中の不良ばかりと思っていたわたしは、意想外の感に打たれた。彼はHでわたしはFだったから、七寮の部屋は隣合せであった。六畳間に二人ずつ。南北にガラス窓があって、採光も風通しもよかった。わたしの同室者は平塚道雄といい、勉強家だった。この部屋からは、運動場がよく見えた。四百メートルの楕円形トラックのほか、二百メートルのストレートの走路もあり、蹴球の白く塗った柱や、そのまた向うに、広い野球練習場まで望まれた。

早速教務課へ行って入学の手続きをとった時、

「別に父兄とか、保証人とかはいらないんですか」

と聞くと、

「そんなものはいらない。君が君を保証すればいいんだ」

と言われたのが、強く印象されて、今日まで忘れられない。

言い換えれば、わたしの水高時代には、ＰＴＡが羽振をきかせている現代とはまったく異質の自由に恵まれていたのであった。

三の二

「自分で自分を保証しろ」という考えは、すっかり気に入った。その通りだと思った。これを別の形で言うと、震災前の日本には、こんな自由が普及していたのである。

文壇は「白樺」のあとを受けて、芥川龍之介・菊池寛の出現となり、所謂大正デモクラシーの思想が形成されていた。一方、変り種として、島田清次郎の「地上」、倉田百三の「愛と認識との出発」、「父の心配」（戯曲）が盛んに売れ、プロレタリア文学の萌芽として、前田河広一郎・細田民樹・秋田雨雀の名も聞こえ出した。

この自由な日本がやがて横転して、ファシズムが到来し、軍人専横の時代が来る。明らかにこれは日本知識階級の判断の過誤であった。その自由主義の温床から、過激な共産革命の実践運動が、性急且つ未熟に出発した。これに対して、保守勢力が強圧を加え、自由主義者まで含めて敵視したのもやはり急に失したと言える。

この自由な時代から弾圧と拘禁への社会変化は、その間に大正大震災という天変地異があったからにしても、あまりに衝撃的であった。

学生が自分で自分を保証できなくなり、父兄の連帯責任を必要とされ、特別高等警察の監禁を受けるようになったのは、学校が経営する寄宿舎までがアジトになり、異常な革命ごっこが日常化したことへの対策でもあった。

大正デモクラシーの延長が昭和十年以後まで温存されていたとしたら、あの無知蒙昧な戦争はどこかで回避できていたかもしれない。

戦後日本も大正期に劣らぬ基本的人権の自由を手に入れながら、いつの間にかそれを両手から失っていた。日本知識階級の判断の間違いは、これが二度目であった。が、それは後日の話に譲る。

とにかくわたしが旧制水戸高校へ入学した当座は、恐怖も暗黒もない相互信頼の社会風景の中にあった。

わたし達を脅かすものは、せいぜい野蛮な深夜のストームぐらいなものであった。血気盛んな学生が、あたかも性の悩みを発散させるかのように、バットを持ったり、金盥を叩いたりして、デカンショ踊りをしながら、各寮の廊下を踏鳴らして歩き、他人の睡眠を妨害する蛮カラな行事だった。

そうかと思えば、夜の寮から抜け出し、真冬でもランニングシャツ一枚で、四百メートルのトラックを何回となく走りつづける学生もいた。性慾解消法の一つだとわたしは見ていた。

中学の卒業記念クラス会が新橋の大田屋という牛肉店で催されたのは、多分わたしが水戸へ入ってからあとのことだったと思う。

この中学の高校への合格率は極低く、そのクラス会に白線帽を被って出席したのは、実はわたし一人であった。何故そのクラス会のことを書くのかと言うと、大田屋の二階か三階で、会の終り頃、小国昇が美男下平秀祐を押倒し、満座の中で長い接吻をはじめたからである。

戦後に至って、進駐軍の兵隊と外国婦人あるいは日本婦人と衆人環視の場所で、長いキスをしているラヴシーンを目撃したのは枚挙に遑《いとま》がなかったが、大正の後期から終戦に至る二十年強の時代には、相当淫猥な風俗があったにもかかわらず、そういう刺戟的な場面には接したことがなかった。まして男と男との接吻シーンは、その時が空前絶後だった。小国が上で下平が下であった。下平は柔道の押さえこみにあっているように、眼を閉じたまま、身動きもしなかった。小国のするまま、無抵抗であった。

これを取りまく四十人ほどのクラスメイトは只々、茫然として、一語を発する者もなかった。

小国は例の闇の野球部の花形で、ポジションは捕手だが、エースの武内が打たれれば、リリーフもするし、彼自身先発投手となるや、疲れて武内にリレーする場合、ベンチに入らずに、一塁を守れば、あざやかに内野の守備もやってのけた。打撃順はいつも四番を打った。また柔道では黒帯の二段で、はねごしが得意。寝技もうまかった。剣道も有段であった。つまり小国はクラス一の腕力を持っていたので、下平に対してそんな怪しい振舞に及んでも、彼を叱咤するだけの勇気のある者は、このクラスにいなかったのである。

わたしも下平に同性愛を感じていたことは、二の章で書いた通りだったが、いま目の前で、小国と上下になり、女の子のように従順に、口を吸われている情景を見ていると、小国に対して嫉妬するというよりは、下平の色っぽさに、思わず陶酔する自分を見たのである。

端的に言えば、それはまさに倒錯の美しさであった。男と男の接吻が、かくも淫らでなく見られたのは、一驚に値した。

折角のクラス会がこの事件で急にしらけ、誰れかが物狂わしい声で、

「散会！」

と宣するなり、一同はゾロゾロ大田屋を出て、帰路についた。クラス会がそれっきり長く打絶えたのは、やはりこの倒錯風景の影響だったと思う。

わたしもその後下平秀祐に会ったことはない。小国と彼の男色がそれからもつづいたのか、またはその夜一ト夜の悪戯に過ぎなかったのか、その消息も知らない。

ところが下平については、戦争末期に次のようなことがあったのである。

その頃はガソリンが無配給となり、木炭車以外の車には乗れなくなっていた。菊池寛とわたしが新宿の追分から青バスに乗り、府中に行く途中であった。突然菊池寛が、

「君は下平秀祐を知っているか」

と尋ねた。

「中学校の同級生ですが、下平がどうかしましたか」

「僕の知っている婦人と村山貯水池のホテルで心中したんだ」

「ええッ」

びっくりして、わたしはシートから飛上ってしまった。

「女は何者ですか」

「人妻だよ。その人の亭主を僕が知っている。社会主義者だから、開戦以来、特高に睨まれた。それで暮らしに困っているので、僕が時々生活費を見てやっていた。その細君が下平秀祐に惚れて、姦通したんだ。下平は医者だそうだね」

「泌尿科の医者です」

「はじめは医者と患者の関係にあったんだが、そのうちに深入りした。細君には子供もある。下平がその夫人とどこかへ逃げようとしたんだが、女は子供に引かれて踏切れないうちに、そんならいっそ、ということになったらしい。お蔭で僕の家へ刑事が来たり、調書を取られたりした」

「それはご迷惑でしたね」

「急にその場で話がそこへ落ちこんだらしく、安全剃刀の刃二枚で、二人とも見事に頸動脈を切っていたそうだが、医者だから出来たんだろうね。素人にはそんな離れ業はやれない」

それを聞いて、いかにも下平らしい潔癖な死であると思った。その時バスは確か千歳烏山あたりを走っていた。

この事件の顚末は菊池寛からも聞かず、下平家の人々からも聞いていないのでわからない。しかし下平の魅力的な容色を思うと、地下組織の闘士を夫にしながら、しかもその間に子供があるのに、下平に迷いこみ、自分をどうすることも出来なくなって、あの世へ急いだ女の狂おしい情痴がわかるような気がする。

わたしは下平秀祐の情死事件に取材して、三つ程の短篇小説を創作したが、思うように書けていない。その原因は彼の死がわたしにとって生々しく、刺戟が強烈であると共に、彼を客観的に見て事実を詳しく立入って調べようという勇気がないからである。言い換えれば、下平の現実を正視するに耐えられないという情愛から、作品の構成がスムースに運ばないのである。

戦後村山貯水池のホテルへ行く機会もないことはなかったのだが、そういう時でも下平の心中した部屋を見ようとする気はおこらないのであった。

小国も亡くなり、下平も死に、菊池寛も世を去って、今はもうこの事件について語るべき相手は誰れもいなくなった。

三の三

寄宿舎食堂の料理は決して上等とは言えないが、腹が減るので、食事の開始を知らせるジャランジャランの鳴るのを待って、我れ先にと食卓へ急いだものだ。一汁一菜のほかに一皿五銭の水戸納豆を現金払いで食べることができた。たっぷりからしがついていて、流石に本場の水戸納豆であった。

新入生はどこかの部へ入らなければならないというので、野球部へ籍を入れた。中学校の時と同じく、ポジションは三塁となったが、仙台の第二高校との対校試合を前にして、猛練習が始まると、とても蹤いては行けそうになかった。投手は小貫、一塁が堀内、二塁が丹羽（喬四郎）、三塁がわたし、遊撃が麻布中から来た吉川、左翼手に四番打者の改野（後に東大のレギュラーとなった）、中堅手に小林剛（奈良の博物館長）などの布陣で、岡崎英城が総監督にあたり、シートノックもした。

止めるなら早く止めたほうがいい。深入りしてからでは、足が抜けなくなると聞いて、わたしは六月匆々には退部届を書いた。そこで二塁の丹羽が三塁へ廻った。この人は内務省の外事課長から戦後自民党の領袖となり、運輸大臣を勤めた。峯間信太郎はマネージャーをやったが、ピンチヒッターや外野の補欠として、野球部にはなくてはならない存在だった。うっかり止めると、バットで殴られるぞと聞かされていたが、案じたよりあっさり、許可が出た。

――わたしのクラスの主任教師は久保謙と言った。久保さんは「出家とその弟子」で文名が高かった倉田百三の親友だと言うので、水高の名物教師のひとりであった。百三が久保に出した手紙が、今では貴重な倉田研究資料となっている。久保さんは髪を短く刈っていたが、なかなかのスタイリストであった。

国語の教師は宇野親美と言って、源氏物語と和歌を担当した。わたしは源氏物語桐壺の巻をこのとき初めて読んだのである。即ち大正十一年四月だ。和歌のほうは「歴代和歌抄」という教科書を使った。宇野さんは西行とか実朝の歌に肩を入れ、近世のものでは、良寛や曙覧《あけみ》の歌を愛好する男であった。

漢文の教師は前にも書いた高田真治先生で、中学以来久し振りの教室での対面には、何んとも言えない強い感動があった。その高田さんもやがて東大の教授として水戸から去ったが、中国文学研究のため、ヒットラーの招待を受け、ナチス時代のドイツに長期間逗留した廉で、戦後追放となり、長く病床にいられたが、今原稿執筆中、老衰のためついに永眠された。

ドイツ語には相良守峯《もりお》、実吉捷郎、小牧健夫がいて充実感があった。このうち小牧さんはドイツ留学中で表現派の芝居を研究しているという噂を聞かされていた。実吉・小牧は今は亡いが、相良さんは健在で、国語審議会委員をしたこともあり、表音系だから、わたしは恩師と対立している。明治大学文学部で、同僚だった木暮亮（菅藤高徳）もわたしが第三回卒業生として水戸を去ったあとへ、ドイツ語教師として赴任している。わたしが留年でもすれば、木暮亮も私の恩師になるところであった。

一学期のある日、わたしは久保さんに呼ばれて、その個室へ行った。彼は成績表らしいものをパラパラめくっていたが、

「君は数学が出来たので、入学出来たのだ。国漢と作文もいい。暗記ものも悪くない。それに較

べて、英語が落ちる。戯曲が好きなら、ゴルスワージーでも読んでみてはどうかな。東京へ帰った時、丸善の棚を探してみ給え」

「ありがとうございます」

と礼を述べて、廻れ右をした。まだわたしは一年生として入学したばかりなのに、久保さんの言葉の裏には、わたしが芝居好きで、土曜日には四時間目をエスケープして、赤塚駅から汽車に乗る。上野まで約三時間半。それから中御徒町の次の松永町で市電を降り、二長町の市村座へ駆けつけると、三時半頃から六代目菊五郎の芝居が見られる。その晩は両親の家へ泊り、翌日また帝国劇場か明治座を見物して、夜の十時の仙台行き急行に間に合わせる。急行だから二時間で水戸へ着く。その間食堂車におさまってエビフライなどを食べて、小ブルジョア気分に浸ったものだ。と言ってもそれ程高価ではなく、学生の蟇口がパンクしないでもすんだものだ。しかし十二時ともなれば、街燈も消えて、水戸の駅前はまッ暗だし、電車も人力もない。ところがよくしたもので、この急行で帰って来る高校生が平均二十人を下らない。五十銭の兵隊勘定にしても、二十人なら十円になる。十円でトラックを頼み、全部乗込んで寄宿舎まで走らせる。人数の少い時は、胡坐をかけるが、三十人近くになると、立ったままでなければならない。

そんな苦労をしてでも、わたしは入学した最初の土曜日からこの市村座行き、新富座行きなどを繰返し始めた。そのことがもう受持教師の耳に入って、彼にもそれが多少、興味の対象になっているらしいと、わたしは見たのであった。

久保さんの暗示で丸善の書架を探すうち、わたしは却って、ドイツ文学に手を出していた。ゲオルグ・カイゼルの「朝から夜中まで」とか「平行」とかハーゼンクレーフェルのものを買った。無論指示通り、ゴルスワージーもバーナード・ショウも買ったのである。

前にも書いたように、大正デモクラシーの全盛期であり、東京にはうまいものが氾濫していた。しかも安く食べられた。八新亭の鮎の塩焼きとか、神田川の鰻とか、花長《はなちょう》の天ぷらとか、いんごう屋の座敷ステーキとか、探せばいくらでもあった。劇場の食堂もうまくて安く、幾種類も出来た。戦後の芝居とは較べものにならない。殊に最近はひどい。団体優先だから、献立はひと種類ですんでしまう。普通の客は全く選択することが出来ない。自由を勝ち得た筈の時代なのに、ないものづくしになってしまった。

私の一生で食生活が一番豊かであったのが、震災前の東京ではなかったかと思う。今考えても、涎が出てきそうな美味美食があった。

これに較べて水戸は田舎で、ろくな西洋料理店もなかったが、最初に目についたのは、中川という名の鰻屋であった。通りに面して、鰻を焼いていたが、奥に洒落た座敷が二階と下にひと間ずつあり、裏通りからも入れるようになっていた。そこにお清とお菊という二人の女中がいた。

野球部の連中は金廻りがいいと見えて、中川で飲んでいた。東京では小満津《こまつ》の鰻が最高と言われていたが、水戸の中川の蒲焼きもそれに劣らず垢抜けのした味だった。

親からの送金があると、わたしは先ず鰻を食べに行った。お清がわたしの係で、炊きたてのご飯をよそってくれた。

二階には岡崎や吉川や丹羽や峯間が来て、酒を飲んでいる。酔えば寮歌や応援歌を唱い出す。それがすむと峯間の磯節が始まる。名調子であった。

中川は組合に入っていたので、箱も入ることになっていたが、野球部も仙台へ遠征して勝つまでは、芸者を呼んだりするようなことはなかった。

わたしのほうはひとり客で、黙々と蒲焼きを食べた。酒も飲まないので、お清は飯をよそうほか用はなかったが、わたしがいる間は側を離れなかった。わたしにしんねこの味を仕込んだのは、お清である。が、興津の海岸で美重子の口を吸った経験のあるわたしだったが、お清とはそれもしなかった。ただお清のいるかいないかを電話で確めてから出かけた。なにしろ親の送金からいくらかでも消費するのだから、お清がいないのに、貴重な金を遣うのは無駄であることを知っていた。この店は今日も残っていて、十年程前わたしの「花の生涯」から取材した「たか女抄」という舞踊台本が出来たというので、原作者のわたしが一晩招待にあずかった。久し振りの中川であったが、無論お清は消息不明であった。この台本の上演も右翼からの横槍で、開演直前に中止となった。

お菊に較べて痩せぎすのお清はいつも銀杏返しに結い、地味な縞お召に、塩瀬《しおぜ》と繻子《しゅす》の腹合せを締めていた姿がまだ目に残っている。

当時の文壇は夏目漱石、上田敏、島村抱月、岩野泡鳴、森鷗外も世を去って、舞台は大きく廻転しつつあった。

里見弴、芥川龍之介、菊池寛の時代が出現し、宇野浩二、葛西善蔵、佐藤春夫、瀧井孝作も力作や秀作を発表しだした。

譬えば里見弴には、「今年竹」「多情仏心」「直輔の夢」等があり、芥川は「お富の貞操」、菊池寛は「義民甚兵衛」「玄宗の心持」を書いた。谷崎潤一郎は「お国と五平」を上演した。文藝春秋が菊池寛によって創刊されたのは大正十一年十二月（新年号）のことである。

わたしは宇野浩二の「子を貸し屋」や佐藤春夫の「田園の憂鬱」や志賀直哉の「暗夜行路」を夢中になって読んだものである。

新作家としては藤村千代（宇野千代）が「墓を発《あば》く」を書き、「日輪」「蠅」で横光利一の名前も登場してくる。

——一方歌舞伎座が焼けたのはわたしが水戸へ来る前年の十月三十日だった。電気室の天井から発火して、みるみる舞台上の一文字《いちもんじ》に移り、緞帳にも燃え拡がって、たちまちにして火の海となったと伝えられた。

早速改築が決定し、大林組の手で起工したが、上棟式が十二年五月に行われたにもかかわらず、大震災でまたまた火災によって烏有《うゆう》に帰した。

この二度の災難によって、平土間、高土間桟敷などの古い形式が椅子席に改められ、同時に芝居見物の感性の上に大きな変化を生じるに至った。

寄宿舎生活は一年の時だけで、学年がかわると下宿捜しをやり、どういうつてを得たか忘れたが、上市《うわいち》の外れの福田屋という旅人宿の表二階の一室に住むこととなった。

旅人宿の日毎夜毎

三の四

福田屋という旅人宿は門もなければ玄関もない。往来に面していて、間口はそれでも三間半ばかり、敷居を跨ぐと土間があり、その先に太い框《かまち》がピカピカ黒光りしていた。それを上ると、左側に帳場格子があって、老婦人が帳面をつけている。右側には大火鉢があって、もう一人の老婦人が一日中坐りこんでいる。どうやらお婆さんばかりの旅館営業だったようだ。女中が三人。皆田舎臭くて、垢抜けしないのが揃っている。暗い階段を上ると、六畳三間が並んでいて、表二階の一番、二番、三番と呼んでいた。わたしの部屋は三番であった。部屋と部屋との境は薄ッぺらな唐紙仕切りだ。

寄宿舎は六畳間に二人だったが、今度はわたし一人だから、椅子とテーブルを置いても、余裕があった。それればかりではない。東京の家を離れ、寄宿舎生活からも解放されたので、わたしは急に自由に恵まれたような気がした。

福田屋には奥座敷があり、そこに西洋史の先生が寝泊りしていた。表二階と違って、贅沢にできている部屋であった。

往来を隔てて向い側には、佐野屋という旅館と福田屋の親類になる同じ名の質屋が並んでいた。佐野屋のほうには、わたしがはじめて源氏物語を学んだ国文担当の宇野親美先生が下宿していた。しかし佐野屋は福田屋より格下の安宿で、常盤座という芝居小屋に出るドサ廻りの役者や床山や衣装方が泊る夜は、客の出入も多くて賑やかだった。

福田屋には風呂があったが、夜でないと沸かないので、わたしは銭湯へ行くことにした。

東京では本所横網の家以来、自分の家に風呂場があったので、銭湯には行ったことがなく、一年生の時は寄宿舎の大きな電気風呂に入った。

銭湯の味は悪くなかった。大勢で入るので、不潔といえば不潔だが、境のタイルの壁を隔てて、女湯から盛んに女の声が聞えてくるのが、顔が見えないだけに、美人の放埒な裸群像のように思われて、わたしの想像を刺戟するのに充分だった。

境の壁は天井から一メートル程は吹抜けになっているし、下のほうも透いていて、流し場に腹ン這いになれば、女湯の景色が望まれるわけだが、男湯にも常に五、六人は入っているので、腹ン這いになったりするはしたない真似はしたことはない。

しかし今日のようにカラン式ではなく、上り湯の湯桶を、男湯と女湯の両方から汲み取れるようになっていた。そこで女湯からの桶と男湯との桶とがぶつかることもあれば、上り湯を汲む女の手が見えることもある。いや、それどころか、上り湯の表面に波が立たず、水鏡になっている時は、その前へ近づいて来る女の下半身が一瞬水面に写ることがある。顔はわからない。それだけにやはり美人を空想するのである。

水戸市の花柳界は下市《しもいち》とか谷中《やなか》とかにもあったが、代表的なのは上市の大工町《まち》であった。水戸藩は義公烈公以来、精神主義をスローガンとしていたので、遊廓は許可されなかった。大洗の先の祝《いわい》町まで行かなければならないが、大工町は繁盛していた。そのほかには、点々として、銘酒屋があり、そこに一夜の春を売る散娼がいて、チュウチュウと鼠鳴きをして、客を引ッぱり込んでいた。福田屋の傍にも二、三軒そういう見世があったが、熱海の糸川べりあたりで使いものにならなくなったのが、水戸や塩原や前橋へ流れ込んで来るという話を聞いていたので、そういう不潔な所へは近寄るまいと、その前を通る時、わたしは反対側の隅を歩いたものである。それでも夜など、

「ちょいとお兄ちゃん。寄っておいでよ」

と言われると、肌が総毛立ち、そのチュウチュウが盆の窪あたりへへばり付くようであった。福田屋へ戻って、枕に就いてからも、鼠鳴きが襟首を匍っているような気がした。

その頃からわたしは金ボタンの制服とか、二本筋の白線帽とかを好まない学生であった。学校へもなるべく着物に二重廻しなどを着て出掛けた。水戸の市民にとっては、新設高校ではあり、他国者の高校生が珍しかったに違いない。高校生は誇らかに大手を振って歩き、自分がエリート

であることをひけらかした。わたしにはそれが安ッぽい心情に思われてならなかった。言い換えると、制帽や制服は一種の肩書のようなものであった。それに誇りを感じる。自分の将来が保証されているくらいの自尊心があったのだろう。映画館は無論、ミルクホールにも銭湯にも帽子を被って暖簾をくぐる者がいた。現在の学生達からは、この気風だけは革《あらた》まったようである。

福田屋の食事は一汁一菜だったが、今でも覚えているのは、青柳の煮つけの味が美味かったことである。食事がすむと、着流しで散歩に出る。初めのうちは、偕楽園などへ行ったが、そのうちに大工町の芸者屋の並ぶ小路を一廻りすることを覚えた。そういう家は細い格子がはまっているものだが、ズラリと鏡台が並んでいて、風呂から帰った芸者が諸肌ぬぎの胸も露わに、化粧する姿が垣間見られた。年増、中年増、若い妓、半玉など、入り混じって、なかなか盛観だった。後を引いて二廻りすることもあった。

――福田屋の二階で、わたしは短篇小説をひとつ書き上げた。題は忘れたが、六十枚位のものである。

誰れか文壇の先輩に見てもらいたいと思った。その頃、岩野泡鳴の五部作とか「お常」「家附き女房」「実子の放逐」などを耽読していたが、泡鳴は既にパラチフスで亡くなっていたので、見てもらいたくても、もらう訳にはいかない。長与善郎氏に長い手紙を書き、自分のいる高等学校は新設で、今年初めて第一回卒業生が出たばかりである。一高とか三高のように、先輩に恵まれない。先輩があれば、その人に見てもらうことができる。それができないから先生に見ていただきたい。お許しがあれば、早速参上する旨を綴った。

しかし返事は来なかった。

この辺が若気の至りで、文壇人に手紙さえ書けば、すぐ返事が来るものという過信があったのである。過信というより、見当違いと言った方がいいかもしれない。

しかしこれは後日談だが、わたしの小説がポツポツ売れ出した昭和七、八年頃、阿部知二が長与善郎と親しくなった時、

「昔、舟橋聖一から手紙を貰ったことがある。彼はまだ高等学校の生徒だったが、自分の学校は新設で、然るべき先輩がいないから、僕に小説を見てくれと書いてあったよ」

と語ったのを、阿部から又聞きしたことがある。その後、長与さんは明治大学文芸科の先生となり、その教授会でわたしは長与さんと同席し、散会後、銀座の酒場などへも行ったことがあるが、長与さんもわたしも、昔の手紙について話合うことはしなかった。

長与さんから返事が来ないので、わたしは氏をあきらめ、藤森成吉さんに手紙を出した。藤森さんは「煩悩」(大正十年一月新潮社刊)という小説を書き、それがわたしには魅力的だった。大変色ッぽい小説のように思われたのである。

藤森さんからはすぐ返事が来た。何月何日に来給え、とだけ書いてあった。

わたしは六十枚の小説を持って、指定された日に雑司ヶ谷の藤森さんの家を訪ねた。

ところが藤森さんは「煩悩」時代の低迷から脱皮して、左旋回するところだった。

藤森さんはすぐ会ってくれたが、どんな一問一答をしたか、その記憶はない。が、概括して言えば、持ってきた小説をいつまでに読んでくれるかという風な一方的なことを、わたしは口走り出したようだった。言い換えれば、わたしは初手から、わたしの小説を読むことを藤森さんに義務づけようとしたらしい。

藤森さんとすれば、そんな義務はどこにもない。実に無礼な勝手気儘な奴と思ったのであろう。わたしはまるで、原稿催促に来た雑誌記者のように、

「一ト月が無理なら、一ト月半ではどうですか」

などと言ったのである。

「こんなもの読むのに、一時間かかるかかからないかでしょう」

とも言ったように思う。これでは話にならない。その時藤森さんは、自分は今、勉強中である、今まで書いていたような文学を捨てたい、今度出す単行本は「東京へ」(大正十二年八月改造社刊)というのだが、自分は新しい思想の分野へ足を踏み入れるつもりである。表紙には爆裂弾を描くことにしている、などと言った。わたしはむやみに腹が立ち、

「それでは見てくれなくてもいいです」

と叫ぶように言い、席を蹴って辞去した。今考えると、汗顔の至りとでも言うべきか。ただ、我が一生でこういうことは、後にも先にも、この時限りであった。

たしかにわたしが間違っていた。藤森さんにとっては、とんだ災難であったろう。わたしはそ

れ以後、今日に至る迄、人に自分の生原稿を読ませようと義務づけたことは一度もない。二度とそれをしなかったところを見ると、それで懲り懲りしたのだと言うよりは、そういうことが誤っていると、深く反省したからでもあろう。

それから数週間後、福田屋へ小包みが届いた。差出人は藤森成吉とあった。開けてみると、民芸風の小箱で、その中に入っていた紙片に「先練心」の三文字があった。小説を書くより、先ず精神を鍛練せよ、という意味であろう。これはわたしにとって的確な痛棒であった。

藤森成吉は人も知る如く、その後左傾し、マルクシズムの陣営に投じて、有名な「何が彼女をさうさせたか」（昭和二年改造一月号）のような戯曲を書き、一代を風靡した。戦後、中野重治氏らが日本共産党から別れた時、久し振りに藤森さんから葉書を貰ったが、今ちょっと探してみたけれど見当らなかった。

三の五

同人雑誌「歩行者」が創刊されたのは大正十二年五月十五日の日附があるから、わたしが福田旅館に下宿していた頃のことだ。奥附の編集兼発行者として、土方定一とわたしの名が並記されているから、二人の相談に発したものだろう。どっちが先に呼びかけたのか、わたしはもう忘れているし、おそらく土方定一も忘れているだろう。彼とわたしは、偶然明治三十七年十二月二十五日、同日の生れである。たぶんどちらからともなく、雑誌をやろうということになり、水戸市で一番大きい川又書店（上市泉町通り）へ持ちこんだものらしい。本屋の主人には、文学の好きな男が多く、川又さんもそのご多分にもれなかったようだ。

歩行者という題は土方定一の命名したもので、その頃は歩行者天国という理念を考えた者は一人もなかった筈である。が、このタイトルの意味は、自動車や列車に乗らず、テクテク歩く者同士を考えた点で、デモクラシーを気取ったつもりに違いない。土方定一が案出したにしろ、わたしも直ちに賛成したのだから、二人ともそういう思想の持主であることで、共鳴があったのである。そして「歩行者社」を川又書店内に置くことにした。

ページ数はわずかに三十八ページで、同人十九名（同人雑誌に集まるメンバーを、ある時代の文学の底辺とする考え方もあるが、その頃から優勝劣敗は行われていたのであり、その落伍者の全てが、文学の底辺であるかどうかは疑わしい。従ってこれを列記してみても、読者にとっては無意味な羅列に近いので、省略させてもらうことにする）、定価は二十五銭、同人費は三円であった。換言すれば、土方定一とわたしが編集を担当し、十九人の同人を集めて、一人三円ずつ徴収し、五、六十円ほど集めて創刊したのであるから、投稿は自由に掲載されはしたが、平同人としては、金だけ取られて、勝手な雑誌を創られたという不満があったのだろう。創刊と同時に同人間には動揺が起り、早崎文雄などは創刊号に名を列ねたが、第二号（六月号）には早くも脱退している。このほか、万澤遼、清水重義、荒井正巳の名も見えている。荒井正巳は後に東大国文科へ入り、日本演劇史の高野辰之の養子となって、高野姓に変り、国文学者として大成した。清水重義の消息は不明だが、高校切っての色事師で、わたしが大工町で放蕩し始めた頃、清水重義と鞘当を演じた話は後で書くことにする。

土方定一には無断で彼の編集後記を書いておく。

「同人の気分も調はず、期日も切迫してたため、出来上つたものは不満足なものとなつてしまひました。この雑誌の出来た意義とか、なんとか聞かれる方もありますが〈作らう〉と言つて作つたのです。意義なんかなく又つけたくもありません。とにかく二号からは大改革をやらうと思つてます」

とあるのは、土方定一の性格がよく出ている。第二号から改革をやろうというのだから、同人間が円満だったとは思われない。

また二号の後記には、

「舟橋が東京へ帰つてばかし居るので又僕が後を引き受けてしまつた。編集横暴だなんて言はれる方は指摘して下さい」

と言っている通り、わたしの芝居見物は依然としてつづいていたらしい。また編集横暴という声も事実あったのだろう。が、これは同人雑誌とか新劇運動とかが背負っている宿命のようなもので、同人雑誌や新劇団の中から、一人二人のスタアが出て脚光を浴びれば、他の同人はバカバカしくなり、同人費を出すのが、惜しくなるのは当然である。この心情からトラブルが起ってくる。

それにしても土方定一の詩人的素質は抜群であった。「むせて」とか「舐める」とか「波と落日」等の詩を書いた。感覚的で、ニヒリスティックなものであった。現在の彼は毎年日本芸術大賞（美術部門）の時、登壇して選考委員を代表するスピーチをやる。わたしが彼と出会う毎年一回の行事である。その話術にわたしは歩行者時代の彼のダダイズムの詩を連想する。話の内容は神妙で、真面目くさったものだが、口辺の笑いとか首の曲げ方などに、今なお悪魔主義的なものが残っているように思われてならないのである。「雀百まで踊忘れず」という警句がわたしの心に浮上してくるのを如何ともなし難い。

土方定一の下宿に、エルンスト・トラーの「シュワルベン・ブッフェ」があった。彼もわたしも文科甲類だが、第二外国語としてドイツ語を、相良守峯や実吉捷郎に習っていたので、トラーの詩ぐらいは原書でも読むことができた。

トラーはドイツ官憲に捕えられ、その在監中、鉄格子の窓の向うに、燕が飛んで来るのを謳った詩を書いた。が、彼の代表作は「変転」（一九一九）「群衆＝人間」（一九二〇）「ドイツ男ヒンケマン」（一九二三）等で、表現主義文学運動の中心的存在だった。彼の一生は波乱に富み、第一次世界大戦には、志願兵として出征したにもかかわらず、ドイツ帝国崩壊後は反戦主義者となり、暴動や革命に参加し、二度投獄されたが、ナチス政権後イギリスへ亡命し、ついでアメリカに行き、ニューヨークのホテルで自殺したのが一九三九年であった。

当時の土方定一はトラーの詩や戯曲を読みながら、表現主義的な詩を書くためには、自分の顔までアブストラクトでなければならぬなどと言い、マッサージクリームを塗りこんだりしていた。そういう彼にわたしは圧倒され、市村座の尾上菊五郎や明治座の市川左團次（二代目）の芝居から足を洗ったものかどうかと、悩みつづけた。

一方、歩行者を創刊号だけで脱退した早崎文雄は慶應義塾大学の竹下英一や大江良太郎とも交際があり、泉鏡花や尾崎紅葉を熟読し、歌舞伎芝居にも精通していた。その点では一種のピューリタンで傍目も振らなかった。言葉を換えれば土方定一と早崎文雄は両極端を示し、わたしはその首鼠《しゅそ》両端を持する者であった。このわたしの中間性は今日でも変らない。

その頃の演劇界は歌舞伎劇の中へ新劇的要素が蚕食しはじめてきた。自由劇場以来の二代目左團次が本興行の中で「どん底」（夜の宿）を演じてペペルに扮したり、倉田百三の「俊寛」を通したり、ヴェデキントの「出発前半時間」を演ったりする傾向と、六代目菊五郎が忠臣蔵七段目でお軽や四段目の判官切腹で心理演出をやったり、市川猿之助（二代目）が「父帰る」や「屋上の狂人」で成功したりする傾向と、その両面から歌舞伎劇は押され気味であった。

早崎文雄はこの新傾向に反対で、左團次には岡鬼太郎や三宅周太郎が背後関係をなしているから、それはいいとして、六代目の心理劇的演出と猿之助のリアリズムには許容することが出来ないと非難して已まない。たしかにその頃の演劇青年には根強い岡鬼太郎崇拝があった。鬼太郎の毒舌に魅力を覚えるらしく、早崎文雄も竹下英一も、その点では共感があったようだ。ところがわたしは岡鬼太郎の利いた風な批評が厭味たらしく聞えてならないのであった。鬼太郎のものでは「今様薩摩歌」と「深与三玉兎横櫛《ふけるよさつきのよこぐし》」の二作に感心したぐらいで、自分だけが芝居通のようなことを言うのが、聞き苦しくて堪らなかったのである。新派にしても、早崎文雄は喜多村緑郎一本槍であり、わたしは喜多村の気取った口跡が戴けなかった。焼ける前の歌舞伎座で伊井、喜多村、河合の三頭目が揃った特別興行で、花柳章太郎が大部屋からはじめて抜擢されて、小栗風葉の「思ひ妻」の女主人公を演じたのを見て、花柳ファンになり、それにつづいて梅島昇、小堀誠、英太郎《はなぶさ》、小織《さおり》桂一郎、柳永二郎などが好きになった。そんなこんなで早崎文雄とは同好の士でありながら、しばしば衝突した。彼が歩行者を脱退したのも、わたしとのごく日常的な小トラブルからだったろうと想像する。

その頃わたしは両親から月々三十五円送金して貰っていた。下宿代は二十三円であったから、残りは十二円にしかならない。これでは鰻を食いにも行けないので、質屋通いを覚えた。そのためには着物や羽織に福田屋のおばさんから借りてきた火熨斗《ひのし》で皺を伸ばし、仕立て下しのように見せかけて、夜になってから向い側の質店へ運んだ。当然ながら、わたしが羽織や着物の正式な畳み方を覚えたのも、この質入の目的のためであった。

もっともそれを持って帳場を通ればたちまち露見に及ぶので、野球部の堀内に二階の窓から細引で結んだ風呂敷を下して貰い、それを下でわたしが受取って、一散に質屋へ走るのであった。

三の六

質店の番頭に、桂木という青年がいて、わたしがほしいと思うだけの値段で、質入をしてくれた。わたしの羽織や着物は、祖母近藤ひろ子の見立によるものだったから、普通の学生の着物よりは、少し上等だったのだろう。本久留米などもあった。とはいえ、そんなにたくさん持っているわけではないので、東京へ帰るたびに、「何かないか」、「何かないか」とばかり、家中を捜しまわり、目星いものを水戸へ運んだ。断っておくが、親の物や兄弟の物に手をつけたことはない。古い辞書や古レコードなど、持って行けば桂木が貸してくれるので、とうとうしまいには、蚊帳まで入れた。その代り、キチンキチンと利息を払い、流すようなことはしなかった。

戦後になって、桂木から一度手紙を貰った。懐しいことが書いてあったが、文反故《ふみほうご》が嵩ばるので、いつの年の暮か処分した。質草を最終的にどうしたかについては、いずれあとで書く。

「歩行者」の人気は、生徒間では悪くなかったが、どうやら教師の間で、あまり評価されていない塩梅であった。

(先生達は歩行者に、反感を持っているのかなあ)

とわたしは思った。が、土方定一は先生なんて、眼中にないという顔をしている。わたしはやはり気になってならない。

エマーソンの随筆を教科書にしている佐藤という英語教師の家へ押しかけて、歩行者を買ってくれと強談に及んだ。

佐藤さんはどうしてもウンと言わない。

「定価は二十五銭ですが」

とわたしはねばった。それでも買うとは言わない。

「そういえば、同人の一人が宇野（親美）さんの下宿へ売りに行ったら、やはりどうしても買えないと言ったそうです。先生達はしめし合せて、歩行者の不買同盟をやっているんですか」

そんなことまで言ったような記憶がある。

藤森成吉さんに原稿を読んでくれと義務づけたのと同じ手口である。歩行者同人の生意気さには、恐らく手がつけられなかったのだろう。

夏が来て、蚊取線香ぐらいでは、蚊の来襲を防ぎようがないので、質草の蚊帳を出さなければならなかった。それには金がいる。よんどころなく、祖母に小遣いをねだったところ、早速郵便為替がきた。それを受取りに、泉町通りの郵便局まで取りに行った。窓口が二つあり、わたしが現金化の手続きをしていると、隣の窓口へ来て、貯金通帳を出し、入金している女は、普段着すがたの半玉であった。桃割れのビンツケの匂いがプンと鼻をついた。わたしは横目で、その貯金通帳を覗き見た。

金壱圓也のゴム判が十数個、ベタベタ捺してある。全部預入の欄ばかりで、その中からただの五十銭も引出していない。それで感心な妓《こ》だと思った。ざっと見積って、十五、六円はたまっているらしい。

半玉の玉代は、一本芸者の半分ということは知っていたが、祝儀をどの位貰うのかをわたしは知らなかった。今の預入高を見ると、一円が相場なのだろう。それもそう度々貰えるものではないようだ。

あとから来たのに、彼女のほうがサッサと一円預けて、通帳を返して貰った。その瞬間、苗字は忘れたが、「とよ子」とあったのをわたしは記憶した。

その年九月一日の大正大震災をはさんで、わたしが再び旧制高校の二年生の第二学期のためにこの土地へ来た時、偶々東京から焼け出され、水戸へ避難してきて、そこで清元の稽古所を開いた延玉英《のぶたまひで》という女師匠の家へ、ひょっくりわたしがはいって行った時、まるで内弟子同様、手伝いをしていた桃割れの妓が、郵便局で会ったとよ子だったのである。これはわたしのご都合主義のフィクションではない。もっともとよ子のほうは、わたしのことを郵便局で偶然窓口に並んだ高等学校の生徒とは、気がついていないようであった。

このとよ子との曰く因縁についても、あとで述べることにする。

その時は祖母の送金で、質店から蚊帳を出し、蚊に責められずにすむことになった。

福田屋の表二階の、日毎夜毎の生活について、書けば限りがない。隣の二番で昼間から女を連込む客や、騙されて投宿し、手籠めのような目に遭って、一晩中シクシク泣いている女もあった。日曜日の昼間だけは客がないかと思うと、兵隊さんの休日なので、軍服のままそこへ愛人を呼んで、女中に床を敷かせるのが決して少くない。

所謂文学青年時代だから、普通の生徒よりはませているものの、依然としてわたしは童貞であり、昼間からそういうことになれば、そっと部屋を出て、公園へ散歩に行ったり、同人の下宿を歩き廻ったりして、時を消した。しかし夜中はそうもいかない。ある晩などは、伯父さんが姪を水郡線の沿線の農家に見合に連れて行き、その帰りに福田屋へ一泊したことから、伯父さんが縁談の決った姪を抱くという不祥事が行われたりした。わたしは娘が気の毒になり、彼等の不道徳を、呶鳴《どな》りつけたい衝動に駆られたが、ついに朝まで、その勇気ある発言を実行することは出来なかった。

田舎臭い女中が、そういうことのあった翌日には、

「ゆんべは悩まされたでしょ」

と冷やかすように言ったりする。

「それでもこちらさんのことを考えて、ご同伴はなるべく一番を使うことにしているんですけれど、一番が先着だと、どうしても二番さんを使うことになるもんだから」

そんな弁解もした。

わたしとしても、男女の同衾について、興味や好奇心がなくはないが、歩行者に長い物でも書こうかと思っている矢先だから、襖ごしに聞えてくる男女の房事に、心を据えられては、われながら醜態である。

そこで福田屋は第一学期限りとし、第二学期からは、もう少しまともな環境へ移りたいと思うようになった。

しかしなかなか手頃な下宿が見つからないまま学期末が来て、わたしは東京へ帰ることになった。


その年の夏休みに、わたしは武者小路実篤全集をまとめて読み出した。この全集は贅美を尽くしたもので、装幀は岸田劉生画伯の傑作であった。それよりもさらに異色だったのは、この全集の発行人が広津和郎であることだった。(社名は芸術社と言った)作家である広津和郎が、出版社のスタッフになった経緯については、「年月のあしおと」(昭和三十八年講談社刊)に、「ところが急に武者小路全集を出そうということになったのである。私は武者小路実篤氏の感想よりも、『お目出度き人』とか、『世間知らず』とかいう小説に感心していた。(中略)殊に新しき村の土地を探しに行ったことを書いた『土地』に私は感心した。そんなことで、武者小路氏のものを出したい気になって、大正十二年の早春であったが、日向の新しき村に出かけて行って、武者氏から出版の許可を得て来た。この全集は岸田劉生の表紙画を、浮世絵木版の名人高見沢遠治が、羊皮の上に手刷り筆彩色したものを作ったが、金がかかった割合に効果はなかった。そして出版の結果は失敗であり、途中から印税も払えなくなり、武者氏に迷惑をかけた。」

——出版の裏面に、右のような事情があったとは、当時のわたしは夢にも知らず、羊皮の贅沢な全集を書架に飾ると、旅人宿の黒ずんだ部屋が、急に光彩を放つかと思われたものだ。

今奥附を見ると、大正十二年七月二十五日発行となっているから、恰度一学期の試験が終り、東京へ帰る前、川又書店から入手したに違いない。わたしはこれを、夜を徹して貪り読んだ。なにしろ影響を受けやすい年齢だったから、わたしは早速、武者小路ばりの戯曲を書いたものだ。

それまでは、休暇になると、その日のうちに東京へ帰ったものだが、この年に限って、休暇になってから、十日近く福田屋に滞在したのは、未定稿でも、この戯曲「人間の恋」（実物は散佚《さんいつ》して不明である）を書き上げ、それを「歩行者」の編集部に連絡してから帰京することにしたためであった。

そのため、母からは少しばかりうさん臭く思われた。水戸で好きな女でも出来るのではないかという心配が、前々から母にはあったらしい。いつものように、休暇を待ちかねて帰ってこない息子の様子に疑いの目を向けるのも、母とすれば無理からぬことであった。

（未完）

文學界　一九七五・一―一九七六・二

Ⅱ　国語問題と民族の将来

一

国語の問題は、私たち五人の委員が、三月二十二日（昭和三十六）国語審議会を脱退したことで、突然、発火点に達したが、実際には、かなり以前から、激しい論戦がつづいていて、その決裂は、時期の問題とされていた。また、久松潜一委員や圓地文子委員も、当日欠席したからだが、若し出席していたら——もっとも人のことはわからぬと云えばそれまでだが、多分、私らと行動を共にされたのではないかと思う。そうすれば、脱退数は、七、八人には達したかも知れまい。更に、時枝誠記委員のように、何年か前に、国語審議会のあり方に同調し得ないで、単独でさっさと罷めてしまわれた人もいる。要するに、私らの脱退は、今日急に起った現象のように見えるが、その根ざすところは古くて且つ深いのである。

私の知る限りでは、話は戦争中にまで、さかのぼる。

南方諸国を攻略した日本の軍部が、ジャワ、スマトラ方面の原住民に、日本語を教えて、宣撫の効をあげたいが、日本の国語は難しくって、これを普及させるに適しない。もっと簡便にして、原住民の覚えいいものにしたいから、そういう国語をセット風に、或は箱弁当風に作ってほしい、という要請が、情報局を通して、日本文学報国会に求められた。私はそのとき、国文学部会の一部員だったので、陸海軍からの提案に関する国語部会の拡大会議に出席した。この会議は長時間にわたり、論争は白熱的であった。私は、陸海軍の提案に反対し、日本語を簡便にするのは、一見、日本精神を南方諸国へ普及させるのに、卓効があるようだが、そうではない。人間はどうしても、安易に就きやすいものだから、そういう単純化《シンプリフイケーション》が行われると、自国でも、それを使うことになる。南方諸国の宣撫のための目安が、そのまま、自国の標準になりかねない。誰にしたって、やさしいものがいいのにきまっているが、然しそれには程度がある。陸海軍が敵前上陸して、軍政を布き、その司政官が便宜上、やさしい日本語を教えるのにまでは、文句を云わないけれど、日本の中央から、権威ある学識者が集って、箱弁当風の簡易国語を作り、これを南方へ送り出していいのことは、却て本末をあやまることになるから、いけないと否定した。

そのために、私は朝から、特高の刑事につきまとわれていた。その会議場への往復も、刑事の尾行するところとなった。然し、討議は、苛烈な激論を交わしたあげ句、私側の主張が通って、情報局案は遂に日の目を見なかったのである。ところが、このときの対立が、戦争中から戦後へかけて、依然として、くすぶっていたのである。戦後、恰もその反動のように、国語・国字の単純化の主張が、鼓を鳴らして、まき起った。正直な話、戦争中、日本の司政官たちが、南方の原住民に対して行った賤民政策は、終戦後の日本では、逆にアメリカその他によって、こちらが愚民政治をやられる立場に変り、日本人自身が、やさしい日本語を強要されるという、ドンデン返しを舐めさせられることになったのである。

その頃、アメリカから来て、ドッジ・ラインとやらを布き戦後極度に疲弊した日本経済をわがもの顔に切り廻したドッジ博士が、

「日本に必要なものは、産業復興であって、教育ではない。日本人に、教育は要らない――」

と、主張した記事は、新聞紙の下欄に小さく報道されたが、これに対して、一言半句の反論を試みた評論家一人、教育家一人、いなかった。当時の日本人は、手足をもがれてい、衰弱そのものだったので、一語の反対も出来なかったのかも知れないが、然し、日本人の中には、利口すぎて、権力に弱い面がある。云えば云えないこともない場所でも、黙りこんで、まちがったことが、堂々と罷り通るのを、傍観してしまう場合が、度々ある。日本人に、教育は要らないといった風なドッジ氏の暴言に対しても、日本人は我慢してしまった――。

更に、戦後、このように国字の過激な改革が行われたそもそもの震源地は、アメリカ教育使節団による勧告である。これが為政者、官僚、学界、新聞界等に与えた衝撃は、小さいものではなかった。今まで、表音化に反対していた学者連もはや、何をか云わんや。アメリカがそういう政策を持する以上は、今更表音化に反対したところではじまらない。進んで節を曲げ、改宗転向するに如かずとばかり、学者、識者の寝返り的行為がつづいた。国語学や言語学、或は漢文学の

旧来の権威者たちまで、その造詣深い学問と教養を、あきらめよく放棄して、この愚民政策の方向に同調した。

二

私は、所謂十年委員の一人であるから、今からざっと十年前に、はじめて国語審議会の委員を命じられたが、戦後の国語審議会は、既にそれより早く発足し、私が委員になったときは、国字を表音化しようとする大方針は、決定されていた。現代仮名遣も、当用漢字も決まっていた。その線に沿って、審議が進められるので、一八五〇字の当用漢字では、思う通りの文章が書けないとする私は、部会でも総会でも、いつも異物視を受けなければならなかった。

もっともここで断っておきたいことは、私とても、日本の作家として、わかり易い文章を書きたいと願う点では、人後におちない者である。やたらに難しい漢字やその訓み方が、達意の上で甚だ不都合であり、また日本の軍隊が「編上靴《へんじょうか》」とか「袴下《こした》」とかいうような、ふしぎな造語を編み出したり、医学や法律の用語が、ひどく晦渋であったりする所謂漢字罪悪論の論告にも、耳を傾けないわけではない。たしかに古い日本には、漢字の魔術が行われ、それが、庶民の幸福を妨げたことは認める。その点では、明治文人の漢文調、美文調に組する者でないことは、少くも自然主義を通ってきた昭和時代の作家にとっては、一般的な通念である。楽に漢文を読みこなし、また自分の文章の中に、漢文調を自由に駆使することの出来る文人は、私らより一時代前の、永井、谷崎、佐藤（春夫）氏までではないだろうか。所謂横光・川端以後の世代は、仮名にしても、変態仮名は用いないし、漢詩・漢文の教養からは、遠ざかってしまっている。それより、なるべく平易に、話し言葉のように書くことがすすめられ、主観的な修辞より、客観的な描写が重んじられてきた。横光・川端以後、日本の作家で、好んで漢詩・漢文の素養をひけらかすような者は、一人もいないと云っていい。

その意味で、昭和作家が、出来るだけ、わかりやすく、平易な達意を害さぬための健全な国語表現によっていることは、周知の事実である。否、恐らく奇矯で晦渋な表現を最も、嫌悪するのが、昭和作家の道であった。

そうした基盤の中で、作家を志し、生い育ち、巣立つことの出来た私が、国語審議会に入ったときに、いきなり、途轍もない抵抗に直面した。ということは、最低線の抵抗だった――。ここに集った委員の大部分が、日本人の生活から、漢字を無くなしてしまおうという考えの人たちばかりであることが、わかったからだ。漢文を一掃して、カナばかりにしたいと云う人達乃至はローマ字にしてしまおうと考えている人達によって、中心部が構成され、あとはどうでもいい人達、成行まかせの人達が追随しているにすぎない。その頃の国語審議会に於ける錦の御旗は、「アメリカ教育使節団の勧告に基づく方向は、当然、国字の廃止とローマ字化の徹底であるが、それでは大変だから、せめて、カナ文字のところで食い止め、それを防波堤にしよう」という提唱であった。

それは、かつて大東亜戦争のとき、軍部による戦争協力の、無差別平等的要請を恐怖して、それの防波堤として、翼賛組織や報国会を作った中間的存在の庄屋的性格と軌を同じくするものであった。その結果、防波堤とは名のみであって、却って悪質の戦争協力の汚れた歴史をのこしたのである。

隠さずに云うと、私も最初の任期には、なるべく発言を控え、先輩委員の説を聴こうと努力した。あまり喋らず、聴き役のほうへ廻っている委員は、私のほかにも田村秋子氏や渋沢秀雄氏などがいた。

然し、聴きながら、これでいいのか。こんなことで、運んでいって大丈夫なのかと、疑惑は雲の如くわきおこった。

第一、当用漢字だけでは、完全に小説が書けない。所謂言葉の云いかえを、大いにやってみても、どうにもならぬものにぶつかる。その例は沢山あるが、ここでは省く。とにかく、朝日新聞に「花の素顔」や「白い魔魚」を書いたとき、その二回とも、歴史仮名遣は困るが、当用漢字以外の漢字を一日(三枚半)分の中で、五つ六つまでは認めるという条件付で書いた。それがどうしても、十字以上になって、掲載中、しばしば、係りの学芸部記者に注意をうけた事実によって、聞いかに当用漢字だけでは、概念の伝達が困難かがわかる。つまり、小説は読むものであって、聞くものではないからである。読むという機能を、なめらかに十分、働かせるためには、カナモジでは困る。カナと漢字のまじった表記で、もっと正確に云えば、各種の漢字を適切に使用できる自由な表記で、はじめて、早くも、スムースにも、且つ奥ふかくも、読めるのである。

三

二年目頃から、私は立上って、自説を吐くようになった。しかし、孤立無援の少数派であるから、喋るのには、甚だしく心臓を使わなければならなかった。喋ると云っても、実は一々、楯をつくのである。これは辛労そのものである。私はなぜ、自分が事を好んで、こんなことをしなければならぬのか、わからなかった。自分は早くこの委員を辞し、作家の道にいそしむほうが、どの位賢いのではないか。こういうことは、その道の識者に任しておくべきではないか。

幾度もそう思いながら、委員として、引つづき任期までここに坐る以上、諸説傾聴だけでは、いかにも不甲斐ない。やはり、自分の信ずる処は主張すべきである。そのように、自分を説き伏せて、不利を承知で、段々に発言するようになった。

委員の中には、ファナチックなカナモジ主義者やローマ字主義者が粒揃いであるが、一番多いのは、応用面の人たちである。この連中は、便宜主義だけしか考えていないように見える。それなのに、彼らの発言が数に於て強大で、一種のキャスチングボードを握っている。

私から見ると、審議会委員として、国語問題を論ずるには、あまりに素養がなく、あまりに不勉強な連中が入って居り、それがかなり大きな顔をしているので、驚かされた。もっとも、国語は国民にとっては、水や空気と同じく、無差別にこれを使用しているのだから、日本人たる者は、嬰児を除けば、みな発言の資格をもっている。だからこそ、国語表記の変更、改革に際しては、国民討議を経なければならないのであるけれど、現在のような国語審議会の成立条件に於ては、委員には、国語国文の学識者を多く集める必要があるのである。ところが、今もいう応用面の連中が、烏合の衆をなしている。

応用面の人達の通弊は、伝統の継承などはどうでもいいのである。日本という国の風土に生れた文化の流れなどは、殆んど、認めないで、只、日本の能率を上げ、アメリカその他に追随して、便利な国に変えようと考えている。それが日本を富ます。そして、世界の人達から、受け入れられる。不便な国から便利な国にするのが、新しい日本の唯一のあり方だとする。この人達が、国語審議会の、イエス・ノウの大量の票決権を握っている。在任十年間、狂熱的カナモジ主義者にも閉口したが、特に学問的根拠のない応用面委員の正論的俗論にも、少からず悩まされた。

という私も、はじめのうちの任期には、応用面としての立場から発言した。これは、たとえば伊藤忠兵衛氏のように、カナやローマ字のような表音文字の便宜によって、実務上の利益があり、ひいては経済面で儲かる人たちが、それ故に、しきりに表音化を策するのが、いかにも不当に思われたので、その連中に対抗上、当用漢字だけでは、小説が書けないとか、小説という芸術の創作に当っては、画家に沢山の絵具が必要なのと同じく、豊富な文字、用語が大切だとか、国語国字を応用する小説の特殊性を主張したものであった。それが又、作家として、この椅子に坐った意味でもあるのではないかと思った。

然し、段々にそれは、一部であっても、全部ではないことを悟った。たしかに、国語は、国民全体のものであって、作家の独占物ではない。誰かが、便利だとか、便利でないとかいう問題ではない。もっともっと、根本的な大問題である。

そう云えば、故吉田甲子太郎氏なども、この委員の一人だったが、彼は文学者でありながら、表音文字のほうが、ものが書きいいという便宜主義者であった。氏の学力では、日本文法は面倒臭かった。私は氏に、便宜論的表音主義者の典型を見たので、敢て故人の氏を引合に出す。また氏のような考え方は、日本の作家文士の中には決して少くない。だから、私が立って発言したあと、氏は必ずと云ってもいい程、作家の中には表音化反対ばかりでなく、そうでないのもいるのだからと云って、反駁することを忘れなかった。

となると、この問題は、文学者にとっては由々しき問題ではあるけれど、その特殊性だけにこだわっているのは、誤りである。ことは、国字応用の芸術面に止まるべきではない。国語に関する作家の発言は、重大ではあるが、やはり部分的たるをまぬがれない。

そうではなくて、生活の問題である。日本の盛衰に関与する問題である。日本人が、死ぬか生きるかの問題である。政治的には、すでに属国なのかも知れぬが、内容的にも、どこまで日本を植民地化するか否かの問題である。それを便宜主義の名で、すりかえて、日本人を骨ぬきにする策動の火を、国語審議会の底流に、私は判然と見たのである。

四

五年ほど前の審議会で、私は当用漢字を三倍位ふやしたらどうかという案を出して、一笑に附せられた。然し私の考えでは、漢字を減らす場合は、今まで辞書の中から、書き誤り易い文字を、一つ一つ、検討して、百字位宛《ずつ》、廃止してゆくべきものであると思っている。一年に百字宛、減らして、十年では一千字を減らすことが出来る。この位のテンポでやれば、国民にも諒解してもらえるのではないかと思った。それをいきなり一八五〇字にしてしまって、爾後一字を増すことも許さない。増すときは、一方で減らす字があって、差引ゼロにしなければ気がすまぬという処に、作為があるような気がしてならなかった。

高橋健二氏は、新聞の投書欄で、国語審議会の疑問に答うと題し、「今の審議会は、当用漢字と新かなづかいとにより、漢字まじり文を支持する人々によって支配され、カナモジ論者やローマ字論者も早急に自説を実現しようとはしていない」と弁明しているが、現在では、漢字まじり文を認めているにしても、審議会の方向は、結局、漢字をなくすことを目標として、その道を一歩も後退すまいとして、当用漢字表の入れ替えでも、一字もふやすまいと、目鯨を立てるこの人たちの顔を思いうかべると、高橋氏の云うように、「偏向がない」どころの騒ぎではないと思う。

現に、この間の総会で、第一部会の報告として、地名人名のカナ書きは、さしつかえないと決めた決定の腹には、かつて、固有名詞には、当用漢字以外の使用を認めたにもかかわらず、地名人名から漢字を追放することによって、カナモジの理想に近付けようとする野望の存在を、自ら語っている。それなのに、高橋氏などが、鷺を烏と云いくるめようとしても、それは通らない。審議会の内部では通っても、世間には通らない。

ついでに、表音化の便宜主義者におききしたいのは、聞いて書くためには、カナが便利かも知れないが、書かれたものを読むためには、カナは不便だという事実は、どうなのであろう。聞く機能だけを取上げ、読む機能は不問にしているのは、やはりこの提唱が、日本以外のところから、指示されたことにはじまっていると思う外はない。

地名にしても、日本の各地には、無理な漢字を宛てたために、読みにくくなっている地名が多い。これは全国の駅名をくって行けば、枚挙に暇があるまい。これらをカナにするのはわかる。「沼垂」と書いて「ヌッタリ」と読む如きを、カナにしてはどうかというのなら、それはいいだろう。然し、横浜や大阪までも、なぜ、カナにしたほうがいいのかは、諒解に苦しむ。

これに対して、表音主義者は必ず云う。それは何も、カナで書けと命じるのではない。カナで書いても、さしつかえないと、寛大を示すだけなのだと。然し、今までにしろ、カナで書いてはいけないという規則はなかったのである。それを敢て、角を立てて、審議会が、カナで書いてもいいと、決定することは、カナ書きを奨励促進することと、全く同じである。審議会のやり方は、いつもこのデンである。真綿で首をしめてゆく……。

私に云わせれば、「従来慣用されていて、特に読みづらいことのない地名人名は、カナで書くには当らない」位の但書をつけてほしいところである。塩田良平氏も書いていたように、奈良は、奈良と書くのがほんとうで、それをナラと書いたのでは、却って、読みにくい。奈良という二つの漢字からくる長い間、私らの心に感染しているイメージが、ナラというカナでは、すぐには響いて来ない。ということは、大へんな不便であり、時間の不経済でもあることを、便宜派がなぜ考えないのだろう。

ここでも、非常に難解な地名を、一年に百カ所ぐらい宛、改善してゆくことは、得心出来る。が、これを一律に、地名人名をカナにしようとするのは、表音派の野望だと云っても過言ではあるまい。

段々に——自然淘汰よりは稍《やや》速度をつけ、厳重な調査の上で、難読難解の漢字を廃止することは、同意出来る。それをいきなり、一八五〇字に制限する審議会のやり方には、どう考えても、対立せざるを得ないのであって、私たちは今の審議会が中立的存在だという高橋健二氏の見方を正直なものとしては、認められない。

殊に、新送りがなについては、審議会の犯した偏向と誤謬は、世間の周知するところである。高橋氏は、この件については、故意に口を緘じていられる。新送りがな発表当時に、すでに、審議会は、爆発して、解消すべきであった。あれを二年近く頰冠りしたのは、私にしても、どこかで良心をごまかしていたか、発言の勇気が足りなかったかである。

五

十年という歳月は、決して短いものではないのだから、その間、審議会の異物として、よくも我慢したものだと思い、私という人間も、これで、怒りっぽいようだが、存外思い切りの悪い男でもあったとおもう。当然、一期だけなら、やめられたのに、二期三期とつづいて、やめられなくなったのは、それでも少々宛、反表音主義の委員を増すことが出来たように見えたからである。久松潜一氏、塩田良平氏、成瀬正勝氏、宇野精一氏、芹澤光治良氏らが加わり、前から委員だった山岸徳平氏も有力な同志たることがわかった。また、吉田精一氏や兒島宋吉氏なども加わった。人数は少いが、議論は活発になり、そのために、一応はカナモジ主義者の熱狂的な主張に対して鎮圧的役割をすることは出来た。そういうブレーキが加わらなかったら、表音化運動は、今頃はどうなったろう。彼らの理想に近付き、地名人名のカナ書きはもちろん、中等程度の教科書のうち、数学や物理、自然科学などは、ローマ字採用となっていたであろうか。

否。審議会の決定は、文部大臣に建議され、それが内閣告示で伝達され、教育機関や新聞関係が、服従して、否も応もなしに、実行しただろうというと、必ずしもそうではない。恐らく、世論の強い反対にあって、途上に立往生をとげ、国語審議会の表音化の野望は、潰滅したことであろう。その意味では、私らが委員として、揉合ったことは、国語審議会の延命策であった。云いかえれば、日本のローマ字主義、カナモジ主義者が、国語審議会をのっとり、そこで、彼らの主張を、なかなか巧妙に運営してゆく今の形の寿命をのばすことに、役立てられたとも云える。はじめは、私らを、アクセサリーとして迎え、そのうちに、こんどは対立者をおくことで、会の客観性をますことを考えた。新送りがな法建議の頃には、その様相が、あまりにも露骨だった。そもそも、国語審議会を預っている文部省の国語課は、こんどの対立を深め、脱退にまで運んだ当面の責任者であるが、官僚はいつも都合のいい隠れ蓑を被ているので、輿論の風当りを避けられる。

然し、国語課の事務官たちが、揃って表音主義の側《サイド》に居り、そうした立場からの著述をして、盛んにロング・セラーなどになっている事実を見落とすわけにはいかない。私は、幾度となく、国語審議会と国語課とのなれ合い、乃至腐れ縁について、きびしい発言をしてきた。(昭和三十五年三月十一日の第1部会の報告録参照) 審議会に偏向があるのを、その成立条件から見て、止むを得ずと、仮に一歩ゆずっても、文部省国語課は、官僚的公正の上に立たねばならない。事務官個人が表音主義者であることは自由で、その著書がロング・セラーになることも、一向にかまわないものの、国語課首脳部に、揃ってその色彩があると見られては、穏かでない。

爾来官僚には、熱狂癖があるものである。戦争中、日本の官僚が、いかにファナチックであったかは、まだ私らの記憶に新しい。彼らはその個人的な熱狂を、官僚機構にうまく乗せて、行政上の横すべりをやったものだ。そして数々の戦争犯罪を残しているくせに、終戦後、そのまま、もとの座に居坐ったものが多い。いつか武見太郎氏も指摘されていたが、日本の官僚には、軍部と占領軍の二つの独裁政治に、奉仕これつとめた二つの前科があるという。たしかにその通りだ。国語審議会のようなものを預っている手前、国語課の事務官たちは、潔癖なほどに公正な人でなければならない。残念ながら、国語課の人たちの、国語審議会に関する取扱いには、しばしばミスがあり、一部の誤解を招いた。私から見ると、今の文部省国語課は、表音主義者の温床のように、推されてならない。

殊に、私らが脱退したこんどの総会の二日にわたって、文部省詰の記者クラブをシャットアウトし、報道の正確と迅速に支障があった等の点は、はしなくも国語課の正体を自ら語るのと同じ結果となった。私らにとって最後となった総会こそ、公明に公開すべき性質のもので、これを開会冒頭に「秘密会にすべきや」について、付議した審議会会長の責任も小さくない。秘密会などにするべき理由は、一点もないのであった。が、そのために、わざわざ総会を傍聴に来た福田恆存氏なども、しばらく別室に留められて、その付議の終るまで、本会場へ入ることを許されないというような一シーンもあった。

これらの事情をよく見た上で、昭和三十六年三月二十六日附の朝日新聞の社説で取り上げた「国語改革の基本問題」を読むと、符節を合すことが出来る。世論の方向は決して表音化一辺倒でなく、そして、問題がここまで来た以上、もはや国語審議会は改組して出直すべきものだという社説の論旨は、蓋し日本の現状を正しく判断したものとして、一般の共鳴を得るところとなったのである。

六

表音化反対のうち、特に指摘したいのは、「音訓表の廃止」である。これについては、過日、大岡昇平氏が、強く主張した通りであって、ここに再びくり返すこともないが、音訓表では、カナばかりになって、どうにも扱えないために、新聞紙上では、捨てられている。それで輿論が、取上げないが、教育面では実施されているから、今の子供は、

「お母さん」

とは書かない。母という字は、ハハかボかで、カアとは、訓まない。「お姉さん」「お兄ちゃん」も然りである。聞いたことを書くことの便宜はあるが、書いたものを読む機能の上では、その便宜は無視されている。ずい分、おかしな話だ。

これについては、一部に次のような過激な意見があるそうである。

日本の革命戦術の一つに、漢字の否定がある理由は、たとえば、

「忠孝」

という漢字が、「ちゅうこう」という発音と同時に、忠孝なる観念を思いおこさせる。この観

念のために、どれだけ、庶民の幸福が押しまげられたか。封建専制の君主が、この二字を押しつけることで、いかに、自分の利益を貪ったたか、忠と孝を、日本国民道徳の二柱として、庶民を拘束し、そこから逸脱できないようにしたそのカラクリは、恐るべきである。

故に、忠孝の観念を、直截に表現する漢字をなくして、しまえば、その観念が直接目に入って来ないことになる。チュウコウも、カナガキすれば、大へん、そのエフェクトが違う。

ましてローマ字でChu-koとすれば、何ンのことだかわからなくなってしまう。

要するに、忠孝という漢字のやった罪悪が大きいから、それを死滅させて、カナガキにすることは、日本を根本的に作り直すための大前提であるというのだそうである。

たしかに、戦前の教育には、不自然な「忠孝」の押売りがあった。

しかし、そのための漢字の廃止は、無謀な焦土戦術にすぎない。国民の白痴化、麻痺化にすぎない。忠孝その他、一部の漢字の廃止のために、全漢字撤廃論になることは、玉石混淆で、一切の過去との断絶である。

革命家の戦術は、多かれ少かれ、現状と過去の否定であるから、今まで使ってきた国語・国字の否定となる。文化の破壊、伝統の否定が眼目だ。何もいらない。無から建て直す。それは今までの、革命や戦争の歴史が、雄弁に語っている。

私はもう一つ、抉って考えたい。

革命家の革命は、多数者を革命に狩り立てるためには、短いにしても、一時的空白状態を必要とする。これも歴史が語っている。革命時に於ける多数者、雷同者は、一時的に、知能が低下し、無知となる。大東亜戦争中、私らは黙らせられ、考えることを停止させられた記憶は、なまなましい。忠孝という字が怪しからんから、カナにしようという考え方の根本には、ただ単に、漢字のやった帝国主義的罪悪の求刑だけでなくて、すべてをカナにすることで、価値の顚倒を謀り、同時に、文化の伝承を絶ち、革命のための歴史的な空白と麻酔状態、或は、痙攣状態を起す前提として役立てようと考えている……少くとも、結果に於て、そうなることが、推測出来るのである。

その意味に於ては、どんな革命党の文化主義者でさえも、伝統を伝えにくいような国語表現のシンプリフィケーションには、反対の立場に立つだろうと思われる。一例を云えば、進歩的文化人と目される石川達三氏でも、表音化には反対であり、共産党にいる中野重治氏のような人でも、表音化には、半分位反対だそうである。要するに、いかに革命的な党の政治に同調する人でも、自分が身に文化をつけてしまった人は、場当り革命家の、文化破壊の戦術には、決して、心から共感する筈がないと思う。ここに、政治と文化の問題の一番切実な基本的な主題が存在するのである。

「言葉を簡素に、わかりやすくするのはいい。しかし、それが言葉の内容を貧しくし、幼稚にすることではいけない」

というのが、目下の日本人の殆んど普遍的な考えではないだろうか。ところが、表音主義者の

実際のあり方は、

「言葉を幼稚にする」

ことだけだ。そのほうへばかり、暴走している。これは、彼らがいかに陳弁するとも、自分のことがよくわからず、よく見えなくなっているせいである。殊に、音訓表のような、新送りがな法のような、行きすぎの標本に執着して、憚らないのは、自ら墓穴を掘るものだろう。

七

最後に、亀井勝一郎氏が、A・A会議の報告として、次のような文章を発表されたから、これを引用しておく。

その第一は、言うまでもなく、植民地の問題である。今度集まった諸国は、ほとんど百年近い年月の間、植民地としての苦悩を味わってきた国民である。(中略) ヨーロッパ諸国の植民地政策が、いかに残酷苛烈なものであったか。その一例として、アルジェリア代表の訴えを紹介しておきたい。

私の心を強く打ったのは、民族固有の言葉を奪うという政策である。アルジェリアの母国語は、アラビア語だが、フランスは、それを抑圧して、フランス語を強要した。

植民地政策というと、政治的弾圧や奴隷的生活が、まっ先に念頭にうかぶが、それにも劣らず、残酷なのは、その民族固有の言語を破壊したり、奪うことではなかろうか。これはアルジェリアだけに起った問題ではない。

言葉は精神の脈搏のようなものだ。それを破壊することは、その民族の精神を内部崩壊させて、いわば民族の生命の中枢を枯死させることと、同じではないか。

私たちが、若し、ある外国から、日本語の使用を禁止された場合を想像してみると、わかることだ。民族としてこれ以上の屈辱があるだろうか。

同時に日本は、朝鮮に対しても、同じ政策をやったことを、私は思い出した……。（中略）

言語の問題は、同時に民族文化の問題である。植民地主義は、言語を破壊すると共に、必ず民族文化を破壊する。その民族の古美術を掠奪したり、或いは観光の対象として商品化する。またどこの国にも、それに迎合する人がいて、ヨーロッパ人やアメリカ人の歓心を買うために、追従《ついしょう》し、卑下し、自国の伝統をゆがめて、売りものにしてしまう——（下略）

と云っている。私は、A・A会議には出席しなかったが、これら諸国が、残忍な植民地主義に悩まされ、ことに自国の言語・国字を破壊されたことの訴えがあったとすれば、私もこれに同感を惜しまない。

この国の伝統を学んだ者、学んできた者はむろんだが、それを愛してきた多くの国民にとって、便宜主義の名に於て、自国の国語・国字が否定されることは、民族の悲劇として、全く重大である。

そこで、今後、どうしたらいいかの問題がある。

私自身、国語審議会を脱退してしまった以上、一個の作家にすぎないので、あらゆる権力階級に属していないから、一国の国語政策の経綸を述べるわけにはいかない。大臣の施政演説とはわけが違う。権力なき一作家の発言にすぎないのであるが、先ず、教育面に於ける音訓表を廃止すべきことが、即急の問題である。これをやめて、読む機能の蘇生をはかることである。これは、こしらえるのではなくて、やめるのだから、出来ないことはなかろう。

その次は、当用漢字の大幅な拡大である。或は、はじめっから、やり直しである。難解難読なものから、否定してゆき、標準を、もっと高い処におくことである。新送りがなは、根本的に再検討しなければならない。現代かなづかいは、国語協議会でも、今の基本線は認めるそうだが、これも例外や、「ず」と「づ」の扱い方などには、再検討の必要がある。

私見としては、文部省国語課所管の国語審議会の発展的解消を要求したい。そして、これをもっと規模の大きなものにし、予算を多くし、各地方地方にも、地方審議会を設けて、全国的にデータを集め、少くとも五年間位の歳月をかけて、調査を継続すべきである。また、総選挙の際に、判事の罷免投票をやるように、国語の簡素化に関する民意を問うてみるのも、一案だろう。然し、それよりも先に、一人でも多くの国民に、その意向をただしたい国語問題について、十年以上も在席する委員が、しかも会長・副会長らの首脳部を独占して、僅かに一握りの中立派を引摺りながら、一方的な方向への梶を取る国語審議会という官僚機構を、このまま放置しておけないことは、実に明白な日本の輿論である。

中央公論　一九六一・五

Ⅲ　遠い山々

この間、「舟橋家先祖代々記」という小冊子が手に入った。従弟の舟橋元夫君から送ってもらったものである。それによると、私の先祖の初代は未詳で、二代目が長左衛門元成と名乗っていることがわかった。元成の没年は享保十八年七月八日、徳川八代将軍吉宗の時代だから、ざっと今から二百三十四年前である。その前はわからない。が、舟橋という姓から推測して、京都の舟橋家から分れ、伊達の殿様が上洛した砌《みぎ》り、仙台へ連れて来たのが元成か、その未詳の初代かではないだろうか。

京都の舟橋家については、

「清原氏の嫡流、秀賢《ひでかた》より舟橋氏と称す。秀賢、式部少輔従四位上となり、慶長十九年六月卒す。子孫世々明経博士《みょうぎょうはかせ》に任じてその業を継ぎ、大外記《だいげき》たり。明治に至り、華族に列して子爵を授けらる」(国史大辞典)

さらに清原家を溯って行くと、清原元輔にぶつかる。同じ辞書に、

「元輔、和歌に長じ、天暦中和歌所寄人となり、万葉集に訓點《くんてん》し、また後撰和歌集を撰す」

とあるのがそれだ。元輔の娘は有名な清少納言であるが、彼女については今更説明することはない。この清原氏が降って秀賢の時より舟橋氏を名乗り、家康が大坂城を滅ぼして江戸へ凱旋するまでの間に、京都から後陽成天皇の侍読であった舟橋秀賢を呼んで源氏物語初音の巻を講義させたこともある。

以上の系譜は私の想像も加わっているが、老父の話に聞いたところでは、先祖は京都の人であったというから、この推理はそんなに飛躍したものとも云えないと思う。

二代目元成の次が斎八郎元孝で、没年は宝暦五年。四代目が平右衛門長朗で、没年は宝暦十一年。五代目は藤蔵元駐で、没年は寛政七年。六代目は長左衛門元直で、没年は嘉永五年四月。七代目は運吉元貞で、没年は慶應元年。八代目が元一で、これが私の祖父である。

わが家の百年というと、この元一からはじまる。

元一は先祖以来の儒学を以て立ち、伊達家の藩儒として、養賢堂の教師を勤め、三百石を貰っていた。御一新で、それもなくなると、無職の宮城県士族となり、三百石の代りに、道場小路に約七百坪の地所と家を拝領したが、やがて、それは東北大に買い上げられ、応用化学教室の敷地になってしまった。その後、遣水丁に家を求めたが、売るものは悉く売りつくして、ついには貧窮のどん底に落ちた。

元一は子なく、養子一郎を迎えたが、その後に於て、実子二郎、三郎、了助の三人を生み、続いて娘操が誕生した。そこで、実子二郎を養子に出した。それが私の家内の父である佐藤二郎だ。

私の父は、元一の末男了助であったが、彼は旧制高校へ入るにも、自分で学資をかせがねばならなかった。そのため元一は、内職に鰻の串を削っては、百本いくらで、手間賃をもらったり、提燈の骨をさいたりした。黙阿弥の芝居の筆屋幸兵衛ほどではないが、いやという程貧乏には苦しめられたほうだ。

了助は第二高等学校を経て東京帝国大学工学部冶金学科へ入学。美青年で秀才で、明治三十三年、恩賜の銀時計を貰って首席で卒業した。直ちに工学部の助教授となり、私の母と結婚した。母の実家のことはあとで書くが、父と母の結婚は、好き合ったわけではなく、当時の工学部長であった渡辺渡博士と、母の父である近藤陸三郎との相談できまり、型通りの媒酌人結婚であった。披露宴は上野の「常盤花壇」という家で、後年祖母の膝に抱かれ、幌をかけた人力車に乗って、この家の前を通るたびに、

「ここがお父さん、お母さんの結婚ご披露をした家ですよ」

と、繰返し教えられたので知っている。但し、私はまだカタコトしか云えないので、父のことを「オーチャン」、母のことを「チャーチャン」と呼んでいた。この呼び方は、三人の私の弟、一人の妹にも伝わって、わが家の特殊な呼び慣わしとなった。

十七歳の母は、祖父の云うままに、この結婚を承知した。その頃母は、外に誰か好きな人がいたかどうか、よくわからない。恐らくまだ、意中の人がある程、女として十分に成熟していたかどうかは疑問だが、その後三十をすぎる頃から、母は娘時代に、誰それを人知れず愛していたよ

うな空想を持つようになり、自分と父との結婚が自由結婚、恋愛結婚でなかったことを、不満そうに云う口吻が、ときどき出てきた。

母が父を愛したのは、父が八十歳をすぎて、大腿骨複雑骨折をやり、約二年ほど寝ついて、遂に不帰の客となったそのショックからであったとも云える。その以前は、母があまりに遠慮なく父をこきおろすので、私は子供心に、母は父をきらっているのではないか。父との結婚を間違ったものと考え、ほかに夫婦になりたい人があったのではないか。祖父と渡辺博士との取極めたこの結婚に完全には同意し難かったのではないか、と想像したものだ。

ともあれ、父は東北育ち、母は江戸っ子という郷土色の差が、正月の雑煮のつくり方からして、ことごとくにチグハグを生じた。その上、父は貧者の出、母は富者の育ちだったので、新婚生活にはじまる家庭の経営にも、喰いちがいが多かった。

新婚の住居は本所横網、大川から流れこむ掘割を背戸《せど》にした小体《こてい》な仕舞家《しもたや》で、その掘割は大川を漕いでくる船が、荷上げのために入ってくる水路であった。どうしてそこに新居を卜したかと云えば、母の実家が、そこから近い番場町の多田薬師のすぐ傍にあったからである。

私は五歳まで横網で育ち、それから本郷西片町に転居した。父が東大へ講義に出かける便宜上、本所から本郷へと踏切ったのであろう。続いて、翌明治四十二年、父は文部省から三年間の欧米留学を命ぜられ、ドイツ・プロイセンの鉱山大学《ベルク・アカデミー》へ留学した。その三年間の父の留学中の性生活は、遂に謎のまま一度も語られなかった。ただ一度、帝国劇場の女優劇で、日本の留学生が森律

子扮するドイツの女とあやしくなる芝居があったとき、父が彼の友人に、囁やくように、

「どうも、今の芝居のような誘惑にはかないませんな」

と云うのを、その背ろの席で小耳にはさんだ私が、

「さては」

と思い当るような気がしたのを、今でも憶えている。

父は帰朝すると同時に、学位を得て同学部の教授に就任した。やがて主任教授、勅任教授へと出世した。位階や勲等も昇進して、大礼服を着用し、頭には大礼帽を乗せて、宮中へ参内したり、まだご丈夫だった頃の大正天皇に御前講演「浮游選鉱法」をしたり、夫婦で観桜・観菊の御宴に出かけて行くのは、珍しくなかった。

母はそういう父をどう思っていただろう。まだ聞いてみたこともないが、仁丹の広告にあるような変な帽子を冠って、宮中へ参内する父を見送っても、そんなに嬉しそうな顔はしなかった。私たちをつかまえて、

「お前たちもお父さんのように偉くなって、大礼服を着て宮城へ参内するようにおなりなさい」

とは云わなかった。母は東北の儒家育ちの父よりも、明治新興ブルジョアジーの実家の自由な家庭のほうが、やはりハダに適《あ》っていたのだろう。

——文官だが、大礼服を着るときは、父は腰に剣をさげる。私が悪戯して、その剣を持ち出し、花道の安達元右衛門の真似をしてみたり、逆手にもって弟たちと立廻りをしたときも、母はただ

「危い」と云って、黙ってそれを取上げただけで、父の大切な装飾用のサーベルを持ち出したことについては、叱らなかった。むろん、その光るものには、刃はついていなかった。

大礼服はともかくも、シルクハットは父に似合った。フロックコートも燕尾服も着こなした。三年もヨーロッパにいた父は、人並み以上にお洒落で、ハイカラでもあった。

然し、私はそういう父になずめなかった。父を英雄化したり、崇拝したり、父のようになろうとは思わなかった。

その両親の家より、すべてに豊富な番場町の近藤の家へばかり行きたがった。そして、三日でも四日でも、長いときは十日も続けて泊り込み、

「横網はいや、番場へ行こう」

と、私はダダをこねた。

おせいという山出しの子守が、私の云う通りに、私をおぶってすぐ番場町へ足を向けるのであった。

× × ×

母方の祖父近藤陸三郎の先祖は、三多摩の鉄炮鍛冶の子で、のちに御家人の株を買って、徳川の旗本となった。その家系には壮士の血も流れているようだ。

直参だから、維新の際は彰義隊に入り、上野の戦争で敗走して、榎本武揚と共に北海道へ逃れた中に、祖父の父——即ち私の曾祖父近藤庫三郎も入っていたとのことである。その後、明治政府に迎えられて重用せられ、もう少し生きていれば、司法卿ぐらいにはなれたそうだが、若死にしてその野望は空しかった。

祖父は明治三十三年にヨーロッパを一巡りしてきたので、その私生活は、主人市兵衛の封建風と、近代ヨーロッパのハイカラ風とが適当に入りまじっていて、朝食はオートミールにトースト、紅茶などが並んだ。また夕食には、ときどき丸焼きのロースト・ビーフが出たりした。当時としては尖端的であったから、私は田舎くさい父との食事を敬遠して、祖父の食べのこしを狙っては、オートミールなどを味わうことをおぼえた。

やがて、陸三郎は中目黒の約六千坪の地所に二百五十坪ほどの邸宅を新築して移り住み、いよいよ富者の実力を示すかに見えたが、そこに住むこと二年足らずで、病のために他界した。これが大正六年のことで、私の中学一年生のときだった。

これからが下り坂で、陸三郎の長男真一は父の業を継がず、孤独なコースを歩んだが、その妻は鮎川義介氏の妹で、前記の木村久寿弥太夫人、久原房之助前夫人らと姉妹の関係を持つ。その上、娘時代には内田山の雷親爺と云われた井上馨伯のところへ預けられて、その薫陶をうけた。その真一は五十七歳で斃れ、祖母ひろは逆まごとの不幸を見たのであった。

私の父は、採鉱冶金学科から鉱山学科を独立させたりして、講座の数をふやしたが、その後研究室内部に不正があり、主任教授の父が責任を負って辞職しなければならなくなった。

一夜貧乏の譬えに洩れず、東大教授の現職を辞した父に、世間の風当りはまさに冷寒膚を凍らせるものがあった。世間のみならず、親類縁者からも、背を向けられた。

これより先、私の家は本郷から山の手の目白駅に近い下落合（正確には豊多摩郡落合村大字下落合）へ引越していたが、その地坪は約千坪ほどあった。しかし、大学を辞めて、無収入となったので、家屋を三分割し、地所も二百坪を人手に渡さなければならなくなった。これは昭和七年のことである。既に私は東京帝国大学文学部国文学科を卒業して、作家生活に入り、最初の戯曲集及び小説集を出版していたが、まだ十分な報酬には恵まれなかった。

前にも書いたように、父は若くして学位をとり、祖父も死ぬ二年前（大正四年）に工学博士の学位を得ていたので、私の道は父祖とは畑ちがいと云わなければならなかった。しかし、わが家の屋台骨が傾いてきたので、私は一心不乱にその再建に乗り出した。日常生活の合理化、簡易化にも、自分がイニシアティブをとった。原稿料の中から、弟たちの月謝の一部を割いたこともある。

×　　×　　×

その上、学生結婚した私には、既に一男一女があり、その養育費にも苦労させられた。

大学を辞めてからの父は、その死に至るまでの約三十七年間、全くの無為徒食に終った。その失意の様子を見るのに、私は耐えられなかったこともある。私は何とかして父に温かくしようと思ったが、子供の頃の祖父や父の豪勢ぶりを思い出すと、素直な気持では対しにくかった。

家内の父佐藤二郎も、一時は仙台で宮城商業銀行の実権を握り、日の出の威勢を示したこともあったが、最後はその家蔵屋敷を手放して、不如意のうちに死んだ。陸三郎の長男真一も戦後は財産税にうちのめされ、日本の敗戦を呪いながら、淋しい余生を閉じた。これに遅れて十六年、父了助も骨折事故で死亡したことは、前に記した通りである。

今は老母さわ子が八十二歳の長寿を保って、達者に暮しているのみである。母は昔、村瀬玉田氏に就いて画を習い、海上胤平の高足高久貞義氏に就いて和歌を学び、今でもよく画筆をとり、腰折れをひねっているが、そういう母の天分は、私の血にも受け継がれているのかも知れない。

私の中には、父方の明経博士的な、または儒学的な要素と、母方の明治・大正的ブルジョアデモクラシーの流れとが混血しているとも考えられる。

以上は尊属についての説明であるが、私の長男は行年四歳にして急死し、今は長女が一粒種である。三井物産の坂順三氏の六男龍夫を養子に迎え、その間に長男・二男が生れた。夫龍夫は、大映東京撮影所次長の職にある。

この四代にわたる家族が共同生活しているわが家は、その後淀橋区から新宿区内に編入された。私が十歳のとき引越して来たのだから、今日六十二歳を数えるに至って、約半世紀にわたり住んでいると云える。庭前の松は、亡き父が購って植えたものであり、この松の枯れない限り、この家は子孫によって継承されると、ときどき一人言のように云っていたのを思い出さないわけにはいかない。幸いにして、その松は今も枯れずに翠りをたたえている。

なお、この稿で、祖母ひろと私との関係を細叙することが出来なかったが、これを書き出せば、殆ど無尽蔵と云えるので、敢えて割愛し、その余のことを以てわが家の百年を綴ってみた次第である。

中央公論　一九六七・三

老俥夫の汗

今年の十二月二十五日で、わたしは七十才という年齢に到達する。

七十年間のことがどのくらい記憶されているか、次第に覚束なくなったようだ。ところが、まるで昨日のことのように、鮮明な印象として残っているものもある。どうしてそこだけがそうはっきりしているのか、おそらく脳医学的にもすっきりした解答は出ないだろう。

その頃、東海道線は新橋を始発駅としていた。そこは現在の貨物線の汐留駅のある場所で、改札口の上に大時計があり、楼上にレストランが営業していて、おいしい洋食を食べることが出来た。尾崎紅葉の「金色夜叉」に、

新橋停車場《ステエシヨン》の大時計は四時を過ること二分余、東海道行の列車は既に客車の扉を鎖《さ》して、機関車に烟《けむり》を噴《ふか》せつつ、三十余輛を聯ねて蜿蜿《えんえん》として横はりたるが、(下略)

とあるのみならず、「金色夜叉」を脚色した新派狂言の台本の中には、新橋駅楼上のレストラ

ンの場を出すこともある。間貫一が女高利貸赤樫満枝に言いよられる舞台面に、わたしはときどきお目にかかった。

泉鏡花の「婦系図」の中にも、お蔦と別れた早瀬主税《ちから》が新橋駅から静岡へ出立するところで、めの惣が送りに来て、青切符を買ってやるシーンがある。過日、国立劇場の新派公演でも、この場が出た。わたしには昔懐しい新橋駅であった。

山の手線の電車がはじめて走ったのは、明治四十二年十二月十六日のことだそうで、その時は新橋と呼ばず、烏森駅始発だった。まもなく呉服橋まで延長して、そこが起点となり、上野駅が終点だった。十五分間隔で、二台連結の電車が走っていた。東京駅はまだ完成されていなかったのである。同じ線路を品川・赤羽間の汽車が煙突から煙をはいて、一日に六、七本は動いていた。車輛は、客車と貨車が連結され、所謂マッチ箱と称された古風なものであった。これは大分古い。開通したのが明治十八年で、名称は日本鉄道と言ったという。のちに国鉄が買い取り、上野・東京駅間の開通に伴って、今日のような環状線となった。わたしはこの山の手線の前身の汽車を利用して、通学した経験がある。

桜木町行の京浜電車はまだ開通していなかったので、横浜へ行くのにも、汽車に乗ったものだ。品川駅を発車したあとも、大森、川崎、鶴見、神奈川と一駅ごとに停車したのである。横浜では、機関車を取りかえる。で、保土ヶ谷へ向って、逆方向に走ることになる。子供にはそういうことが、無性に面白いのだった。

階級は一等車、二等車、三等車の三つにわかれ、一等車は白切符、二等車は青切符、三等車は赤切符であった。(「金色夜叉」では、まだ中等車といっている)白と青は車輛の中央にリノリューム張りの広い通路があり、左右の窓際に、重心が低くて、スプリングのいい客席が、進行方向の前とうしろに伸びていた。紳士は腰かけたが、夫人客は乗車すると同時に、履物をぬいで、この客席にペタンと坐り、車窓に顔を向けたものである。日本婦人は殆ど着物で、吾妻コート、お被布などを着たままのもいた。信玄袋に寄りかかっている婦人もあった。

いまから十年ほど前に、八十七才で他界した父が、明治四十二年独乙プロイセンの鉱山大学へ文部省から留学を命ぜられたとき、その父を見送りに横浜へ行くことになったわたしは、はじめて一等車に乗った。と言っても、子供だからロハだったのだろう。子供ながらに、白切符は堅苦しいものだと思った。が、その時は小学校にもはいっていなかったので、もはや記憶は消え失せている。三年後に帰朝した父を迎えに行った時は、わたしも九才だったので、車中における観察や意識をもつことが出来るようになっていた。見送りは冬だったが、今度は夏の日盛りだった。

列車が東京湾にそそぐある川の上にかけた鉄橋を渡ったとき、車窓の真下から、一艘の舟が出てきて、海のほうへ向って行く。その舷《ふなばた》に真ッ白い犢鼻褌《ふんどし》を締めた裸の少年が櫓を漕いでいる姿が見えた。彼は犢鼻褌以外に何んにも着ていないのだが、ツバの長い学生帽をちょっとアミダにかぶっていた。彼の顔は、海のほうへ向けられているので、わたしには見えない。が、皮膚は小麦色に陽に焼け、痩せてもいず、さりとて肥ってもいない。まことに均整のよくとれた美しい裸身であった。これが今以て、わたしの網膜に焼き付けられて、鮮明に残っているのである。

その少年は、わたしより五つ六つ、年上だったような気がする。当時のわたしは気管支の弱い病身の子供で、櫓を漕ぐ力などはどこにもなかった。そのせいで、裸の少年がいっそう美化されて見えたのかもしれない。

横浜駅は歩廊《プラットホーム》の上に、煙突より高い丸屋根が架っていたので、汽車は構内へはいる前から、石炭を焚くのを止め、白い蒸気だけになるのだが、それでも煤煙の臭いが鼻をつき、わたしはハンケチで鼻と口を覆って歩くようにと、母に命じられた。駅から埠頭までは、人力車に乗った。おせいという女中と相乗りだった。おせいは飛騨の高山から出て来て、女工に売られかかったのを、桂庵の番頭に助けられて、わたしの家の女中になった女だが、二十才前であった。いつも桃割に髪を結い、外出する時でも、縞の前掛をかけていた。倬に乗ると、股を割り、前掛を奥へおし込むようにして、その間にわたしを挟んだものだ。その意はどんな事故があっても、彼女がわたしを車外へころがり落とさない用心のためだったのだろう。

倬夫は白髪まじりだった。梶棒を上げるにもしんどそうだった。東京の挽子《ひきこ》は若くて威勢がよかったが、概ね黒の饅頭笠だったのに較べて、横浜のは老倬夫のくせに、白い笠がいかにもハイカラに見えた。その笠に名前を小さくローマ字で書いてあるのは、外国人客のための便宜からであったろうか。

波止場へ着くと、おせいが母や祖母に向って、

「お坊っちゃまは汗を流して走るのを見て、俥屋さんが可哀そうだから、降りて歩こうかと仰有るんでございますよ。余程汗っかきと見えて、手拭がグッショリになるほどでございました」

と報告する。その時、祖母が、

「可哀そうだからと言って、降りてしまえば、俥屋さんは商売にならないんだし、ほんとに困りますねえ」

と言ったのを、いやに克明に、わたしが受け止めたのを記憶している。俥屋はいくら汗をかいても、客を乗せて走らなければ「上ったりだ」という矛盾を、祖母が語って聞かせるつもりだったかどうか、その辺の問題ははっきりしていないが、その後もなにかにつけて、わたしの念頭から去らない宿題であった。

これは決して俥夫だけには限らない。どんな職業人でも、この矛盾に出会わないということはあるまい。愛する女房の臨終にも会わずに、舞台をつとめたある女形の役者も知っているし、母親の重態を聞きながら、土俵に上る大関のいたことも承知している。

人のことより自分のことを言えば、後年、文学の道にはいり、頭脳労働を職業とするようになったわたしも、これ以上書くことが、能力の限界だというピンチをさまよいながらも、なんとか頼まれた仕事をこなそうとする時、わたしは夏の日盛りに、滝のように汗を流しながら、人力車を飛ばしていた老俥夫のことを、思い出さずにはいられない。

要するに、生きとし生けるもののすべてに、生きることの悩みと矛盾が、いつもそこに根深くあるのである。

何んとなくものぐさそうな横浜の老俥夫も、のべ銀の象鼻《ぞうばな》だけは、癇性とみえるほどピカピカに磨いてあり、それが夏の日に銀光を放っていた。

別冊文藝春秋　一九七四・三

大正十五年ごろ

僕の作品が、「新潮」へはじめて載ったのは、数え年二十三歳の秋である。その時、「新潮」自身も、二十三巻第十号を発行した。僕も「新潮」も、明治三十七年に誕生した同い年である。もっとも、「新潮」は五月生れ、僕は十二月二十五日生れだ。そして今日、第六十巻第八号、通巻七百号の記念号が出るというのだから、その来歴の古さは、文芸雑誌中での随一であることは云うまでもなく、その間、一定の編輯方針を維持して来たところに、この雑誌の特徴と功績があると思われる……。

大正十五年の十月号は、「特輯新人号」と題され、木村庄三郎、林房雄、浅見淵、八木東作、舟橋聖一、崎山猷逸、中山信一郎、久野豊彦、藤沢桓夫、坪田勝、尾崎一雄の順に十一人の創作が掲載された。こういう無名の新人が、ズラリと並ぶことは、今でこそ珍しくも何ともないが、当時としては異例のことで、従って、文壇的にもセンセーショナルな編輯企画であった。然し、一ト時代前に較べると、文学志望者の数は急激にふえており、同人雑誌その他によって、既成文壇打倒の掛声も盛んであったから、やや保守的であった「新潮」編輯部も、時代の波に揺さぶられて、新人号なるものを出さなければならない要請に引摺られたのであろう。だから、大勢の文学青年の中から選ばれた十一人というので、そこに登場した僕たちは、若き世代を代表したような自惚れを持ったことは、争えない。

その頃の「新潮」の編輯部は、故中村武羅夫氏が主宰して、編輯の実務には、楢崎勤氏が新規採用になったばかりであった。従って、中村氏周辺の作家であった岡田三郎氏や、浅原六朗氏が一種の顧問役をつとめていた。十一人の新人に対しては、それぞれ先輩格の作家たちが、自分の眼鏡に叶った新人を推薦したものであるらしい。宇野浩二、今東光、小島政二郎、上司小剣《かみつかさしょうけん》、細田民樹、藤森淳三氏らが編輯部の背景にあって、示唆したものである。僕のは今東光氏の推挙によるところが多く、上司小剣氏も推輓してくれた。然し、作品「白い腕」は、翌月の「新潮合評会」できびしい論評があり、先輩諸家から徹底的にコキ下ろされた。その時の出席者は、加能作次郎、宇野浩二、久米正雄、三上於莵吉、小島政二郎、片岡鉄兵、堀木克三、高田保、藤森淳三、今東光の十人に、恒例通り、中村武羅夫氏が司会をしている。「白い腕」については、

堀木。僕はよくないと思ふ。
久米。深刻がつた感じがあるな。
高田。この人は、グランギニョルを狙つてるらしいんだ。
片岡。比較すれば「痼疾者」の方がいゝかも知れない（云つた覚えなし。後記）

今。「朱門」では一番有望な人なんでせうね。上司小剣氏などは褒めて居た。
高田。（後記、後で舟橋君の友人から聞いたのだが、やはり彼は性格的にも、また生活的にも彼の作品の世界のやうな世界で生きてゐる人ださうだ。）
宇野。今君は「新潮」で、彼の戯曲はすべてよろしと書いてゐるぢやないか……あれはお世辞ですか。僕は今氏の言葉を信用して、期待して読んだんだが（宇野後記、しかし、どこかいゝ所のある人のやうには感じられる）。

と、みんなに責め立てられて、推薦者の今東光氏も、とうとう兜を脱ぎ、

今。僕は題もいやなんだ、大体――もう少し書ける人ですが――確かにこの「白い腕」はよくありません――僕は（彼が）心座なんかに関係してゐるのがわからないんだ。でなければ、もつと書ける人だと思ふ。

以上が、その座談会の抜萃である。これに較べて、木村庄三郎氏の「子を失ふ話」などが最も評判がよく、後継文壇の第一人者のように評された。木村氏は「青銅時代」に属していたが、同人雑誌作家の域を越えて、「三田文学」の新鋭という定評があり、「葡萄園」の久野豊彦「辻馬車」の藤沢桓夫「文芸戦線」の葉山嘉樹、林房雄、伊藤永之介「主潮」の小宮山明敏少し格上で

る時代であった。

富沢麟太郎、少し遅れて、武田麟太郎など、みな、ひしめきあって文壇へ出よう出ようとしてい

大正十五年というと、僕はまだ東大国文科の一年生である。同年生に堀辰雄、小林秀雄、久板栄二郎、今日出海、中野重治、中島健蔵、淀野隆三、三好達治などがおり、一年上に阿部知二、二年上に池谷信三郎、古沢安二郎がいた。これらが皆文壇に野心があったのだから、その頃の東大は、生意気盛りの文学青年の巣であったとも云える。

ある日、銀座の喫茶店不二屋の二階で、先輩の横光利一氏に、

「君は最初新潮に出たので、新潮派と目されている。それは非常に損なことだ。作家として立って行くには、新潮ばかりに片寄らないほうがいい。でないと、改造や中央公論から締め出されてしまう。新人号に出ない人でも、秀才が沢山いるから、そういう連中は君なんかのことを、あんまりよく云っていない」

と、忠告された。所謂、横光利一風御託宣の一種であったのだ。不幸にして、これはその予言通りになり、約十五年近く――大体、戦争が始まる頃まで、僕は「改造」などから、ボイコットを喰ってしまった。僕としては、横光氏の忠告は、少々神経質すぎるような気もして、黙って聞いていたのであるが、先輩は先輩だけに、経験が深いと見えて、云い悪いことをズバリと云ってくれたのだと思い、今では感謝の念をもって思い出すことが出来る。たしかに、その頃の新人に対して、綜合雑誌、文芸雑誌の編輯者は優越的であり、その鼻息をうかがわないと、何年間でも

捨てて置かれたものである。「新潮」でも、改造派と目された林芙美子に、戦争が始まるまで、一度も原稿を依頼したことがなかったと、戦後になって、亡き林さんから聞いたことがある。

やがて新潮社からは「新興芸術派叢書」というシリーズが出版され僕の処女出版である「愛慾の一匙」も加えられた。既に新人号からすれば、五年近い歳月が流れていて、その頃のスターであった木村庄三郎氏の名前は早くも消え、変って龍胆寺雄氏や吉行エイスケ氏が出現して、新興文壇の人気を浚ってしまっていた。これに対して、改造社は「新鋭文学叢書」を発《はつ》兌《だ》し、そのメンバーは、ダブっている人もあったが、僕などは除外され、新潮派に属さない堀辰雄の「不器用な天使」や林芙美子の「放浪記」が盛んに売れて版を重ねたのは、今日になって思うと、当然の現象であるが、その当時の僕などは、大分気を揉まされたことであった。

新潮　一九六三・八

阿部知二と主知的傾向

阿部知二と私の出合いは、大正十四年の陽春、東京帝国大学の「朱門」編集同人会の席上であった。私はその年の四月、入学したばかりの新入生であったが、阿部は既に一年間在学して、二年生になっていた。従って、学級も一年上なら、年齢も彼は一九〇三年生れで、一つ年上だった。長身で、角帽がよく似合った。ずんぐりした私に較べれば、彼は瀟洒でもあれば、ハイカラでもあった。そして彼は英文学、私は国文学科の学生であった。

ありふれた表現だが、「和して同じからず」が、阿部と私の約半世紀にわたる交友と文学上のよき競争相手でもあった関係に、ぴったり当てはまる評語のようだ。

阿部の処女作は「化生」(「朱門」創刊号)だった。今日読み直して、どうであるかわからないが、とにかくそれは好評だった。恐らく阿部の周囲では、好反響があったろうと想像された。が、彼はそれをあからさまに、自慢する様子がなかった。

阿部は終始一貫、人気をひけらかしたりする人ではなかった。いつも控え目で、謙抑を旨とする良識派と見えたが、内面に充分な自信をたたえ、私はそれに圧倒されること、度々であった。

「朱門」以後も、「文藝都市」「近代生活」「あらくれ」「新興藝術派」「行動」「文學界」「明治大学文芸科」等の雑誌または集団で、二人は同じ軌道を歩いた。私の一生には、多数の友人がいるが、阿部のように、かくも同じコースに乗合わせた友達はないのである。

しかし阿部からみれば、私の傾向には、註文したいことや、ブレーキをかけたいことが、さぞかし多かったろうと思う。

彼はこれをその著「主知的文学論」（昭和五年十二月厚生閣書店）の中で、

「（上略）製作を中心にしていへば、文学とは、知性を方法としてわれわれの感情《エモオシヨン》の前後左右にひろがる未知の世界を探究し、これに秩序をあたへて再現する、といふやうなことになる。又、このことを、観照、批評の方面からいへば、その感情《エモオシヨン》の世界を知的に認識することによつて、われわれの経験をして、秩序ある豊富さを持つものとすることになる」（序文に代へて）

と述べている。昭和五年という時点で、この発言を敢てした阿部の叡智と勇気は、注目に値するものである。この的確で巧妙な表現の裏に、阿部が攻撃したいものは、知的秩序の足りないエモーショナリズムの文学であった。それは二つあった。一つは感情過多のロマンティシズムであり、もう一つは論理的関心の乏しい私小説であった。

「主知的文学論」が世の中に出た時、私は自分の傾向を、ちょっと皮肉られているような気もした。私小説作家達も同じような感想を持ったのではないか。

更に阿部は言っている。

「われわれの文学に於て、知性の尊重が欠乏してゐることを原因の大きなものとして考へ得る。われわれが、古来、感情的な国民であつたとしても、それを断念することなく、今後に於て、知的な要素をその生活に取入れることに努力しなければならないと思ふ。私は、われわれの国を、インテレクチュアリズムに対する不毛の地と考へたくない」

すでにこの時からして、阿部の主知的文学の主張が、古風な日本文壇では、孤立せざるを得ない状況に逸れていった。これは阿部の不幸であると共に、日本文壇の貧しさにもあったのである。

昭和十年代となり、大東亜戦争が迫ってくるに及んで、阿部の主知的傾向と発言は、次第に消極的な響きとなっていった。軍国主義とファシズムの嵐は、最も粗野な感情過多であり、論理の無視であった。それに追いまくられると、日本文壇はインテレクチュアリズムをもはや眼中におかなくなってしまったのである。

しかし阿部は主知主義に裏付けられる創作活動を続け、「冬の宿」（昭和十一年第一書房）「幸福」（同十二年河出書房）「風雪」（同十四年創元社）「旅人」（同十六年創元社）「孤愁」（同十六年利根書房）等を次々と刊行した。また朝日新聞に「光と影」を連載したのも、同十四年のことである。これらが阿部の創作活動の全盛期と見てよかろう。

昭和十六年十一月、彼は突然徴用令書を受取らなければならなかった。私はこれを免れた。そこで、それまで殆んど同じ軌道を歩いてきた二人が、ガタンと別々の道に岐れることになる。彼は台湾からインドシナへ寄り、更にジャワのバンタム湾で敵前上陸に加わることになったが、乗っていた船が沈められ、黒い重油の流れる海を泳ぐという貴重で危険な体験を持つことになる。阿部には若い時から、胸部疾患があった。宿痾を持つ身で、戦場へ連れ出されたのであるから、さぞ辛いことが多いだろうと、東京にいる私は遠い南方の友を思って、同情を禁じ得なかったものだ。

徴用される少し前から、彼は盛んに飲み出した。銀座の酒場で、今日出海と連れ立って、いかにも楽しそうに酩酊していた時代である。これが戦後にまでわたって、時には劇飲・泥酔する彼を見かけたこともある。一滴も酒の飲めない私と、その点でも次第に別箇の環境に立つようになったのは、止むを得ないことであった。

その頃私は、行動主義文学が共産党全滅後の反ファシズム戦線の一翼と睨まれ、特高警察から疑惑の目をむけられるようになった。それに反して、阿部の占める文学的地位は、恰も安全地帯であるかの観があった。今日読み直すと、「風雪」はその作品の底流に、反戦的な抵抗を忍ばせていることが察しられるが、発表当時は、準戦時下検閲の網にひっかかることもなかったのである。

が、戦後になって思うと、「風雪」は彼の思想的変革の前提を成したものであり、新しい殉教的な作風とさえ感じられる優作なのだった。

戦後、彼は左寄りとなり、進歩的知識人の中に組入れられた。昭和初年の彼の主知的傾向は、自然主義や写実主義や乃至私小説派閥の氾濫を喰止めるかと思うほど、華やかな外観を存したが、戦後のそれは、内向的であり、従って文壇の主流から遠ざかる塩梅となった。

が、彼は共産党に入党したわけでもなく、プロレタリア文学への転換宣言をしたわけでもないのに、皆に左翼的というレッテルを貼られたのは、主としてメーデー事件特別弁護人として法廷に立ったり、日本文化人会議々長に選ばれたり、中国の国慶節の招きをうけ、学術文化視察団の一人として同国へ行ったりしたことを、とっこに取られすぎた観がある。この程度のことで、左翼呼ばわりされては、たまらないだろうと私は密かに彼の心中を思いやったが、特に直言することもしなかった。彼のしたいようにさせるべきだと思った。彼の実力と才気は、うまくそれを乗切って、再び華やかな文壇人として、迎えられるだろうと、多寡をくくっていた。

それより阿部が時々、新聞紙上などに発表する短文や随筆の中に、譬えば「人類と兵役拒否の問題」とか「原子力科学の適応の問題」とか「反体制運動と大学の諸問題」等で、私は光るものを感じた。滅多に創作は書かなくなったが、阿部の存在は、戦後の日本で、高く評価すべきものの一つであると私は信じた。それらの短文は阿部の社会的関心の最も純粋で気鋭なあらわれであって、彼が昭和初年に発表したインテレクチュアリズムの一つの完結でもあったのである。

只私見としては、阿部の主知主義が左翼的な政治独裁主義と、果して調和するのかどうかの点に、疑問がなかったわけではない。

世界における戦争はまだ終っていない。

人類の上に、ほんとうの幸福も自由も、まだ与えられているとは言えない。

阿部の死が惜しまれるのは、この意味である。最後の力作「捕囚」が完結されなかったことの残り惜しさも加えて……。

　阿部知二と最後に対談したのは、早くも一昨年の秋になる。「人に歴史あり」（12チャンネル）のとき、私は旧くからの友人として彼をゲストに迎えて貰った際であった。そのテレビの中で私は、一つ年上の彼に常に兄事してきたし、また現に兄事しつつあると語ったのに対し、阿部はその後、12チャンネルの江津兵太氏に手紙を送って、「兄事などと言われては弱る。舟橋の友情の潔さと心のあたたかさを示すものとは言い条、必らずしも真実に的中してはいないから、その部分を削除できたらそうして欲しい」

　という意味の希望を述べてきた。その手紙を私は阿部の死の翌日に受取って、涙無き能わずであった。私とのテレビ直後、阿部は前がんの疑いで入院（一九七一年十一月）した。以来、難病との悪戦苦闘がはじまるのである。

　――今年の春の宵であった。それは、彼の臨終に先立つ一週間前、築地の国立がんセンターに彼を見舞った時、私は思わず二人の友情を懐古する感傷に動かされて、

「君も僕も二十世紀の前半に生を受け、その後半に生涯を閉じる点で、遅かれ早かれだ。同時代を生き、時にコースを入れ替えたことはあるが、大体において、変らぬ友情を持ちつづけたことをあらためて認め合いたいね」

　言い換えると、同時代の作家として生き抜き、触れ合う自由な魂の二つだったと言いたかった

のである。

すると、それまでモグモグ発音の聴きとれなかった重病の床で、はっきり、

「ありがとう」

と言った阿部の声が、今も私の耳の底で鳴っている。

いまや阿部は精神的にも肉体的にも、全く苦痛のない境地を歩いている。ちょっと羨しい気もする。文学の道に一緒にスタートした私が、しかし少しばかり彼に死に遅れたということに過ぎないのだが。

群像　一九七三・七

死と川端康成

川端さんの自決には、私の心に予感があっただろうか。それともなかっただろうか。その死を聞いた瞬間、驚きと同時に、ついに来たるべきものが来たという感想がなかったとは言い切れない。

川端さんとは五十年の附合いだが、その若い頃から、川端文学には、虚無と死と絶望の美学がつき纏っているような気がしたものだ。その半面、川端さんには死を怖れず、命知らずのようなところがあった。両者は恰も矛盾しているようで、決して矛盾していなかった。死を怖れないことが、死の陰影を背負っていることの反語になっていたのである。

川端さんの顔は一種のポーカーフェイスである。世間的関心について、まったく無頓着のように見えることがある。ところが川端さんは、世間のことをよく知っている。通俗をよく解していた。言い換えると、世俗のことが好きでさえあった。要するに川端さんの反俗は、通俗を何もかも承知していて新しい吸取紙のように吸い取り、その中から純粋なもの、反俗的なものを濾過して、厳しい選択作用を行なったのである。それが川端さんを詩人でなく、小説家にしたのである。

川端さんの唯美主義は、そんな二重作業のあとに残ったものであり、そこから川端文学の反俗の新感覚が生じたのであった。従って、川端さんを通俗から超越した解脱者とか、隠遁者とか見るのは、間違いである。

何もかも知っている川端さんは、しかも容易に口を開かない。私も話術に長けているほうではないから、二人は対座したまま、沈黙していることがよくあった。

○

京都の都ホテルの一番奥の日本間にいたところへ、フロントで聞いたらしく川端さんがブラリと入って来たことがある。新聞に「古都」（昭和三十六年）を書いていた頃のことで、私は係の記者が川端さんの行方を捜し廻っていることを知っていた。小説は締切ギリギリになっていたのである。それなのに、川端さんは半日以上私の部屋に坐っていた。二人はポツリポツリと、時々話すだけであった。その話は文学のことでも、美術のことでもない。ごくありふれた世間話である。二人が共通に知っているその頃売出しの映画女優の話とか、急に人気の出た歌舞伎役者の御曹子の話とか、祇園や新橋の芸者より、浅草の芸者のほうが面白いとかいう話だった。

話が途絶えると、仕方がないから、急須に玉露を淹れて、二人は盛んに茶ばかり飲んでいた。

帰りがけ、突然、

「作家の死に方はみんな違いますね。誰が一番いさぎよいのかな」と川端さんは言った。

「病死にしても、事故死のような死が多いですね」

「堀辰雄の死にも、ちょっとそんなところがある」

「北村透谷の死もいさぎよいほうでしょうね」

「透谷のは類がない」

「前の日肛門の括約筋がきかなくなったのを、大そう気にしていたらしい。これは美那子夫人に直接聞いたんです」

川端さんは靴を穿きながら、林芙美子も織田作之助も横光利一もどこか自殺のような死に方だと言った。

「菊池寛はどうでしょう」

「あれも自殺に近いですね」

ポツリポツリ、平凡な世間話をしたあとで、どうしてこんな話になったのか、わからない。日本間には式台のある薄暗い小玄関がついていて、私は川端さんの背後に立っていた。

「これから一回分はどうしても書かなきゃあいけないんでしょうね」

「どうも今夜は書きたくないな。書けなかったら、また電話をかけますから、附き合って下さい。先斗町《ぽんと》に鼓のうまい妓を見つけたし、自殺未遂の綺麗な妓もいますよ」

やがて二人は、幾段もある階段と長い廊下を歩いて、ホテルの正面玄関まで行った。その新聞の係の記者がロビーで待っていた。

「多分、ここにいられるだろうと思ったんです。カンが当った」

と喜ぶ顔になったが、川端さんは苦笑を見せながら、その記者に連れ去られて行った。つまり川端さんは、私の部屋へ半日の逃避行をしたわけである。

今にして思うと、とりとめもない世間話をしたあとで、川端さんは世にも重大な話を残していかれたのであった。

作家の死は、自殺かあるいは自殺のような死に方が、もっとも作家に相応しいという意味のことを……。

○

川端さんは五十四歳で、七十四歳の永井荷風氏や七十一歳の小川未明氏や七十歳の高村光太郎氏と並んで、昭和二十八年に日本芸術院新会員となった。豊臣秀吉が京都御所から近衛中将の位を賜わろうとした時、

「人の栄誉はほどほどに」

と言って中将を辞退し、自ら近衛少将に甘んじたという話は有名だが、七十四歳の荷風と五十四歳の川端さんが同じ栄誉に輝いても、世間がそれほど奇妙には思わなかったほど、川端さんは恵まれていた。その時川端さんが新聞に発表した談話の記録が、手許にはないが、私の朧な記憶によると、「作家というものは、どんな名誉にあずかっても、無頼の本質は変わらない。自分の主体の中には、いつ何をしでかすか知れない悪の要素がひそんでいる」という意味のことを言われていた。川端さんは、

「人の栄誉はほどほどに」

と思いつつ、五十四歳で日本芸術院会員となり、六十二歳で文化勲章を受け、更にノーベル賞作家にまで昇りつめてしまった。これらは文士に与えられる世間的な最高の秩序である。川端さんは名誉や秩序にへたばる人ではない。

作家にとって秩序は重荷に違いないが、川端さんがそれを特に意に介したとは思われない。その意味で、川端さんの死は敗北ではなくて完結であると思っている。

○

亡くなった晩、私の家へひっきりなしに電話がかかって来た。知人もあれば、未知の人もあり、週刊誌の記者もあった。主に自殺の原因についてであった。

そうかと思うと、

「三島由紀夫の事件と関係があるんじゃあないでしょうか」とか、

「三島のお父さんが、川端氏を野次ったことで大そう怒っていられたそうですが、それに連関はないでしょうか」

とかいう愚劣なものが多かった。三島君のは、左右のことは別としても、警世の声があり、川端さんのは書置もない無言の死であった。それらの電話の一つに、

「ほんとうに自殺なんでしょうか」

というのがあった。心当りのない声であったが、私はギョッとした。その声の主の言うことに

は、ガスで死ぬのに首まで蒲団が掛けてあったというのはおかしい。口にくわえたガス管も、人間の断末魔には、それを振りもぎるのではないかしら。蒲団の敷いてあった場所が座敷でなく、浴室であったのはどういう意味か。従容として死ぬという文句は、美辞麗句にすぎず、人間の死は普通にはもっと苦しんで、取り乱すのではないか。変死である以上は、行政解剖すべきではなかったか等々の質問であった。

「川端さんの死をめぐって、このように臆説や俗説が乱れ飛んでいる。そんな空想はいけませんね」

私は強く否定した。その電話の人の話を聞きながらも、法医学的には変死だけれど、川端さんは以前から死の誘惑を甘受する覚悟があり、それを作家らしい死と受け止め、であればこそ、死を怖れなかった。同時にそれが、合理主義や写実主義や自然主義やその他の通俗派、常識派への川端さんらしい闘いでもあったという私の説を変えるわけにはいかない。

去年の秋頃であったろうか。川端さんと私は次のような会話をした。

「少し元気がないようですね。ヨーロッパへでも行って来たらどうですか」

「あんまり興味がないんです。飛行機が可怕いという理由ではありませんよ」

「君は谷崎さんに似て、臆病なんですね」

「川端さんは臆病なところがありませんね」

「そうでしょうか。ただ飛行機に乗っていると、今墜落すれば楽に死ねるのになあと思いますがね」

「ほんとうですか」

「君に嘘を言ってもはじまらない」

普通人は飛行機に乗っている間は墜落しないことを祈り、着陸する時、タイヤが滑走路にドンと着くと、ヤレヤレと一ト安心するものである。川端さんはそういう凡人の考えとは正反対だった。

これが私の作文でない証拠には、通夜の晩、林房雄君がそれと同じことを川端さんから聞いたと話していた。ある新聞に出た川口松太郎氏の追悼文の中にも、やはり同じことを、川端さんに聞いたと書いている。そこで符節を合わせた。要するに三人の証言人が揃ったことになる。

が、川端さんの乗っている飛行機が落ちれば、他の乗客も落ちて死ぬことになる。死にたくもない人たちを道連れにするほど、川端さんは非情でも利己的でもないから、これは寓話にすぎない。つまりたまたま、「早くこの世を去りたい」という関心のあらわれだったのである。

川端さんは大分前から死にたくなっていたに違いない。と言うより、

(生きているのが面倒臭くなった)

という心境だったのだろう。

○

同じように唯美派とか耽美派とかいわれても、川端文学は荷風とも潤一郎とも、鋭く対立する

ところがあって、川端さんの一生を貫いた唯美主義は、川端さん独自のものである。

川端さんが新感覚派の驍将《ぎょうしょう》として文壇に進出した時は、過去の一切に対して、はっきり断絶している。荷風にも潤一郎にも、また夏目漱石や白樺派にも、藤村や独歩などの自然派にも、すべてに手袋を投げている。つまりそのように、新感覚派は革新的な文壇流派であり、既成作家の物真似はしなかった。そしてそれをついに押し通したのである。

五十年の川端文学に、ただ一度の転向もなかった。

このことは、戦後の川端文学が、世界の注目を浴び、国際的となり、ついにノーベル賞までかち得た成功のために、大正以前の文学と新感覚派との間に存在した厳しい対立と闘争を、世人はもう忘れてしまったかのようである。

が、作家というものは、そういうことをなかなか忘れ去らないものである。川端さんは大正以前の作家にかなり睨まれていた。川端さんのほうもそれに冷たい眼で対した。その代り、新感覚派以後の私達には温い眼を向けてくれたのである。

横光・川端に続く昭和初年の作家達は、横光さんや川端さんほど既成作家の敵ではなかった。私達には革新的というより、伝統継承の精神があった。横光・川端に既成作家の風当りが強く、私達はその烈風を避けて通った観がある。たとえば、尾崎一雄は志賀直哉に師事し、小林秀雄は古典主義の立場に立ち、中野重治さえ「驢馬」によって室生犀星に親しんだ。亀井勝一郎は武者小路実篤や倉田百三を敬慕し、堀辰雄や井伏鱒二は佐藤春夫の門を叩いた。私も里見弴に私淑し、

「春琴抄」に心酔し、徳田秋聲のあらくれ会の同人となった。横光・川端も菊池寛の政治力には接近したが、既成作家に対する断絶は、あくまで非妥協的とも見受けられたのである。これは新感覚派時代と、その後に来る作家達との顕著な一線だが、まだ文学史的には、曖昧になっている点だ。

川端さんの作家的本質が、ごま化しのない一筋道であったことは、以上の説明でわかると思うが、「浅草紅団」「伊豆の踊子」「水晶幻想」「山の音」「片腕」「髪は長く」「雪国」と順序不同に並べても、別におかしくはないのでも諒解できる。それは美しい水晶の数珠が一本の紐で繋がれているように、これらの諸作を貫く真っ直ぐな純白の光線を見ることが出来る。このジグザグのない純粋な滑らかさの果てに、突然の自裁が待っていたのである。

川端さんにも苦しい貧乏時代があり、病気とか睡眠剤とかで幾度も自殺の危機に臨んだろう。辛うじてそれを乗り越えて来た。恵まれた川端さんより、はるかに恵まれず、生きる苦しみに疲れている人も大ぜいある。私なども、視力を痛めている点では川端さんを羨ましいと思っていた。それなのに川端さんは亡くなってしまった。

常識派や合理主義者がどうしても、川端さんの自裁を理解出来ない理由がここにあるのだろう。私はその死を賛美するのではないが、特に非難するのでもない。作家らしい終焉の一例と見ることが出来ると思う。

中央公論　一九七二・六

遠い山々

立秋を過ぎた日の昼下りのことであった。

川口松太郎氏が難病のため、東京女子医科大学へ入院中であったことは、読売紙上「癌と闘う」(昭和四十九年六月)に書いた氏の文章で承知していたが、最近退院して、軽井沢へ行ったことを聞いたのは、数日前であった。私は軽井沢へ電話をかけた。

「只今、先生はまだお寝《よ》っていらっしゃいます」

電話口へ出た女の方の声に、一度はあきらめて、電話を切ろうとしたが、その声の終らぬうちに、

「やあ、どうも失敬」

という彼の声が聞えた。久しぶりに聞く水の垂れそうな明快な声音であった。

「入院中お見舞にも行かなかったんで、気になっていたんだ。退院して、そちらへ行っていると聞いたが、電話口へ出てもらえるとは思わなかった。声が聞けたのは有難い」

「食道ガンにメスを入れないのはよかったんだが、放射線で散らすというのも、あとの消耗がき

ついんでね。目下体力の恢復に専念しているよ」

「でも、昔の通りの声が出ているじゃないか。食慾はどうだね」

「ものはよく食べられる。何ンでも喰っちゃう。少し食べすぎるくらいだ」

「それは何よりだな。体力を落すのが、一番いけない。その点、食物について、人や医者の言うなりになると、体力が低下するから余病が出ることになる」

「そうだ、そうだ。それで君の調子はどうなんだ」

「体調は充分だが、視力はあまり芳しくない」

「運動不足になるといけないよ」

「軽井沢は今が盛りだろうな。みんなと会っているのか」

「まだ誰れにも会っていない。ときどき、散歩するだけだ」

「散歩が出来るとは、羨ましいね。オレは駄目だ。手を曳いてもらって歩いているのだから、散歩なんて洒落たことは出来ない。しかし、芝居は見に出かける。あんまり長話になると草臥れるだろう。くれぐれもお大事に……」

「有難う。有難う」

で、電話が切れた。

電話による通話は、眼の悪い私にとって、貴重な方法である。声によって、お互いに生存をたしかめあうことが出来るからだ。

川口君も書いていたが、病院の食事のまずいのには、恐れ入るばかりである。栄養士が献立をつくるのだろうが、よくもまあ、こんなにうまくないものばかり並べられるものだと驚く。私も二度入院の経験があるが、殆んど食べたことはなく、家人に運んで貰ったものを、看護婦の目を盗んでコソコソ食べたものだ。川口君も外から運ばせたらしいが、贅沢はいわないと言い、鮭の茶漬でも結構だと書いている。が、その鮭が問題で、北海道の新巻以外は食べたくないというのだから、やはり贅沢なのだろう。

○

病院食の不味ッたらしさは、まずいだけでなく、一見して、いかにも不消化なものが並んでいるので、現代社会の笑止な不都合の最たるものだ。いまにもう少しは改善されるだろう。

——里見弴氏も下野《しもつけ》の那須で、軽い発作を起し、黒磯の病院へ入ったが、今は神奈川県のＫ病院に変ったという話を、元毎日学芸部の山口さんから聞いたのが、直木賞受賞パーティの夜であった。

それで早速電話をかけた。すぐ先生が電話口に出てこられたところをみると、ごく軽症であるらしい。声も元気で、いつもとまったく変らない。嬉しさに胸がいっぱいになった。

私の老母の葬式に行けなかった言訳をされたあとで、

「グリンプス（『風景』）を読んで、君の気持、逐一わかったよ」

とも言われた。

里見先生は八十六歳の高齢で、私の死んだお袋より二つ若い。私が私淑した先輩作家は、小山内薫、徳田秋聲、菊池寛、谷崎潤一郎と里見弴を加えて五氏だが、そのうち四人とも物故され、里見先生だけが生存していられる。

那須の茶臼岳にも登られて、元気いっぱいなのに、驚きもしていたが、その那須の別荘にもまだ伺っていない。

後輩の私として、自重して下さいと言いたいところだったが、面と向うと、それも言い出しかねた。幸い軽症だったのだから、これからは長命を旨として、あまり元気にまかせるようなことは、なさらぬように願いたい。電話でもそこまでは言えなかったので、ここに書いておく。

○

「新潮」からの依頼で、里見さんの麹町番町邸を訪ね、「虚実問答」という短文を書いたのは、昭和七年十月号だから、今からざっと四十二年前に遡る。それが縁で、私は時々番町邸を訪れるようになった。小林秀雄君と連立って行ったこともある。チャブ台を中に主客が対座すると、才気煥発と謳われた番町のおくさまが傍におられた。台所にはお初さんという老女がいて、真夜中でも、活きのいい鯵やかますの塩焼が出てきたり、そら豆の塩うでや莢えんどうの煮つけが、アッという間に並ぶのには驚嘆した。それがまた、実に美味しかった。自分の皿だけでは足らず、おくさまの分まで頂戴したこともある。

その頃の先生は四十そこそこだったのだが、すでに鬱然として大家であった。遠い山を仰ぐような気持がした。小林と一緒の夜は、話し込んで電車がなくなった。私は呑まず、食べる一方だったが、先生も小林も酩酊して、談論風発し、切上げ時を失ったのである。小林は例によって、べらんめえになり、優作「安城家の兄弟」（昭和六年、中央公論社刊）をコキおろしたりしたが、先生は神色自若、ケロリとしたものだった。

暁近く、小林と私はおくさまに二階へ案内されて、枕を並べた。小林の枕頭にはノルモザンが置かれ、私のためには海苔を巻いた握り飯を三つほど用意してあったのには、「さすがに違ったものだ」と思ったことだった。

その前後、明治大学文芸科（今の文学部の前身）が創立された。山本有三氏が科長で、教授団は里見弴、豊島與志雄、横光利一、岸田國士等で、阿部知二、今日出海、小林秀雄、私の四人が助教授という文士ばかりの学校が出来た。開校の日、新聞社が教授団の写真をとりに来た。私の身分は助教授なので、列外に退いていると、里見さんが私を「おいで、おいで」と手招きしてくれた。それでオズオズ横光さんの隣へ寄って、写真を撮ったが、翌日の新聞に、私の像だけがカットされていた。恐らくこれは、身分違いがはいったことを、快からずとして、教務の人が新聞社に指示したのだろうと想像した。人間は変なことを、いつまでも記憶しているものである。

戦争になり、空襲がはじまると、番町のおくさまは、信州上田へ疎開された。私も熱海から志賀高原へ逃げようとして上田まで来た時、艦載機の空襲で、信越線が動かなくなった。それでよんどころなく、上田駅から別所へ通じている電車に乗って、番町のおくさまの疎開先を訪ね、一宿一飯の好意に与《あずか》った。翌日艦載機が去ったので、私はさらに長野経由、湯田中から女強力を頼んで、海抜五千尺の高原のホテルまで行った。その時おくさまは、上田駅まで見送って下すった。戦後鎌倉材木座のお宅でお目にかかったかどうか、記憶が曖昧なので、上田駅頭の別れが、慌立しく亡くなられた番町のおくさまとの最後の日の印象となっている。

里見先生は「白樺」でも、特に志賀直哉先生を敬慕して居られた。それで志賀先生のほうも、私に対しては「里見のところへ行く男」として認識されていたようで、志賀さんとの会話の中に、里見さんがいつも揺曳していたのである。というより、志賀さんとは里見さんを媒体として、話題が展開する塩梅だった。

○

以上の先輩作家に親炙しながらも、私は全く無条件に惚れこんだというわけではない。ある部分には抵触したり、反撥したりすることもあったが、それならそれで敷居が高くなるかというと、そういうことはなかった。同時代の友人とも、喧嘩したり縒を戻したり、また目鯨をたてたり、そうかと思うと昔より親愛をましたり、一トロに言えば、未練たらたらのわが人生だと思う。ある人にぞっこん参ったということもなければ、一時の齟齬を根にもって、いつまでもこじれていたりしたことはない。

が、師事したり兄事したりした先輩がだんだん亡くなってみると、もっともっと話をしておきたかったと悔まれるのは常である。そうではあるが、現在の友人ともたっぷり時間をかけて話し合う機会には、恵まれないのである。それにつけ、番町邸の夜明かしが、懐しく思い出される。実はこの四月、あの世へ旅立ってしまった母親とも、考えてみると、夜を徹して話したことなどは、ついに一度もなかった。

そんな後悔におかまいなく、光陰は過ぎてゆく。

海　一九七四・一〇

海潮音と初夢

少年の頃の正月には、元日は四方拝で、小学校へ行き、唱歌を歌い、校長の訓話を聞く。道々も綺羅を飾った娘たちが追羽根を突く音が聞える。

私の家でも、歳の暮に羽子板市で買ってきた羽子板を玄関に飾っておく。役者の似顔絵を択んでくるのだが、つい贔屓役者のが多くなる。というのは、六代目菊五郎のそれが一番多くなるのだ。彼のお祭佐七、御所五郎蔵、いがみの権太、狐忠信、髪結新三等々、時代と世話が入りまじる。

羽子板の桐の木の肉の厚いのは、持ち重りがしない上に、いい音がする。丸髷に結った奥さんや高島田の娘さんが、裾の乱れを気にしながら、羽根の行方を追っかけ、地面スレスレのところでうまく止めて、また高く突き上げる手並を見ていると、いかにも正月気分を味わったようで、楽しかったものだ。白い脛《はぎ》を見せたりしては戴けない。

初夢は元日の夜から二日の朝へかけて見る夢を言うのだった。二日の夜の夢という説もある。

「初夢に先生のことを見ました」

ある年そう言われたことがある。女の子だったら、少くも一年間は鼻の下が長くなっていただろうが、生憎とは書かないけれども、男の学生であった。男の子でも、私が初夢にあらわれたのだとすると、悪い気持はしない。女の子の夢だったら、もっと嬉しかったろうと思う。

私の家は酒好きが少いので、三ケ日は連日百人一首を取った。戦後五年間ほどまでは、私がヘゲモニーを握っていた。おハコは曾禰《そね》（根）好忠《よしただ》の、

由良の門《と》を渡る舟人梶をたえ行方も知らぬ恋の道かな（新古今・恋）

で、どんなに遠くに置いてあっても、ヘッドスライディング・セーフの意気で、誰れにも抜かせなかった。

この歌の由良が淡路島の由良か、丹後の由良か二説あって、オイソレとは断じ難い。が、作者曾禰好忠が丹後掾《じょう》であり、その家集を曾丹集というので、僧契沖以降の丹後説のほうがやや上位である。しかし、私は淡路島の洲本に岩野泡鳴の生れた家を見にいった時、由良まで歩を伸して、その丘の上から、友ケ島水道（紀淡海峡）を間にして、はるかに紀伊《き》の国の山々が、墨絵のように浮んでいるのを眺めていると、好忠の歌をこの港に結びつけたくなった。

私はこの歌が気に入っているばかりでなく、曾禰好忠という男も好きである。

寛和元年二月十三日、円融院の子《ね》の日の御遊が船岡に催された。その日召された歌人は、能宣、

兼盛、元輔、時文、重之等で、衣冠束帯でかしこまっていると、そこへ烏帽子狩衣のハンブルな服装で、曾禰好忠があらわれた。彼には招待状が出ていない。つまり招かれざる客であった。召もないのに来たことを衛士《えじ》に咎められると、

「わしは歌詠みが召されると聞いて来た。ここに召されている連中に較べて、わしは決して劣らない。招かないほうが間違っているのだ」

と言って立ち去ろうともしないので、とうとう襟髪とって衛士達に引き出された。

好忠は三十六歌仙の一人で、拾遺、後拾遺、新古今ほか、勅撰集におよそ八十九首とられている。

さてこの歌留多取りも、昭和三十年頃から、敏捷を欠くようになり、眼の悪くなる少し前に、この家族ゲームへの参加をあきらめた。

——由良から鳴門海峡を眺める古い要塞の跡へ行った。激しく渦巻く海潮音を聴いた。上田敏の詩や岩野泡鳴のペンネームの由来を思ったりしていると、

「助けてくれ……」

という女の悲鳴が聞えたような気がした。私は思わず立ち上り、四国の山影との間の潮のうねりに目を見張った。が、溺れている人は誰れもいない。多分私の空耳だったのだろう。

若し誰れかが、鳴門海峡に引き込まれ、溺れかけた時、夢中で発する「助けてくれ！」が誰れかの耳にはいったからとて助けるわけにはいかない。助ける前に、自分が死んでしまうだろう。

それでも助けたいと思い、逆まく潮流に飛込みたい心は押さえ難いのである。それが惻隠《そくいん》の情だ。

同時に溺れている人も、「助けてくれ」と言っても、救助はされない。それでもそう叫ぶ。その人は何に向って叫んでいるのだろう。人影も船影も見えなくても、その叫びは口を衝いて出るのである。

無神論で若い頃から通してきた私も、今溺れようとしている人の助けを求める声は、人が人に対して叫ぶのでなく、やはり人が神とか天とか造物主とかに向って、救いを求めているのだと思う。

いくら神仏を否定しても、そこまでは否定しきれない限界にぶつかる。

この反対に、「罰が当る」と思うこともないことはない。いやなことがあれば、何んの理由もなくただ、

「あゝあゝ、罰が当ってしまった」

と思うことで、心の負担に決済がつき、苦悩から解除される。こんなところにも、神とか天とかの存在があるらしいと考えたい。

しかし私はやや頑固に、

「宗教はアヘンなり」

と教えられ、それが逆に信仰のようになっていた。幽霊の存在も、歌舞伎の作劇術《ドラマトゥルギー》としてのみ

許容してきた。

社会科学の理論として、宗教はアヘンだという意味とは少し違い、アヘンは亡国の薬剤ではあるが、同時にモルヒネ等によって、有効適切な麻薬でもある。宗教は悩み多き人間にとって、モルヒネのような役目を果す。が、それ以上に大袈裟な社会性を持たせてはいけない。

そんなことを思っていると、海潮音にまじって聞えた「助けてくれ」の声は、二度と聞えてこなかった。何んにもならないことがわかっていても、神に助けて貰おうとすることで、いくらかでも救われる。この程度の神秘性は、無神論の中からでも、消し去ることは出来ないだろう。もっとも邪教とか迷信とかは別物である。近頃、一度すっかり決った話が、逆転することがある。一般の常識では、どうして変ったのかさっぱりわからない。

そこで少し立ち入って調査すると、邪教や迷信によって左右されていることがある。

宗教はアヘンであり、モルヒネは人生最終の苦患《くげん》を救うとしても、邪教や迷信によって、人間が救済されるということはあり得ない。

追羽根の話から羽子板の似顔絵になり、さらに初夢からかるた遊びの楽しさについて書いたが、正月二日の夜、夢を見ると限ったことでもないのに、それを何がなし期待するのも、神秘的といえばそうに違いない。

小説新潮　一九七六・一

解説　書けなかった自伝

石川　肇（国際日本文化研究センター機関研究員）

昭和五十一年一月十三日、東京下落合の自宅に横付けされた救急車のなかで舟橋聖一は、妻百子と一人娘美香子に「もうダメだ、ぼく、今日死ぬよ」と気弱い声で言った。日本医科大学付属病院に運ばれたときにはすでに意識不明。持病の糖尿病が悪化し、心筋梗塞を起こした。七十一歳だった。

多い時には新聞に四つ、雑誌に十三ほど連載ものを書いていた戦後の大流行作家だった舟橋が、最初の心筋梗塞の発作に襲われたのは「関白殿下秀吉」連載中の昭和四十五年九月。二度目が昭和五十年十二月。そして三度目で帰らぬ人となったわけだが、舟橋はその死の直前に、娘婿龍夫と妻百子に口述筆記させた、原稿用紙十六枚にも及ぶ「遺書」を残していた。

その「遺書」の末文には、本書第一部「文藝的な自伝的な」に、

〈わたしの生れる少し前に、足尾銅山の鉱毒事件が、世間を震撼させる社会的話題になったことは誰れ知らぬ者もなかった。しかも事件に直接関係のある足尾銅山の所長が、わたしの祖父近藤陸三郎だと言うのだから、それをわたしがどんな風に考えたか、または考えさせられていたのか。

これはわたしの一生に重い翳となった。〉

と記しているのと同内容の事柄が苦しげに吐露されていた。戦後、文芸家協会理事長、演劇や国語審議委員、横綱審議委員などに華々しく活躍し、文化功労者に選出されるなど文化人としても名をあげ、いつしか文壇の巨匠と呼ばれるようになった舟橋ではあったが、内面的には、どうにも抗えない深い悩みを抱いていたようだ。

また、早くから培われた彼独特の芸術至上主義は、戦前には満洲事変以降の軍部の動きに反撥して「ダイヴィング」（昭和九年）を発表、戦後には六十年安保闘争を東大の女子学生だった樺美智子の死を取り込みつつ描き出した「エネルギイ」（昭和三十五年）を発表するなど、政治社会の問題にも、ときおり強い関心を見せもした。

そんな舟橋の自伝やエッセイは単なる作家の回想ではなく、時代における社会風俗を活写したものが多く、今回同時に刊行された、幻戯書房編集部編の『文藝的な自伝的な』と『谷崎潤一郎と好色論』もその傾向を大いに有している。この二冊はどちらも自伝的に描いたものとして時間的・内容的な連続性を持っており、両方を読むと互いに深め合う姉妹編となっている。それぞれの概要を記せば、次のようになるだろう。

○『文藝的な自伝的な』：戦前＋老年編。第一部は幼少期から青年期にかけての芸能・文学体験を精密に描くも、死によって途絶えた長編自伝「文藝的な自伝的な」。第二部は国語審議会での体験知見からの主張「国語問題と民族の将来」。第三部は「松の翠り」「老俥夫の汗」など幼年期に関するものや、川端康成・阿部知二追悼文といった文学者の老年をめぐるエッセイなど、第一部の青年期以後を知り得るもの。

○『谷崎潤一郎と好色論』：戦中・戦後編。谷崎との交流記「谷崎潤一郎」に、源氏物語に対する日本人の受容の歴史を実体験的に書き「日本文学の本質＝好色」という隠れた伝統を喝破する「好色論」など、「性」「政治」「文学」をテーマとしたもの。

これら二冊における自伝やエッセイは、いずれも単行本未収録のものであるが、舟橋は作家生活を通じ、その生い立ちの記となる「自伝」を、他の作家の追随を許さないほど数多く執筆してきた。それらを戦前・戦後に分けて追いかけてみよう。

○戦前の自伝

「或る記録」『帝国大学新聞』昭和六年三月五日

「肉体」『近代生活』昭和六年九月

「悪童」『日本新論』昭和六年十二月

「自叙伝的短章」『近代生活』昭和七年一月

「思い出（一）（二）」『あらくれ』昭和八年五月〜六月

「水高時代挿話」『帝国大学新聞』昭和八年五月十五日

「私の生活（一）（二）」『あらくれ』昭和十二年九月〜十月

○戦後の自伝

「文学的青春伝」『群像』昭和二十六年九月
「好色論　日本文学の伝統」『群像』昭和三十四年一月〜十一月
「自伝風文芸史抄」『小説中央公論』昭和三十八年三月〜十二月
「私の履歴書」『日本経済新聞』昭和四十四年六月〜七月
「文藝的な自伝的な」『文學界』昭和五十年一月〜昭和五十一年十二月

この流れを見てみれば、本書収録の「文藝的な自伝的な」が自伝の「決定版」として企画され、そのため既存のものと重複するエピソードもあるにも関わらず、あえて生誕から寄り道たっぷりに書き起こされた……それほどまでに執念を燃やし、決定版の自伝を書き上げたかったことがわかる。しかし、それはとうとう完成することはなかった。

本書第三部「遠い山々」の背景をざっと紹介しておこう。

舟橋が私淑した最初の先輩作家は築地小劇場を組織した小山内薫で、当時、水戸高等学校の生徒だった舟橋は、のちに自身で処女作と位置付けた戯曲「佝僂の乞食」（大正十三年）を評価してもらうなど、その作家出発は劇作家であった。卒業後は東京帝大国文科に入学。同校文芸部雑誌『朱門』の創刊メンバーとなり、英文科で一学年上の阿部知二や、ドイツ・ベルリン遊学体験に取材した小説「望郷」で新進作家として活躍していた池谷信三郎と出会う。その池谷や前衛美術集団「マヴォ」の村山知義、歌舞伎俳優の河原崎長十郎らと小山内の勧めによって劇団心座を結成し、心座が上演した舟橋の戯曲「白い腕」（大正十五年）が新感覚派の今東光の推薦で『新潮』に掲載され、文壇デビューを果たす。本書の「大正十五年ごろ」には、その当時のことが次のように書かれている。〈大正十五年の十月号は、「特輯新人号」と題され、木村庄三郎、林房雄、浅見淵、八木東作、舟橋聖一、崎山猷逸、中山信一郎、久野豊彦、藤沢桓夫、坪田勝、尾崎一雄の順に十一人の創作が掲載された。こういう無名の新人が、ズラリと並ぶことは、今でこそ珍しくも何ともないが、当時としては異例のことで、従って、文壇的にもセンセーショナルな編輯企画であった〉。

しかし、劇団はおりからの社会主義思想の影響を受け、村山らの社会主義演劇の一部と舟橋らの芸術派の二部とに分かれ、併存しながら劇団運営を行うことになり、さらには心座のキーパーソンであった河原崎が左傾したことにより二部制は廃止、舟橋は退団を余儀なくされる。

心座退団後はプロレタリア文学以外の有力な文学者たちで結成した新興藝術派倶楽部の発足に参加し、同人だった井伏鱒二が「舟橋は散文の方がうまいのではないか」と何気なく言った言葉に示唆を受けて戯曲から小説へと転じ、その最初の作品となる「海のほくろ」（昭和五年）を書いた。「白い腕」も「海のほくろ」も舟橋の官能的な資質が前面に押し出されたもので、後者には新感覚派の影響もみられ、『読売新聞』の文藝欄において川端康成から作力の確かさを褒められ、大いに自信をつけることになる。

その川端との関係は書簡のやりとりを行うなど戦後も続き、本書「死と川端康成」に書かれているように、川端の自決する昭和四十七年まで〈五十年の附合い〉となっていた。舟橋にとって川端の自決は、その二年前の三島由紀夫の自決に続く大きな衝撃であった。三島は舟橋がもっとも目をかけていた後輩作家の一人であり、夜の街へ繰り出すダンス仲間でもあった。川端の死後、舟橋のもとへは〈「三島由紀夫の事件と関係があるんじゃあないでしょうか」とか、「三島のお父さんが、川端氏を野次ったことで大そう怒っていられたそうですが、それに連関はないでしょうか」とかいう愚劣な〉電話が多かったようだが、舟橋は〈以前から死の誘惑を甘受する覚悟〉が川端にあったと否定している。

そして翌四十八年には、阿部知二が食道癌で永眠する。先にも記した通り、また本書「阿部知二と主知的傾向」に書かれているように、阿部と舟橋とは東京帝大文芸部で出会って以来の知己であり、舟橋は〈「朱門」以後も、「文藝都市」「近代生活」「あらくれ」「新興藝術派」「行動」「文學界」「明治大学文芸科」等の雑誌または集団で、二人は同じ軌道を歩いた。私の一生には、多数の友人がいるが、阿部のように、かくも同じコースに乗合わせた友達はないのである〉とその思い出を淡々と書き進めているが、三島を失い、川端を失い、また〈約半世紀にわたる交友と文学上のよき競争相手でもあった〉阿部を失った舟橋の心情は如何ほどのものだったろうか。

戦前から戦中・戦後をペン一本で生き抜いた舟橋のこれら自伝やエッセイは、人間洞察に優れ、時代相の変遷を鋭く浮かび上がらせている。戦後七十年の節目となる今、舟橋が、それぞれのエッセイにこめた意味をゆっくり味わってみたい。

舟橋聖一（ふなはしせいいち）小説家、劇作家。一九〇四年十二月二十五日、東京市本所区横網町生まれ。クリスマスにちなみ「聖一」と名付けられる。高千穂中学校、旧制水戸高校を経て東京帝大国文科に進む。在学中の二五年、河原崎長十郎らと劇団「心座」結成、また阿部知二らと「朱門」創刊に参加。二六年、戯曲「白い腕」で文壇に登場。二八年、田辺茂一主宰の「文芸都市」に参加。同年、大学を卒業（卒論は「岩野泡鳴の小説及び小説論」）。三二年から「都新聞」に連載した「白い蛇赤い蛇」で劇作家から小説家へ転身。三三年、紀伊國屋出版部から「行動」が創刊され、「ダイヴィング」などを発表、行動主義・能動精神を主張し反響を呼ぶ。三八年、明治大学教授。四五年五月、『悉皆屋康吉』を刊行するも空襲で初版三千部のうち二千部が焼失。七月、志賀高原で「散り散らず」を最後の小説と覚悟し書く。戦後、『雪婦人絵図』「夏子もの」などの風俗小説で流行作家となる一方、日本文芸家協会理事長、芥川賞選考委員、国語審議委員、横綱審議委員などを務める。六四年、『ある女の遠景』で毎日芸術賞、六七年、『好きな女の胸飾り』で野間文芸賞。六六年、日本芸術院会員、七五年、文化功労者。七六年一月十三日、急性心筋梗塞により死去。その他、『花の生涯』『絵島生島』『新・忠臣蔵』『舟橋聖一源氏物語』『太閤秀吉』『文芸的グリンプス』など、著作多数。現在、彦根市に舟橋聖一文学賞・同顕彰文学奨励賞・同顕彰青年文学賞がある。

銀河叢書

文藝的な自伝的な

二〇一五年五月九日　第一刷発行

著　者　舟橋聖一
発行者　田尻　勉
発行所　幻戯書房
郵便番号一〇一－〇〇五二
東京都千代田区神田小川町三－十二
岩崎ビル二階
TEL　〇三（五二八三）三九三四
FAX　〇三（五二八三）三九三五
URL　http://www.genki-shobou.co.jp/
印刷・製本　精興社

ISBN978－4－86488－069－5　C0395

✿「銀河叢書」刊行にあたって

敗戦から七十年。

その時を身に沁みて知る人びとは減じ、日々生み出される膨大な言葉も、すぐに消費されています。人も言葉も、忘れ去られるスピードが加速するなか、歴史に対して素直に向き合う姿勢が、疎かにされています。そこにあるのは、より近く、より速くという他者への不寛容で、遠くから確かめるゆとりも、想像するやさしさも削がれています。

長いものに巻かれていれば、思考を停止させていても、居心地はいいことでしょう。

しかし、その儚さを見抜き、誰かに伝えようとする者は、居場所を追われることになりかねません。

自由とは、他者との関係において現実のものとなります。

いろいろな個人の、さまざまな生のあり方を、社会へひろげてゆきたい。

読者が素直になれる、そんな言葉を、ささやかながら後世へ継いでゆきたい。


幻戯書房はこのたび、「銀河叢書」を創刊します。

シリーズのはじめとして、戦後七十年である二〇一五年は、〝戦争を知っていた作家たち〟を主なテーマとして刊行します。

星が光年を超えて地上を照らすように、時を経たいまだからこそ輝く言葉たち。

そんな叡智の数々と未来の読者が、見たこともない「星座」を描く――

銀河叢書は、これまで埋もれていた、文学的想像力を刺激する作品を精選、紹介してゆきます。

それは、現在の状況に対する過去からの復讐、反時代的ゲリラとしてのシリーズです。

本叢書の特色

初書籍化となる貴重な未発表・単行本未収録作品を中心としたラインナップ。
ユニークな視点による新しい解説。
清新かつ愛蔵したくなる造本。

二〇一五年内刊行予定

第一回配本　小島信夫『風の吹き抜ける部屋』＊
　　　　　　田中小実昌『くりかえすけど』＊
第二回配本　舟橋聖一『文藝的な自伝的な』
　　　　　　『谷崎潤一郎と好色論　日本文学の伝統』
第三回配本　島尾ミホ『海嘯』
第四回配本　石川達三『徴用日記その他』
第五回配本　野坂昭如『マスコミ漂流記』

……以後、続刊（＊は既刊）